古典文獻研究輯刊

十九編

曾永義 主編

第16冊

宋元南戲「明改本」研究（下）

羅冠華 著

國家圖書館出版品預行編目資料

宋元南戲「明改本」研究（下）／羅冠華 著 — 初版 — 新北市：
花木蘭文化事業有限公司，2019〔民 108〕
目 4+158 面；19×26 公分
（古典文學研究輯刊 十九編；第 16 冊）
ISBN 978-986-485-651-0（精裝）
1. 中國戲劇 2. 南戲 3. 劇評
820.8   108000774

ISBN-978-986-485-651-0

古典文學研究輯刊
十九編　第十六冊　　　　　　　ISBN：978-986-485-651-0

宋元南戲「明改本」研究（下）

作　　者　羅冠華
主　　編　曾永義
總 編 輯　杜潔祥
副總編輯　楊嘉樂
編　　輯　許郁翎、王筑　美術編輯　陳逸婷
出　　版　花木蘭文化事業有限公司
發 行 人　高小娟
聯絡地址　235 新北市中和區中安街七二號十三樓
　　　　　電話：02-2923-1455／傳眞：02-2923-1452
網　　址　http://www.huamulan.tw 信箱 hml810518@gmail.com
印　　刷　普羅文化出版廣告事業
初　　版　2019 年 3 月
全書字數　272187 字
定　　價　十九編 33 冊（精裝）新台幣 64,000 元

宋元南戲「明改本」研究（下）

羅冠華　著

目次

下　冊

第六章　宋元南戲「明改本」的演劇形態

　　學界前輩多研究宋元南戲的表演形式，然對宋元南戲「明改本」演劇形態尚未有系統的研究。「明改本」是連繫宋元南戲與明傳奇的藝術紐帶。通過「明改本」演劇形態的探究，將能更清楚地瞭解古代戲曲發展的歷程。

第一節　注重劇場主體的交流互動

　　宋元南戲「明改本」繼承了宋元戲曲注重劇場主體的交流互動的創作經驗。「劇場主體」指劇作家、演述者和觀眾。陳師建森先生指出，戲曲「演述者」具有「演員」、「行當」和「劇中人」三重演述身份，其可以潛換三重演述身份自由穿梭於「劇情內外」，與觀眾進行交流互動。劇作家寫完劇本退居幕後，然其創作視界仍隱藏於演述者的話語之中，控制劇場的演述進程，引導觀眾的審美取向。「演述者」演人物、述故事，又是劇情和人物的評論者。〔註1〕

　　演述者具有「三重身份」，指「演員」、「行當」和「劇中人」。這種現象早在宋元南戲裏就已出現。早期的南戲《張協狀元》第 2 齣寫「生」以「行當」身份上場念誦道「後行子弟，饒個【燭影搖紅】斷送。」「罷！學個張狀元似像。」〔註2〕然後，「生」以「演員」身份在場上唱「【燭影搖紅】燭影搖紅，最宜浮浪多忔戲。精奇古怪事堪觀，編撰於中美。真個梨園院體，論談

〔註 1〕 陳建森《戲曲與娛樂》，上海人民出版社 2003 年 7 月第 1 版第 1 次印刷，第 33～34 頁。

〔註 2〕 《張協狀元》，錢南揚《永樂大典戲文三種校注》，中華書局 1979 年 10 月第 1 版，2009 年 11 月第 2 版，2009 年 11 月第 2 次印刷，第 13 頁。

諧除師怎比？九山書會，近目翻騰，別是風味。」〔註3〕接著寫「生」以「劇中人」身份向觀眾自報家門「祖來張協居西川，數年書卷雞窗前。有意皇朝輔明主，風雲未際何慨慨。一寸筆頭爛今古，時復壁上飛雲煙。功名富貴人之欲，信知萬事由蒼天。張協夜來一夢不祥，試尋幾個朋友扣它則個。」〔註4〕在短短的時空內，「生」從「行當」到「演員」再變為「劇中人」，其身份不知不覺地進行了轉換。

又以宋元南戲「明改本」「西廂記」的改寫為例。「陸西廂」在「王西廂」、「李西廂」的基礎上進行改編，通過新增人物的賓白科諢，讓人物在「劇中人」、「腳色」和「角色」（行當、演員）三者之間進行自由轉換。如「陸西廂」第6齣《遇豔》寫張生和法聰和尚的對話：

> （淨）小僧便是長老。（生）看你的嘴臉。（淨）咦，你道我嘴臉不好，做不得長老，我一生虧了這花臉。（生）怎的？（淨）和尚不仁，見好的便要欺心，小僧若沒這個花臉，受盡了師父的苦楚。
>
> 〔註5〕

張生向法聰詢問住持在何處，法聰佯稱自己就是住持，被張生識破道「看你的嘴臉」，意為法聰不像住持；法聰即跳出劇情，化身為行當自嘲「嘴臉不好」、「虧了這花臉」。又如「陸西廂」第9折《赴齋》的劇情原為法本帶領眾和尚做法事。改編以後，丑扮法朗和尚由劇中人潛換為演員自白「我是梨園有髮僧，戲文科諢盡皆能。」〔註6〕「明改本」新增的科諢讓原為劇中人的法聰、法朗潛出劇情，分別化身為演員和行當與觀眾「對話」，此時，劇場分別形成了行當與劇中人、演員與觀眾之間的交流語境。此外，「陸西廂」第24折《饒舌》寫淨扮琴童譏諷紅娘「本是村中蠻女，胡塗上粉黛胭脂。尺三大腳蓋裙兒，一味油鹽醬氣。賣俏斜偷花眼，見人扭著腰肢。」〔註7〕諷刺貼腳的裝扮以及令人發笑的舉止。紅娘罵琴童「打這醜奴兒出去。」〔註8〕「醜奴兒」是淨丑行當的代稱；道人說琴童和紅娘「倘能精透梨園，便把牌名廝罵。」〔註9〕

〔註3〕　《張協狀元》，錢南揚《永樂大典戲文三種校注》，第13頁。
〔註4〕　《張協狀元》，錢南揚《永樂大典戲文三種校注》，第13頁。
〔註5〕　（明）陸采《陸天池西廂記》，簡稱陸采《南西廂記》，《古本戲曲叢刊初集》第64冊，文學古籍刊行社1954年2月。
〔註6〕　（明）陸采《陸天池西廂記》。
〔註7〕　（明）陸采《陸天池西廂記》。
〔註8〕　（明）陸采《陸天池西廂記》。
〔註9〕　（明）陸采《陸天池西廂記》。

「梨園」指戲曲界，下文是琴紅比賽說曲牌名的逗哏。明改本「陸西廂」增入的科諢，讓原爲劇中人的法朗、道人和紅娘潛出劇情，和觀眾對話，激起觀眾的注意力。

宋元南戲「明改本」「徐西廂」在南戲「景西廂」和「王西廂」的基礎上，新增一折鄭恒帶張生「遊妓院」的戲《閒遊遣悶》。前人在研究「西廂記」改本時，多認爲這折戲的改編效果不好，增之並無益處。筆者認爲，「徐西廂」的改編者新增這折戲大有深意，並非「惡俗難當」。「徐西廂」作者徐奮鵬注云：「此折之增，亦以其儷體之美，群芳不逮，情愛所鍾，不以功名而易。」〔註10〕他屢次加上張生「背雲」的舞臺提示，是表示張生即使看到眾美女，亦不爲美色所惑，強調他對崔鶯鶯用情專一的「志誠君子」形象。改編者設計劇中人物與受眾進行交流。鄭恒每次介紹一名美人就問張生「這個好麼？」張生總是「背雲」：「哪似得渠。」〔註11〕在這裡，張生作爲劇中人的「背雲」，就是「打背供」，是演員面向劇場觀眾進行直接交流的方式。在張生「背雲」之前，劇中人與劇中人之間的交流語境屬於「劇情虛構域中的演述時空」；而張生「背雲」時，人物與觀眾之間的交流語境是「現實遊戲域的演述時空」。〔註12〕此時，劇中人鄭恒和美人還在舞臺上，只是不說話，作爲被改編者虛化的存在。而張生獨自跳出角色，化身爲演員與觀眾對話，是一種被作者強調的存在。

改編自宋元南戲舊本以及前朝的「白兔記」故事的明成化本《白兔記》，其開端處以「末」開場。「末」以演員身份與「內答」即戲班的人進行對話，向觀眾宣告這齣戲即將開始：

> （末云）……借問後行子弟，戲文搬下不曾？（內白）搬下多時了。（末云）既然搬下，搬的那本傳奇？何家故事？（內云）搬的是李三娘麻地捧印，劉智遠衣錦還鄉白兔記。（末云）好本傳奇！〔註13〕

明成化本《白兔記》末尾也有一段對話：

〔註10〕　轉引自王季思《王季思全集》第一卷《古典戲曲論文集》（上），河北教育出版社 2005 年 12 月，第 163 頁。

〔註11〕　（明）徐奮鵬《槃薖碩人增改定本西廂記》下卷，明萬曆刻本。

〔註12〕　這兩種演述時空，參見陳師建森先生《戲曲與娛樂》第四章《演述者打背供與觀眾的跨域交流》，上海人民出版社 2003 年，第 146～148 頁。

〔註13〕　（明）成化本《白兔記》第一齣，王季思主編《全元戲曲》卷九，人民文學出版社 1990 年 2 月 1 版 1 印，第 438 頁。原著無「內白」，校注者添加之。

　　（旦白）官人你既有娶我之心，你將什麼爲引？（生白）我懷中有四十八兩黃金印，這個是李三娘麻地捧印，劉知遠衣錦還鄉。〔註14〕

李三娘和劉知遠本爲劇中人物，此時卻跳出劇情，化身爲行當，向觀眾宣示劇本主旨「李三娘麻地捧印，劉知遠衣錦還鄉。」此時，劇場則由劇中人與劇中人之間的交流語境潛換爲行當和觀眾的交流語境。然而，只有明前期的成化本《白兔記》才有這種情況，汲古閣本《白兔記》和富春堂本《白兔記》的劇中人跨出劇情進行評論的形式減少甚至消失了。明清戲曲選集收錄的《白兔記》折子戲甚至完全刪除了這段臺詞。這是由於戲曲史的發展，促使戲文向傳奇轉型，導致其戲曲形式發生改變。宋元南戲「明改本」《白兔記》的演述者具有「三重身份」，演述者可以自由地在劇中進出和轉換。如明末汲古閣本《白兔記》第2齣《訪友》，小生扮史弘肇，丑扮史妻。在插科打諢時，小生在熱鬧的場面處冷不丁說一句「哎，諢不過三」。〔註15〕這表示他從劇中角色史弘肇跳出來，巧妙地結束了與妻子的打諢，從劇中人轉換爲演員，同時可以逗得觀眾開心一笑，調節劇場氣氛，是一種和觀眾在劇場內部交流的方式。小生說完這句話以後，從演員身份又轉回劇中角色史弘肇，與生扮演的劉知遠敘舊，繼續演述劇情。由此可見，與重視「曲」的宋元南戲比較而言，明改本更爲注重「劇」，體現了戲曲的進步。

第二節　「演述干預」

　　宋元南戲「明改本」繼承了宋元戲曲演劇的優秀成果，注重劇場交流語境之中主體之間的互動。陳師建森先生認爲，宋元南戲「明改本」的表演者具有演員、行當、劇中人「三重身份」〔註16〕，是在南戲、傳奇的劇場交流語境之中從容遊弋的「演述者」。〔註17〕明改本的改編者通過增添對話、舞臺

〔註14〕　（明）《新編劉知遠還鄉白兔記》，《續修四庫全書》集部曲類 1745 冊，上海古籍出版社 2002 年 4 月 1 版 1 印，第 432 頁。

〔註15〕　（明）《繡刻白兔記定本》，明末毛晉汲古閣《六十種曲》第十一冊，中華書局 1958 年 5 月第 1 版，1982 年 8 月第 2 次印刷，第 4 頁。

〔註16〕　參見陳建森《宋元戲曲本體論》，人民出版社 2012 年 9 月第 1 版第 1 次印刷，第 18 頁。

〔註17〕　本章使用的概念、術語，如「演述者」、「三重身份」、「演述干預」、劇場交流語境等，都是陳師建森先生研究宋元戲曲的成果，參見陳建森《宋元戲曲本體論》。

提示、插科打諢，引導觀眾的審美取向，吸引觀眾的眼球，使之與戲曲演述者一起「戲樂」。劇作家以劇場交流中的演述「干預」和插科打諢寄寓改編的意圖，引導觀眾的審美期待。「演述干預」指的是劇作家對演劇的控制和對劇場觀眾審美取向的引導。〔註 18〕改編者通過表演者對劇情或者劇中人物的當下評論，「干預」控制劇場演出的進程，引導觀眾的審美取向。「明改本」經過明人的改寫，體現了明人的意趣，在「演述」的手法上也比元雜劇有所發展。

一、劇中人「自曝其短」的改易

演述者既具有三重身份，又承擔「四種演述職能」，即演人物、述故事、執行演述「干預」以及與觀眾一起「戲樂」。〔註 19〕例如，關漢卿的元雜劇《竇娥冤》第 1 折賽盧醫上場云「活的醫不死，死的醫活了。」〔註 20〕但是真正的醫生不會如此自曝其短。這是劇作家隱身於文本中言說的暗語，寄寓了他對於以賽盧醫為代表的庸醫的褒貶，屬於劇作家的「演述干預」現象。〔註 21〕

宋元南戲的「明改本」在演述故事時，多對情節、人物和事件進行「演述干預」。這些劇本多以「評論干預」寄寓作者的態度。「評論干預」最典型的表現方式是劇中人「自曝其短」，多通過人物的上下場詩詞和自報家門來表現。明代改本汲古閣本《幽閨記》第 25 齣《抱恙離鸞》對醫生的刻畫也是如此，它寫治療世隆的醫生自報家門「小子姓翁，祖居山東……我若一日不醫死幾個，叫外婆姐姐在家裏喝風。」〔註 22〕他自揭其短「十個醫死九個半」、「我若一日不醫死幾個」，屬於「自曝其短」，是劇作家的「演述干預」。如元雜劇《薛仁貴榮歸故里》第 1 折寫總管張士貴上場自白：

> 我做總管本姓張，生來好吃條兒糖。但聽一聲催戰鼓，臉皮先似蠟渣黃。某乃總管張士貴是也。自領軍與摩利支交戰，倒也不見得便輸與他。那知正戰中間，忽地飛出一把刀來，驚的我這魂不在頭上，就撥轉馬頭一彎兜跑了。〔註 23〕

〔註 18〕　參見陳建森《宋元戲曲本體論》，第 126 頁。

〔註 19〕　陳建森《宋元戲曲本體論》，人民出版社 2012 年 9 月第 1 版，第 46～58 頁。

〔註 20〕　（元）關漢卿《竇娥冤》，王季思《全元戲曲》卷一，人民文學出版社 1999 年 2 月第 1 版，第 181 頁。

〔註 21〕　這個現象為陳師建森先生指出，參見陳建森《宋元戲曲本體論》，第 126 頁。

〔註 22〕　（明）《繡刻幽閨記定本》，明末毛晉汲古閣《六十種曲》第三冊，中華書局 1958 年 5 月第 1 版，1982 年 8 月第 2 次印刷，第 69 頁。

〔註 23〕　（元）張國賓《薛仁貴衣錦還鄉》，王季思《全元戲曲》卷四，人民文學出版社 1999 年 2 月第 1 版，第 268 頁。

在現實生活中，人們很少會「自曝其短」揭露自己的無能。張士貴的「揭短」屬於「演述干預」，甫開場便給觀眾留下了不良印象。作者如此設置，是巧借「我」的聲口自揭其短、自我貶損，把寫作意圖隱含於劇中，暗含著劇作家對張士貴這位奸詐小人的評價。據此改編的明人改本《白袍記》第10折寫張士貴上場，唱曲【紅納襖】並詩云「馬帶金鞍將掛袍，柳梢門外月兒高。男兒要帶先鋒印，解下腰摩帶血刀。」〔註24〕在劇情開始處，改本把張士貴的形象改爲普通將領，沒有採取元雜劇的寫法。但是在《白袍記》第28折中，張士貴開場唱曲【青歌兒】「男子漢，須當無毒，毒心且藏其腹。惟有國公太欺人，殺害了，稱吾心足。」其「自報家門」云：「恨小非君子，無毒不丈夫……不如先下手爲強，後下手爲殃。」〔註25〕接著自述設陷阱要燒死薛仁貴。改編者通過新增的人物開場曲和自白，讓張士貴自己揭露貪功冒進、心狠手辣的性格。

宋元南戲「明改本」以人物「自報家門」和上下場詩評論人物。如「王西廂」第二本第一折孫飛虎「自報家門」云「自家姓孫，名彪，字飛虎。……擄鶯鶯爲妻，是我平生願足。」〔註26〕「明改本」「李西廂」第11齣《亂倡綠林》孫飛虎「自報家門」，在「自家姓孫名彪」之前增加55字的上場詩：「劍氣猩紅帶血磨，因貪女色逞儍羅。龍珠欲取探龍窟，虎子還求入虎窠。欺白起，笑廉頗，殺人放火妄爲多。營門忽報非常樂，管取春嬌馬上駝。」〔註27〕孫飛虎甫上場就向觀眾宣示「因貪女色」的品性，其中就暗含改編者的貶抑。「明改本」「陸西廂」第10齣《嘯聚》增改孫飛虎的「自報家門」爲上場詩：

> 小子名喚孫飛虎，一身上陣多威武。主將無端奪戰功，不待升遷脫戎伍。官卑祿薄也休提，夜間一苦最是苦。沒個老婆相伴眠，醒眼看燈聽更鼓。兩腳伸去冷似刄，雙手抱來只有我。這家妻小十二三，那家婢妾十四五。一般頭面一般人，偏俺生身是泥土。因此心中抱不平，夤夜商量做賊虜。聞之普救有鶯鶯，一貌如花善歌舞。

〔註24〕（明）《新刻出像音注薛仁貴跨海征東白袍記》卷上，《古本戲曲叢刊初集》第50冊影印明富春堂本，文學古籍刊行社1954年2月，第13頁。

〔註25〕（明）《新刻出像音注薛仁貴跨海征東白袍記》卷下，第10頁。

〔註26〕（元）王實甫《西廂記》，王季思校注、張人和集評《集評校注〈西廂記〉》，上海古籍出版社1987年4月第1版第1次印刷，第48頁。

〔註27〕（明）李景雲、崔時佩《南西廂記》，明末毛晉汲古閣《六十種曲》第3冊，中華書局1958年5月第1版，1982年8月第2次印刷，第30頁。

便領半萬把都兒，圍在寺門恣劫擄。駝歸馬上入轅門，獨馬單槍戰
一火，好似躺公打老婆。〔註28〕

「陸西廂」採取「李西廂」的上場詩代替「自報家門」，形式改為順口溜，更
便於念誦。另外，孫飛虎原為土匪的首領，是一位草莽英雄的形象。而「明
改本」「陸西廂」通過新增上場詩，讓孫飛虎自嘲仕途不順「不待陞官最是苦」、
缺乏家庭溫暖「沒個老婆相伴眠」，令其形象世俗化，也隱含改編者拿類似人
物來取樂的態度。

二、用詩的形式評論劇中人物

　　宋元南戲「明改本」以詩的形式評論劇中人物。宋元南戲如《張協狀元》
也有以詩詞進行干預的情況。《張協狀元》第三齣貧女所唱的曲子【叨叨令】，
有一段曲文云「貧則雖貧，每恁地嬌，這兩眉兒掃。有時暗憶妾爹娘，珠淚墮
潤濕芳容，甚人知道？妾又無人要。兼自執卓做人，除非是苦懷抱。」〔註29〕
這支曲子是貧女以劇中人的身份演唱，說自己雖然貧窮，但不乏「嬌美」。其實，
普通女子不會誇說自己「嬌」。貧女的唱段暗含著劇作家的視界。劇作家在此借
貧女自述，體現貧女雖然外表貧窮，但是其內心具有珠玉一般高貴的美德。

　　又如，「王西廂」第四本第一折敘崔鶯鶯準備到西廂赴張生的約會，崔鶯
鶯經紅娘屢次催促和勸說以後才慢慢地走出閨房。「王西廂」此處並無下場
詩。「明改本」「李西廂」第28齣《潛出閨房》在改編「王西廂」時，增加了
紅娘的下場詩「(俺姐姐)語言須是強，腳步早先行。」〔註30〕紅娘以旁觀者
的視角，評論鶯鶯表面上還比較矜持，其實鶯鶯的腳步已洩露了她著急的心
理。又如「王西廂」和「李西廂」寫張生和崔鶯鶯「佛殿奇逢」時，二人皆
一見鍾情，此時張生並沒有念詩。「明改本」「徐西廂」的《佛殿奇逢》描寫
張生初見鶯鶯，讚歎道：「這女子呵，霞光抱明月，蓮豔開初旭，飄渺雲雨仙，
氛氳蘭麝馥。」〔註31〕在這首五言詩裏，張生改以旁觀者的視角評論鶯鶯的
美貌，表達他對夢中情人的讚歎。

〔註28〕　（明）陸采《陸天池西廂記》，《古本戲曲叢刊初集》第64冊，文學古籍刊行
　　　　　社1954年2月。

〔註29〕　《張協狀元》，錢南揚校注《永樂大典戲文三種校注》，中華書局1979年10
　　　　　月第1版，2009年11月第2版，2009年11月第2次印刷，第2頁。

〔註30〕　（明）李景雲・崔時佩《南西廂記》，明末毛晉汲古閣《六十種曲》第3冊，
　　　　　中華書局1958年5月第1版，1982年8月第2次印刷，第75頁。

〔註31〕　（明）徐奮鵬《詞壇清玩樂蕭碩人增改定本西廂記》上卷，明萬曆刻本，第5頁。

　　「明改本」在人物上場和下場時，對其上下場詩的內容和形式進行改易。如「王西廂」第二本第一折鶯鶯念誦上場詩敘遊園懷春：「（旦引紅上，云）自見了張生，神魂蕩漾，情思不快，茶飯少進。早是離人傷感，況值暮春天道，好煩惱人也呵！好句有情憐夜月，落花無語怨東風。」〔註32〕崔鶯鶯的上場詩為「好句有情憐夜月，落花無語怨東風」，抒發鶯鶯對張生的思念之情。「明改本」「陸西廂」第4齣《秋闈》把鶯鶯首次登場亮相的上場詩改為「霜風摧古松，女蘿失其主。老鳳去丹山，孤雛不能舉。物類有所憑，況彼閨中女。妾本五侯家，少小長羅綺。一旦失慈父，漂泊河之湄。朽骨縈網絲，玄旐掩秋雨。哀哀餘寡親，力弱值途阻。回首昔年榮，雲天渺何許。獨把瑤琴彈，泠泠泛宮羽。請為思歸吟，幽咽不成語。欲因晨風翔，送我返鄉宇。」〔註33〕這首上場詩有 130 字，篇幅為全本改本之冠。詩體由七言改為五言，以「松、蘿、雨、琴、幽」等意象結構全詩，比「王西廂」的「好句有情憐夜月，落花無語怨東風。」更具古韻，以清冷的詩境，襯托出鶯鶯性格裏清雅高潔的一面。「西廂」的明人改編者通過增改詩詞，使詩詞與劇情的發展和人物形象的塑造巧妙地融為了一體。

　　宋元南戲「明改本」還會通前代詩文來評論劇中人物。如「徐西廂」讚賞楊妙兒的詩云：「魚鑰獸環斜掩門，萋萋芳草憶王孫。醉憑青瑣窺韓壽，困擲金梭惱謝鯤。不夜珠光連玉匣，闌寒釵影落瑤樽。欲知明惠多情態，役盡江淹別後魂。」〔註34〕「萋萋芳草」取自唐代王維的詩《送元二使安西》。「韓壽」取自《晉書・賈充傳》和宋代《世說新語》所記「韓壽偷香」故事，後來成為情人約會的雅稱；「王西廂」也曾使用該典故；「陸西廂」的作者陸采也有傳奇《懷香記》敷演這個故事；詩中「青瑣窺韓壽」採用《懷香記》女主角賈午在鎖孔裏窺視韓壽並一見傾心的故事。「役盡江淹別後魂」取自南朝江淹的文賦《別賦》「黯然銷魂者，惟別已矣」的意境。改編者在此處以詩歌評價對象，表現吟詩者鄭恒對眾美女的讚賞。而張生卻不為美色所動，用情專一。人物的上下場詩也寄寓改編者對劇中人的評論。如「明改本」「陸西廂」新增鶯鶯的上場詩，讚美她「冰清玉潔」的氣質；「李西廂」增添紅娘的下場詩，嘲謔主人心理，等等。

〔註32〕（元）王實甫《西廂記》，王季思校注、張人和集評《集評校注〈西廂記〉》，上海古籍出版社1987年4月1版1印，第48頁。

〔註33〕（明）陸采《陸天池西廂記》，簡稱陸采《南西廂記》，《古本戲曲叢刊初集》第64冊，文學古籍刊行社1954年2月。

〔註34〕（明）徐奮鵬《詞壇清玩槃薖碩人增改定本西廂記》下卷，明萬曆刻本。

第三節　注重淨、末、丑的「戲樂」功能

前人多把目光集中於元雜劇或宋元南戲的科諢上，較少關注宋元南戲「明改本」中的科諢。例如，董每戲指出戲曲舞臺提示「科介」比音樂和賓白還重要。康保成指出「介」最早是上古禮儀中助賓行禮、在主賓之間通傳的角色，傀儡戲用作贊導式的提示，被早期南戲直接繼承。劉曉明指出作為插演形式的「打吒」是諧謔性韻語和動作性諢科，是離開劇情主線的一種插科打諢。陳師建森先生在前人研究成果的基礎上，指出插科打諢是演述者與觀眾一起「戲樂」的交流形式。他指出宋元戲曲演述者「通常在演人物、述故事的過程中，在曲冷不鬧場處插科打諢，以博觀眾?堂笑樂。」〔註35〕如明末汲古閣改本《琵琶記》第 9 齣《杏園春宴》若按新科狀元赴宴的「事件本身平鋪直敘則非『曲冷』不可」，〔註36〕作家插入一段淨末丑的順口溜和雜耍戲，進行插科打諢和博取觀眾的笑樂。

筆者發現，宋元南戲「明改本」的科諢與前代戲曲的科諢大體一致，然在細節上有所不同。明中後期的「明改本」運用插科打諢的技巧比明代早期的改本進步。時代越晚的宋元南戲「明改本」，其插科打諢普遍比時代較早的「明改本」要多。

如宋元南戲「明改本」「李西廂」第 17 齣《排宴喚廚》寫紅娘和廚師鬥嘴：

> （貼）你是甚麼人？（丑）小人是有名的顧廚。你府內說要安排茶飯，特來到此。（貼）你既是有名的廚子，你說本事來與我聽。
>
> （丑）你聽我說。手段從來無比，隨你吃一看幾。休題北酒南茶，不怕人來嫌比。大則殺牛宰馬，小則雞鵝之類。烹炮隨時看火，香辣全憑五味。湯水是我先嘗，黑炭是你去洗。（貼）你不說偷湯偷肉，且在我面前方文尸比。（丑）你倒說方文尸比二字，你丫頭敢是通文？
>
> （貼）那般文字不曉得？（丑）不要誇口，且把千字文念一念。你家為何擺筵席？（貼）你聽道，我家曾做「府羅將相」，輔佐「有虞陶唐」，誰想「忠則盡命」……老夫人不能夠「畫眠夕寐」，不由人不「宇宙洪荒」。俺家有一小姐「女慕貞潔」……被孫飛虎圍住了寺門，如「晉楚更霸」……虧了「背邙面洛」。（丑）洛甚麼？（貼）

〔註35〕 陳建森《宋元戲曲本體論》，人民出版社 2012 年 9 月 1 版 1 印，第 51 頁。
〔註36〕 陳建森《宋元戲曲本體論》，第 53 頁。

洛陽人。一個「辰宿列張」。（丑）張甚麼？（貼）張生。（丑）如何
設法救了？（貼）⋯⋯你偷些汁湯泡吃。（丑）油嘴丫頭。（貼）光
邊漢子。〔註37〕

改編者使用「千字文」結構劇情。紅娘在廚子的鼓勵之下，念誦大段「千字
文」。紅娘通過念誦，把老夫人攜女兒寄居寺廟中，孫飛虎圍住寺廟要搶親，
張生使計策救美人的劇情交代出來。這段科諢在其他明代改編「西廂」故事
的改本中均未見，爲此本獨有。可見改編者紅娘和廚子的科諢達到「戲樂」
觀眾的目的。

在「李西廂」第 7 齣《琴紅嘲謔》裏，丑扮琴童，貼扮紅娘，二人先後
上場，互相嘲笑對方的短處。接著，末扮道人上場，與他們展開對話：

（丑）我來尋主人。要問長老，如何不見？（末）悟空入定去
了。（丑）如何爲悟空入定？（末）空即是色，色即是空。（丑）怎
見得？（末）「香消南國美人盡」，此乃色即是空；「恨入東風芳草多」，
此乃空即是色。（丑）俗人之色，與你出家人不同。（末）如何不同？
（丑）我俗人吃些酒肉，風花雪月，耍樂之色；你出家人豆腐麵筋，
粗茶淡飯，乃閉塞之塞。〔註38〕

其中，「香消南國美人盡，恨（怨）入東風芳草多。」原爲唐人劉滄《經煬帝
行宮》中的詩句，元人楊載的詩話《詩法家數》以這兩句說明「鍊字」之法，
前半句鍊「消」字，後半句鍊「入」字。道人把詩法和佛家的「色空」觀念
結合，以回答丑的提問，卻遭到丑的搶白。而丑、貼仍執迷不悟，堅持鬥嘴、
賭牌。道人評論他們「爭豪競貴巧鋪排，不及禪心一寸灰。」以批評世人對
功名富貴的爭奪，不如以修禪心態相伴。從本齣所述三個人物的對話來看，
道人宣傳色空思想的目的，是點化作爲俗人的琴童和紅娘，俗人拉攏道人作
爲「中間人」。道人的目的無法達到，指出他只能做「中見人」，意爲不主動
參與、袖手旁觀。因此，從表面上看，琴紅嘲謔是爲了逗趣而作的滑稽表演。
然而，聯繫這個情節在本齣的語境來看，可知實際上隱含了編劇對世俗之人
的諷刺之意：凡人沉溺於情愛、遊戲和娛樂之中，不懂得「色即是空」的眞
諦。

〔註37〕（明）李日華《南西廂記》，張樹英校注，中華書局 2000 年 11 月 1 版 1 印，
第 38～39 頁。
〔註38〕（明）李日華《南西廂記》，第 17 頁。

「明改本」「徐西廂」並未對嘲謔的情節專闢齣目，而是分佈在各齣新增的賓白和科諢裏，如第 18 折《接書誌喜》和第 19 折《偷情阻興》敘紅娘和張生互相調戲。而「明改本」「陸西廂」第 24 折《饒舌》敘紅娘和琴童比賽說曲牌名，整齣類似相聲裏二人比賽說順口溜的段子，可見改編者善於把曲牌名作爲科諢的一部分，融匯於人物的對話之中，達到娛樂觀眾的效果：

> （貼）說得有理，我先把牌名兒罵他。（淨）道人，你做證見。
> 我輸了，我與他睡。他輸了，他與我睡。（末）不虧你，輸者只罰油
> 十斤。與我佛點燈。（貼）說得有理，我說春景好。（末）春景有甚
> 麼好？（貼）富貴【上林春】，逍遙【普天樂】，【章臺柳】搖金落索，
> 【錦堂月】上【海棠紅】。【金衣公子】，見見完完，啼破【沁園春】
> 光。【琥珀貓兒】，舒舒暢暢，臥盡一盆花影。桃李爭放【簇御林】，
> 千紅萬紫，渾如【一機錦】。燈月交輝【夜遊湖】，人山人海，鬧似
> 【浪淘沙】。【女冠子】斜插【一枝花】，最高樓雜奏【三登樂】。【青
> 玉案】側擺【排歌】，多應【風流子】【沉醉東風】酒。【珍珠廉】下
> 斜疏影，正是【香柳娘】。初試【天淨沙】，【絮婆婆】啾啾唧唧，【十
> 二時】常禱【大和佛】。願【似娘兒】得【永團圓】……〔註39〕

明代改編者對僕人的戲謔比較感興趣，便在這裡專闢一齣敷演僕婢之間的戲弄。如明人李開先根據前朝「西廂」故事改作的院本《園林午夢》，敘述紅娘作爲崔鶯鶯的婢女和名妓李亞仙的婢女秋桂鬥嘴，形式與明代傳奇改編本「西廂」類似。李開先自敘他寫作這個劇本的目的是「有時取玩，或命童子扮之，以代百尺掃愁之帚而千丈釣詩之鉤。」〔註40〕可知該劇或被李開先的家樂戲班搬演過，或爲案頭讀本。無論這個劇本被搬演還是閱讀，都是一種「戲樂文本」。

宋元南戲「明改本」中那些念白多、對白長的科諢主要由淨末丑貼來演。小人物不是全劇主角，但是如果整部戲缺少了這些人物，也不可能完整。從戲文轉變爲傳奇，腳色行當也發生相應的變化。在中晚明的戲曲中，腳色分工已經逐步細化和成熟，各自有具體的任務要負責，故「明改本」亦進行相應的改編。改編者還根據腳色行當和表演藝術需要增刪改易科諢，醜化反角，

〔註39〕　（明）陸采《陸天池西廂記》，簡稱陸采《南西廂記》，《古本戲曲叢刊初集》
　　　　　第 64 冊，文學古籍刊行社 1954 年 2 月。

〔註40〕　（明）李開先《一笑散》，卜鍵箋校《李開先全集》修訂本中冊，上海世紀出
　　　　　版股份有限公司，上海古籍出版社 2014 年 2 月 1 版 1 印，第 1395 頁。

讓淨末丑的科諢佔據半壁江山，促進了腳色分工發展。在宋元南戲「明改本」中，淨、末、丑之間的插科打諢，以及生、旦與淨、末、丑的插科打諢要比元雜劇和早期南戲佔據更多的戲份，可見改編者對插科打諢的高度重視。明世德堂本《拜月亭記》由淨腳扮店小二，汲古閣本《幽閨記》改由丑腳扮。腳色行當的改變，促使明汲古閣本《幽閨記》增加丑腳戲份，根據丑腳負責打諢的性質，增入插科打諢，可見明傳奇改本比前人的作品更注重加強丑腳的演劇功能。

　　宋元南戲「明改本」善於借鑒金院本中的「笑樂院本」豐富科諢。如明人改本《拜月亭記》借鑒金院本「雙鬥醫」。在「明改本」「拜月亭」中，有一段情節敘述患病的蔣世隆住在客棧，王瑞蘭請來醫生診治，其中醫生的插科打諢來自金院本「雙鬥醫」。如世德堂本《拜月亭記》「抱恙離鸞」中的醫生一來就故意拍桌子驚嚇病人，這種表演形式類似金院本「雙鬥醫」的表演形式。在汲古閣本和世德堂本中有一些相似的內容，如醫生剛來看病時，誤診了世隆的病症，經店家和瑞蘭的糾正，醫生才開始正經看病。這些科諢反映了醫生這一行業的滑稽。又如，元雜劇「王西廂」原有張生相思成疾，太醫看病的情節，提示「雙太醫科泛了」。明改本「李西廂」刪去這段情節。「陸西廂」第34齣《緘回》在「王西廂」的基礎上加以擴展，改為太醫上場自嘲職業，還在行醫時拿張生開玩笑，並且和琴童打諢，張生、琴童和醫生的這段科諢沖淡了看病情節的蕭條氣氛。

　　宋元南戲「明改本」採納金院本「針線兒」並進行改編，比元雜劇對這種院本的使用更成熟。元雜劇《摩利支飛刀對箭》第2折寫張士貴上場：

> 自小從來為軍健，四大神州都走遍；當日個將軍和我奈相持，不曾打話就征戰。我使的是方天畫杆戟，那廝使的是雙刃劍。兩個不曾交過馬，把我左臂廂砍了一大片。著我慌忙下的馬，荷包裏取出針和線；我使雙線縫個住，上的馬去又征戰。那廝使的是大杆刀，我使的是雀畫弓帶過雕翎箭；兩個不曾交過馬，把我右臂廂砍了一大片。被我慌忙下的馬，荷包裏取出針和線；著我雙線縫個住，上的馬去又征戰。那廝使的是簸箕大小開山斧，我可輪的是雙刃劍；我兩個不曾交過馬，把我連人帶馬劈兩半。著我慌忙跳下馬，我荷包裏又取出針和線；著我雙線縫個住，上的馬去又征戰。那裡戰到數十合，把我渾身上下都縫遍。那個將軍不喝彩，那個把我不談羨；

說我廝殺全不濟，嗨！道我使的一把兒好針線。某乃張士貴是也。
〔註41〕

陳師建森先生指出，此處張士貴標榜自己用針線縫合傷口，當是對金院本「針線兒」的吸收和改造，「這是一段以『淨』的身份演述『針線兒』『以誘坐客』的笑樂科諢。」〔註42〕

明代汲古閣本《精忠記》在宋元戲文《東窗記》和元雜劇《東窗事犯》的基礎上進行改編。汲古閣本《精忠記》第 7 齣《驕虜》敘述金兀朮率領部下準備迎戰宋軍，金兀朮讓士兵賣弄本領，末扮的兀朮和丑扮的士兵演出一段「針線兒」：

> （丑）我有本事。論俺本事真熟慣，上陣交鋒不懶慢，領兵只覺手腳慌，拿住便叫可憐見。（末）你輸了。（丑）不輸，他那裡點銀槍，俺這裡狼牙箭，一來一往，戰三十合，被他左脅上去了一大片。（末）你又輸了。（丑）不輸，被我連人帶馬收，收拾勒馬跑回營，腰間取出針和線，連皮帶骨縫，縫一個綻，跳上馬來又征戰，那入娘的換了傢夥了。（末）換了甚麼兵器？（丑）換了丈八矛，俺這裡連珠箭，一來一往，戰了六十合，被他右脅上又去了一大片。（末介。丑）還不輸，連人帶馬收，收拾跑回營，腰間又取針和線，連皮帶骨縫，縫一個綻，跳上馬來又征戰，那狗挪的又換了傢夥了。（末介。丑）他那裡大刀砍，俺這裡剛剛剩得三枝禿頭箭，一來一往，戰了一百二十合，惱了那入娘的，提起大刀，砍砍，連人帶馬砍做七八段。（末介。丑）不輸，被我連人帶馬收，收，收拾跑回營，腰間又取出針和線，連人帶馬縫一個大破綻，跳上馬來又征戰，那入娘攔住馬頭，不與我戰了，反贈我一疋羅、一疋絹。（末介。丑）他說道將軍本事爛平常，倒做得一手好針線。〔註43〕

元雜劇《摩利支飛刀對箭》第 2 折「針線兒」中的張士貴自吹自擂。明末汲古閣本《精忠記》第 7 齣《驕虜》中的「針線兒」改為金兀朮和小嘍囉相互

〔註41〕 （元）《摩利支飛刀對箭》，王季思《全元戲曲》卷六，人民文學出版社 1999年 2 月 1 版 1 印，第 859 頁。
〔註42〕 陳建森《宋元戲曲本體論》，人民出版社 2012 年 9 月 1 版 1 印，第 196 頁。
〔註43〕 （明）《繡刻精忠記定本》，明末毛晉汲古閣《六十種曲》第二冊，中華書局 1958 年 5 月 1 版 1 印，1982 年 8 月 2 印，第 13～14 頁。

「逗哏」，小嘍囉負責逗，金兀朮負責捧，既調節劇場的氣氛，凸顯喜劇效果，又娛樂觀眾。

　　改編文學作品的過程也是人們對作品接受和再創造的過程。宋元南戲「明改本」的插科打諢不只是爲了引觀眾發笑，還承擔著以戲曲爲載體自娛娛人的功能。劇中人物要調節劇場氣氛。劇場觀眾作爲藝術消費者也樂於看到插科打諢。伽達默爾認爲「觀看者顯然不只是一個觀看眼前活動的看客，他參與遊戲，成爲其中的一部分。」〔註44〕宋元南戲「明改本」的接受者不僅是觀眾和讀者，也是戲曲審美遊戲的參與者。改編者通過科諢「潛入」劇場，評論人物，引導觀眾的審美取向，召喚觀眾一起進入交流語境，共同參與審美遊戲。

〔註44〕 （德）H・G 伽達默爾《美的現實性：作爲遊戲、象徵、節日的藝術》，張志揚等譯，三聯書店 1999 年 5 月 1 版 1 印，第 7 頁。

第七章 宋元南戲「明改本」折子戲的改編

　　明代的折子戲，指明代戲曲選集中收錄各個劇目的單折或多折戲。戲曲選集的編撰是反映編者文學觀念的一種重要形式。他們對劇目的取捨和對曲文的增刪改易，體現了戲曲觀念、價值取向和審美情趣。戲曲選集收錄的宋元南戲「明改本」折子戲，反映了編者的文學觀念，體現其戲曲觀念、價值取向和審美情趣。

　　前人如錢南揚、俞爲民、孫崇濤、黃仕忠和李舜華等，對這個領域進行的研究取得了一定的成果，也存在一些不足：多注重文獻和版本的整理，對折子戲在表演形式、舞臺效果等方面的關注仍有餘地；多注重對折子戲改編全本的個案進行分析，尚未能系統梳理宋元南戲明改本折子戲「改什麼」、「怎麼改」、「何以如此改」以及總結改編規律。

第一節　明前中期的「明改本」折子戲

　　明前中期具有代表性的四部戲曲選集，指《雍熙樂府》、《詞林摘豔》、《盛世新聲》和《風月錦囊》。本節對四部戲曲選集收錄的宋元南戲「明改本」折子戲進行分析。在這四家曲選中，前三家曲選僅摘選全本戲的套數、曲牌和曲文，而曲選《風月錦囊》收錄曲文和賓白。

　　下文按孫崇濤、黃仕忠《〈風月錦囊〉箋校》目錄中的劇目順序排列。其中，一級標題「一、」指宋元南戲「明改本」全本戲的劇目，二級標題「1、」

指戲曲選集名稱，三級標題「第一」爲錦本標注和選收的情節。下文將注明戲曲選集所收折子戲的套數，以《善本戲曲叢刊》所收《風月錦囊》和汲古閣《六十種曲》所收宋元南戲「明改本」爲參照，梳理《風月錦囊》（簡稱錦本）與「明改本」的差異之處，包括《琵琶記》、《荊釵記》、《白兔記》、《牧羊記》、《尋親記》等劇的汲古閣本（簡稱汲本），以及《趙氏孤兒》富春堂本（簡稱富本）、《金印記》萬曆刻本（簡稱萬本）、《破窯記》李九我評本（簡稱李本）等，主要比較音樂套數、曲牌和支曲等方面的異同，具體曲文和賓白的差異則詳見錦本。另有部分錦本箋校尚未指出的內容，本文皆在比勘中進行補充說明。

一、《琵琶記》

1、《雍熙樂府》「戲文」部分選收【紅衲襖】套，對應汲本第三十齣《瞷詢衷情》的曲文。

2、《風月錦囊》（錦本《新刊摘匯奇妙戲式全家錦囊伯皆》與汲古閣《六十種曲》本《琵琶記》比較，後者簡稱汲本）

第一，〔水調歌〕這首詞，對應汲本第一齣《副末開場》。汲本有兩首詞，分別爲【水調歌頭】和【沁園春】；錦本僅有【水調歌頭】，而且曲牌有少許差異，原爲【水調歌】。

第二，【瑞鶴仙】套，對應汲本第二齣《高堂稱壽》，突出主要人物。汲本在此齣末尾有三支曲子【僥僥令】【前腔】【十二時】，爲生、旦、淨、外所唱，錦本無。

第三，【祝英臺】套，對應汲本第三齣《牛氏規奴》。汲本此齣在前面原有五支曲子，曲牌爲【雁兒落】【萃地錦襠】【前腔】【前腔】【祝英臺近】，寫院子、丫鬟等人玩耍、打諢；錦本沒有這些曲子，只見描寫主要情節牛氏規奴的曲子。

第四，【一翦梅】套，對應汲本第四齣《蔡公逼試》。其中汲本有曲牌【繡帶兒】，錦本曲牌則爲【似娘兒】。

第五，【謁金門】套，對應汲本第五齣《南浦囑別》，突出伯喈和五娘離別的主要情節。汲本有曲牌【沉醉東風】，錦本爲【醉東風】，曲文和賓白稍有差異；汲本從【五供養】至下文的【前腔】之間有五支曲子，寫伯喈把五娘託付給鄰居張大公照顧，錦本則不見；汲本有【餘文】，錦本曲牌爲【尾聲】；

汲本下半場開端處有五娘唱【犯尾引】，錦本無；汲本尾曲曲牌【鷓鴣天】，錦本則爲【鶴衝天】。

第六，【齊天樂】套，對應汲本第六齣《丞相教女》，爲描寫牛相教女的四支曲子【齊天樂】等，爲主要情節。然而，汲本開端處有末扮院子、淨丑扮媒婆上場，兩位媒婆都去相府說親，他們唱的【字字雙】【前腔】兩支曲爲錦本所無；汲本末尾有淨丑唱【黑麻序】【前腔】兩支曲，錦本亦無。

第七，【滿庭芳】套，對應汲本第七齣《才俊登程》，錦本曲牌與之相同，僅曲文偶有不同，汲本在〔浣溪沙〕詞之後有大段人物對話，錦本僅有該詞而無對話，較簡潔，且錦本的【甘州歌】曲牌在汲本中則爲【八聲甘州】。

第八，【破齊陣】套，對應汲本第九齣《臨妝感歎》。錦本有四支曲穿插於文中，爲【新增清江引】「昨日送郎」、【新增】「迢迢遠遠」、【新增】「山夫遊帝都」、【□□】（尾聲）「他從□後知甚時」，汲本無，諸本亦無，箋校者注云當爲明嘉靖本所增；錦本尾曲原不見曲牌文字，箋校者校注云似爲「尾聲」二字，皆不見於其餘諸本和曲譜。

第九，【憶秦娥】套，對應汲本第十一齣《蔡母嗟兒》，有五娘安慰蔡婆的主要情節。汲本曲牌分兩支，爲【憶秦娥先】【憶秦娥後】，錦本只有【憶秦娥】一支；汲本末尾淨丑旦三人分別唱【劉潑帽】【前腔】【前腔】，錦本則無。

第十，【高陽臺】套，對應汲本第十三齣《官媒議婚》。汲本的第二支【高陽臺】曲後連綴五支【前腔】，錦本僅有第一支【前腔】，寫伯喈推辭官媒的邀請，其餘無，四支【前腔】寫伯喈的再三推辭和官媒的多次勸說。

第十一，【剔銀燈】套，對應汲本第十五齣《金閨愁配》。錦本只有前面三支曲，而汲本末尾有淨唱【打迓鼓】、貼唱【前腔】，錦本無。

第十二，【北點絳唇】套，對應汲本第十六齣《丹陛陳情》，爲伯喈丹陛陳情的主要劇情。汲本上半場有伯喈遞奏摺陳述衷情的套曲【入破第一】【破第二】【衮第三】【歇拍】【中衮第五】【煞尾】【出破】，錦本僅有第一支【入破第一】，其餘六支曲皆無。汲本尾曲【歸朝歡】，在錦本中曲牌爲【朝天歡】。

第十三，【瑣南枝】套，對應汲本第十七齣《義倉賑濟》，爲五娘被里正搶糧以後打算自盡的主要情節。汲本有【普賢歌】至【普天樂】的七支曲子，寫里正假公濟私，五娘赴義倉領糧食，錦本皆無。錦本僅有五娘被搶糧的情節，而且無汲本【瑣南枝】的最後一支【前腔】「我聽你說這言」；錦本也有

【瑣南枝】和【洞仙歌】以及它們的【前腔】；且汲本【瑣南枝】的「鎖」和錦本的「瑣」意思相同，實爲同一個曲牌。

第十四，【金蕉葉】套，對應汲本第十八齣《再報佳期》，寫蔡伯喈「三不從」之辭婚不從。錦本無次要人物媒婆所唱【蠻牌令】，汲本則有。

第十五，【傳言玉女】套，對應汲本第十九齣《強就鸞凰》，爲蔡伯喈和牛小姐成親的主要情節。錦本無汲本的倒數第二、第三支曲【鮑老催】、【雙聲子】。

第十六，【夜行船】套，對應汲本第二十齣《勉食姑嫜》。錦本無汲本的五娘開場曲【薄倖】。

第十七，【山坡羊】套，對應汲本第二十一齣《糟糠自厭》。錦本無五娘所唱的第二至第五支曲，它們的內容亦與五娘所唱的第一支曲子內容相似；僅有描繪五娘勉食糟糠的第六至第八支曲子；其餘曲子全無。這套曲子僅有五娘所唱的三支曲子【山坡羊】「亂荒荒」、「這是穀中糢」、【雁過沙】「他沉沉向迷途去」和蔡公所唱的一支曲子「你耽饑事公姑」，沒有汲本中可見的蔡婆的曲子。

第十八，【一枝花】套，對應汲本第二十二齣《琴訴荷池》，爲蔡伯喈「賞荷」的主要情節，錦本和汲本有個別曲子有出入。汲本有次要人物淨丑扮牛府隨從的【金錢花】，此處錦本僅此一曲。

第十九，【霜天曉角】套，對應汲本第二十三齣《代嘗湯藥》，兩本曲牌稍有不同，如錦本【歌兒】在汲本中爲【青歌兒】。

第二十，【喜遷鶯】套，對應汲本第二十四齣《宦邸憂思》。錦本的尾曲爲汲本所無。

第二十一，【金瓏璁】套，對應汲本第二十五齣《祝髮買葬》。汲本描寫五娘剪髮的【前腔】「堪憐愚婦人」則爲錦本所無，此曲曲文內容亦與上一曲相似。

第二十二，【一封書】套，對應汲本第二十六齣《拐兒紿誤》。汲本寫淨扮拐兒的上場曲【打球場】和下場曲【前腔】，以及生扮蔡伯喈的上場曲【鳳凰閣】，錦本皆無，只有伯喈託拐兒寄家書的主要劇情。

第二十三，【掛眞兒】套，對應汲本第二十七齣《感格墳成》，錦本開場處只有描寫五娘以羅裙包土埋葬公婆的主要情節，有前三支曲子【掛眞兒】等，汲本其餘九支曲子和〔菩薩蠻〕詞皆無。

　　第二十四，【生查子】套，對應汲本第二十八齣《中秋望月》，爲蔡伯喈「賞月」的主要情節。汲本有貼淨丑的上場曲【念奴嬌引】、開場詞〔臨江仙〕、淨丑賞月的【古輪臺】和接續的【前腔】，共三支曲子，而且汲本【念奴嬌序】在錦本中爲【本序】，是描寫次要人物及其戲份的曲子，然而錦本皆無。

　　第二十五，【胡搗練】套，對應汲本第二十九齣《乞丐尋夫》，錦本無【三仙橋】後的【前腔】，而且該曲的內容和上一曲相似；箋校者注明【新增曲】，爲明代全本諸改本所無，然而明代戲曲選集收錄的折子戲多有此曲；錦本所收，突出五娘辭別張大公、準備上京尋夫的情節，對話篇幅之長，爲錦本少見；錦本在【憶多嬌】曲子前面，有一段篇幅較長的且末對話，原本渾然一體，汲本則以【憶多嬌】【前腔】【鬥黑麻】【前腔】四曲隔斷之。

　　第二十六，【菊花新】套，對應汲本第三十齣《瞷詢衷情》，兩本套數相同，錦本僅有少量對白與汲本有差異。

　　第二十七，【西地錦】套，對應汲本第三十一齣《幾言諫父》，錦本的套曲和汲本一致，兩本有少量對白有差異；相對於錦本《琵琶記》的其他情節，此齣收錄對白篇幅較長。

　　第二十八，【四邊靜】套，對應汲本第三十三齣《聽女迎親》。汲本有牛丞相開場曲【番卜算】、伯喈和牛氏上場曲【前腔】，錦本皆無，僅有【四邊靜】等四支寫主要情節的曲子。

　　第二十九，錦本所收諸情節中，僅此段情節不收曲子，僅有五戒和尚的自報家門一段，對應汲本第三十四齣《寺中遺像》。在錦本收錄的《琵琶記》僅此齣不收錄曲子，只收錄賓白。

　　第三十，【繞地遊】套，對應汲本第三十五齣《兩賢相遘》。汲本中牛氏上場曲【十二時】，錦本則無；錦本曲牌【香淋纏】，汲本中則爲【啄木鸝】。

　　第三十一，【天下樂】套，對應汲本第三十六齣《孝婦題眞》，錦本有整套曲子。

　　第三十二，【解三醒】套，對應汲本第三十七齣《書館悲逢》，爲主要情節。汲本有伯喈上場曲【鵲橋仙】和牛氏上場曲【夜遊湖】，錦本皆無；汲本曲牌【小桃紅】，錦本則爲【下山虎】；汲本【餘文】，錦本則無此曲牌，標爲眾人「合唱」。

　　第三十三，【虞美人】套，對應汲本第三十八齣《張公遇使》，錦本和汲本的套曲一致。

第三十四，【六么令】套，對應汲本第四十二齣《一門旌獎》，為大團圓結局。汲本曲子數量較多，而錦本僅有末、生、旦、貼各唱一支曲，共留四支曲合為【六么令】一套。而且錦本不見汲本中生旦貼的上場曲【逍遙樂】，亦無描寫團圓、聽聖旨、封賞等情節的曲子如【一封書】、【永團圓】等九支曲。

錦本收錄的其他散曲，還有《新刊耀目冠場擢奇風月錦囊正雜兩科全集》收錄《新增趙五娘彈唱》。據箋校校記指出，本篇為《琵琶記》情節，然而明代《琵琶記》全本改本不見該篇情節，明代戲曲選集《玉谷新簧》「時興妙曲」收有旦扮趙五娘唱《琵琶詞》一段，然而曲文與該篇不同；戲曲選集《摘錦奇音》亦有《琵琶記·五娘琵琶詞調》，但文字缺失。

另外，錦本的《全家錦囊續編》收錄散曲《新增蔡伯皆辭朝》，有【柳搖金】三支曲和【寄生草】一支曲。

綜上，錦本有而汲本無的《琵琶記》情節有八齣，包括第 8 齣《文場選士》、第 10 齣《杏園春宴》、第 12 齣《奉旨招婿》、第 14 齣《激怒當朝》、第 32 齣《路途勞頓》、第 39 齣《散發歸林》、第 40 齣《李旺回話》和第 41 齣《風木餘恨》。

值得注意的是，首先，在錦本中保留《琵琶記》整套曲子的齣目有共同點。這些齣目分別對應汲本《琵琶記》第 22、30、31、36、38 齣。在這些齣目中，伯喈出現三次；牛氏出現兩次，五娘、牛相、張大公分別出現一次，可見編選者選收套曲時，仍以表現男主角伯喈為主。其次，在錦本中收錄大段賓白的齣目也有共同點。它們對應汲本第 9、16、29、31、34 齣，其中第 9 齣《丹陛陳情》寫伯喈向朝廷陳詞，第 29 齣《乞丐尋夫》寫五娘決定千里尋夫，第 31 齣《幾言諫父》寫牛氏在父親面前據理力爭等。錦本保留其中的大段賓白皆為主角的念白或對話，都是抒情性、戲劇性很強的片段。

從《雍熙樂府》和錦本選收曲子的數量來看，明前期《雍熙樂府》僅收錄《琵琶記》的曲文一支，《瞷詢衷情》雖為主幹情節，然編選者偏偏選擇了牛氏所唱的曲子，而非本齣和全劇主角蔡伯喈所唱的曲子，可見編選者對此劇不是很重視。明中期錦本則收錄了《琵琶記》的三十二套曲，在數量上是前者的數十倍。可見從明前期到中期，編選者對《琵琶記》的重視程度有了質的飛躍，可知《琵琶記》在明中期有較高的地位。

二、《荊釵記》

1、《雍熙樂府》「戲文」之【錦堂月】「華髮斑斑」套，對應汲古閣本《荊釵記》第三齣《慶誕》的曲文。

2、《風月錦囊》（錦本《摘匯奇妙戲式全家錦囊荊釵》與汲古閣《六十種曲》本《荊釵記》比較，後者簡稱汲本）

第一，〔沁園春〕詞，對應汲本第一齣《家門》。汲本有兩首詞〔臨江仙〕和〔沁園春〕，錦本僅有後者。

第二，【滿庭芳】套，對應汲本第二齣《會講》，錦本主要收錄王十朋所唱之曲兩支，淨末各一支。汲本有末扮王士宏所唱【水底魚】和淨扮孫汝權所唱【前腔】，而錦本皆無。而且汲本尾部寫淨末所唱的兩支【前腔】順序和錦本不同，汲本為淨在末之前唱【前腔】，錦本為末在淨之前唱【前腔】。

第三，【錦堂月】套，出處同《雍熙樂府》，對應汲古閣本第三齣《慶誕》。汲本開場描寫錢父、錢母、姑姑和錢玉蓮依次上場，各人唱曲包括【高陽臺】【臘梅花】【前腔】【珍珠簾】，錦本則無；錦本有描寫眾人給錢父慶壽的【錦堂月】【醉翁子】【僥僥令】【尾聲】，汲本則相同；錦本有【紅繡鞋】，然而汲本和其他諸本亦無，惟錦本獨有。

第四，【繞池遊】套，對應汲本第六齣《議親》。錦本開場曲有【繞池遊】，汲本為【繞地遊】；錦本第二支曲曲牌【風入松慢】，汲本為【風入松】。汲本有十朋的母親王氏【簇御林】和十朋【前腔】兩支曲子，而錦本無。

第五，【似娘兒】套，對應汲本第八齣《受釵》，有錢父和姑姑爭論玉蓮應該嫁給王十朋還是孫汝權的主要情節，錦本有【似娘兒】一套，卻無汲本【駐馬聽】的四支曲子。

第六，【梁州序】套，對應汲本第九齣《繡房》，為玉蓮堅持嫁給十朋並拒絕改聘孫家的主要情節。汲本有玉蓮上場所唱【戀芳春】【一江風】【前腔】三支曲子，還有丑腳上場所曲【青哥兒】，錦本則無，只有【梁州序】一套。

第七，【三臺令】和【北沉醉】一套，對應汲本第十一齣《辭靈》，寫玉蓮毅然嫁給貧窮的十朋，辭別親人。錦本的情節梗概與汲本一致，但內容完全不同。其中諸本全本皆無錦本所收【三臺令】一曲；【北沉醉】和支曲共三支曲子，也僅見於世德堂本和富春堂本，詳見錦本校注。

第八，【風馬兒】套，對應汲本第十二齣《合巹》，錦本有開場處王氏和十朋擔心玉蓮悔婚以及下文描寫男女主角結婚的主要情節。汲本寫王氏與十

朋擔心的【瑣窗寒】【前腔】，錦本無；汲本有末淨扮錢家隨從所唱【前腔】、姑姑所唱【寶鼎兒】、玉蓮所唱【花心動】，寫隨從和姑姑陪伴玉蓮來到王家，然而錦本皆無；汲本寫眾人唱【鬥黑麻】【前腔】【錦衣香】寫婚禮過程，錦本亦無；錦本【惜奴嬌】尾句，在汲本【漿水令】中則爲王氏所唱的尾句「非缺禮」。

第九，【卜算子】套，對應汲本第十五齣《分別》，爲錢父迎接玉蓮和王氏到來的主要情節。汲本寫十朋拜別眾人的一支尾曲【臨江倦】，以及眾人弔場的【園林好】至【尾】共五支曲子，皆爲錦本所無；錦本只有上半場，【卜算子】【疏影】【降黃龍】【袞遍】【尾聲】，共八支曲，且錦本【袞遍】在汲本中爲【黃龍袞】。

第十，【望遠行】套，對應汲本第十六齣《赴試》。但錦本首曲【望遠行】爲汲本所無，然曲文大意相似，寫十朋在赴京趕考途中的時令景物；汲本開端處原有【水底魚】和【前腔】，錦本無；錦本次曲爲王十朋的【甘州歌】和末扮王世宏所唱【前腔】，無汲本孫汝權所唱【前腔】和眾人【前腔】；錦本尾曲【餘文】和汲本尾曲【尾聲】曲牌不同，曲文一致。

第十一，【破齊陣】，對應汲本第十八齣《閨念》寫玉蓮對鏡梳妝，兩本僅有個別曲牌名不同，如錦本開場曲【破齊陣】，汲本爲【破陣子】；錦本次曲【風雲會四朝元】，汲本爲【四朝元】，且首曲和次曲的曲文有較大差異。

第十二，【賀聖朝】套，對應汲本第十九齣《參相》，寫萬相爺招贅十朋，十朋的不服從激怒了相爺，兩本都有整套曲子。

第十三，【臨江仙】套，對應汲本第二十二齣《獲報》，有整套曲子，僅個別曲牌名稱有差異，如錦本次曲曲牌爲【二犯傍妝臺】【前腔】，汲本爲【傍妝臺】【前腔】；錦本曲牌爲【棹角兒序】，汲本爲【皀角兒】；錦本上半場尾曲爲【餘文】，汲本爲【尾聲】。

第十四，【金蕉葉】套，對應汲本第二十四齣《大逼》，描寫玉蓮被母親和姑姑逼著改嫁，屬於下半場。汲本上半場的曲子【字字雙】等四支，寫錢父、錢母和姑姑之間的爭執，錦本則無，僅有【金蕉葉】至【五更轉】的曲子。

第十五，【香羅帶】套，對應汲本第二十六齣《投江》，爲玉蓮投江、被救、傾訴的情節。錦本開場曲【香羅帶】首曲與汲本相同，但次曲不見於汲本。汲本玉蓮的開場曲【梧葉兒】，錦本無；錦本箋校者說明【新增綿搭絮】，

汲本和姑蘇刻本皆無，然而世德堂本和錦本皆有；汲本寫錢安撫等人拯救玉蓮的四支曲子【五供養】【山歌】【菊花新】【糖多令】，錦本皆無；錦本中描寫玉蓮投江的【北雁兒落】，汲本和世德堂本皆無，然而後者將此曲曲文概括為【清江引】曲；汲本寫玉蓮被救以後感激恩人的【黃鶯兒】及三支【前腔】，錦本亦無。

　　第十六，【山坡羊】套，對應汲本第二十八齣《哭鞋》，為王氏錢父哭玉蓮的主要情節。錦本無汲本的王氏上場曲【梧葉兒】；錦本開場曲為王氏錢父分唱的【山坡羊】兩支，同汲本，但這兩曲之後淨所唱的第三曲【山坡羊】為汲本所無；錦本無汲本【勝如花】和後面四支曲子，且錦本後面增改以四支【傍妝臺】曲，為錦本獨有，諸本皆無。

　　第十七，【夜行船】套，對應汲古閣本第三十一齣《見母》，為十朋在京城見母親的主要情節，錦本只有【夜行船】【前腔】和【刮鼓令】等，共六支曲子；在汲本則僅為上半場，錦本亦無汲本下半場的四支曲子，描寫十朋聽見玉蓮自盡的噩耗以後跌倒。

　　第十八，【榴花泣】套，對應汲本第三十二齣《遺音》，錦本無汲本的義父上場曲【破陣子】，但是有義父派人打聽十朋消息、玉蓮思念十朋的主要情節，包括從【榴花泣】至尾曲，但錦本【餘文】在汲本中為【尾聲】。

　　第十九，【玩仙燈】套，對應汲本第四十五齣《薦亡》，兩本都有整套曲子，但錦本曲文與汲本有差異。據箋校云，錦本和汲本的差異在於【玩仙燈】套只有錦本和汲本有，世德堂本和姑蘇本皆無；錦本【玩仙燈】首曲第三句「只見畫燭熒煌」和第四句「追想音容」，汲本亦無。

　　第二十，【紅衲襖】套，對應汲本第四十六齣《責婢》。在錦本中除汲本的玉蓮上場曲【步步嬌】不見以外，其餘曲子皆見於汲本。

　　第二十一，【駐馬聽】套，對應汲本第四十八齣《團圓》，錦本只有四支曲子，為十朋所唱【駐馬聽】、【前腔】、【前腔】和錢安撫所唱【前腔】，汲本亦有，然而汲本其餘的十三支曲子皆不見於錦本。戲文、傳奇的結局多為生旦團圓，然而錦本編者在這段情節只收錄十朋所唱的曲子，不收玉蓮和其他人物所唱的曲子，意在突出本部戲曲男主角王十朋功德圓滿的結局。

　　另外，錦本《新刊耀目冠場擢奇風月錦囊正雜兩科全集》收錄《新增王十朋南北祭江》，內容有【折桂令】、【步步嬌】、【折桂令】三曲和玉蓮的賓白等，出自《荊釵記》的《祭江》情節。箋校者以明代戲曲選集《摘錦

奇音》所收《祭江》相校，各本曲文差異較小，賓白差異較大。錦本《全家錦囊續編》的《新增時興雜曲》收錄《荊釵記》散曲【駐雲飛】六支，摘取劇中的主要情節如離別、逼嫁、投江、獲救等，曲文多為三至四句，篇幅較短。

綜上，汲本有而錦本沒有收錄的內容多為次要情節，共二十五齣，包括汲本第4齣《堂試》、第5齣《啓媒》、第7齣《退契》、第13齣《遣僕》、第14齣《迎請》、第17齣《春科》、第20齣《傳魚》、第21齣《套書》、第23齣《覓眞》、第25齣《發水》、第27齣《憶母》、第29齣《搶親》、第33齣《赴任》、第34齣《誤訃》、第35齣《時祀》、第36齣《夜香》至第44齣《續姻》和第47齣《疑會》。

從內容上看，錦本《荊釵記》收錄的情節內容多為套數、曲牌和曲辭，較少收錄賓白，比錦本《琵琶記》收錄的賓白更少。

從數量上看，《雍熙樂府》選收《荊釵記》的一套曲子，《風月錦囊》則選收了二十一套曲子，可見後者比前者的重視程度有了很大的提高。從選收劇情來看，《雍熙樂府》選收的曲子是次要情節中由主角錢玉蓮所唱的曲子，《風月錦囊》選收了二十一齣的曲子，囊括了大部分主要情節，較重視「繡房」、「哭鞋」和「分別」這三段情節。

三、《蘇秦》、《金印記》

1、《蘇秦》

《風月錦囊》（錦本所收《摘匯奇妙戲式全家錦囊蘇秦》與《古本戲曲叢刊初集》所收萬曆刻本《重校金印記》比勘，後者簡稱萬本）

第一，錦本為末上開場〔滿庭芳〕，萬本則為末上開場，先講〔西江月〕詞，後講〔滿庭芳〕詞，錦本只有後者，下場詩基本同，僅個別字詞有差異。

第二，【瑞鶴仙】，對應萬本第二齣《季子自歎》。錦本沒有萬本中蘇秦所唱尾曲【前腔】。

第三，【醉落魄】，對應萬本第六齣《花前飲宴》。錦本只有兩支曲子同萬本，錦本排行第三的曲子【錦堂月】等兩支曲與萬本所收，僅曲文大意一致。

第四，【繞地風】，對應萬本第八齣《逼妻賣釵》。錦本首曲【繞地風】不見於萬本，錦本【琥珀貓兒】有兩支，萬本曲牌為【琥珀貓兒】，然而曲詞與萬本完全不同。

第五，【醉太平】，對應萬本第九齣《王婆賣釵》。錦本曲牌有【醉太平】等兩支曲，萬本則為【一江風】；錦本的【黃鶯兒】等兩支曲，萬本曲牌一致，但曲文不同。

第六，【花心動】，對應萬本第十齣《別親赴試》。錦本沒有蘇哥、蘇嫂、蘇父母的上場曲各一支，萬本【鮑老撲燈蛾】【催拍】等四支曲的文辭與原本不同；萬本首曲、次曲【駐馬聽櫻桃】兩支和【夜行船】一支，為哥嫂、父母上場曲，錦本皆無。錦本【曉行序】四支，萬本則在旦唱「非襃」處加入曲牌【臺序】；錦本曲牌【天石撫】，萬本為【不是路】。另外，錦本【曉行序】中各角色所唱曲文，其演唱方式和腳色與萬本多有不同，箋校者僅寫出了一部分，茲補充如下：錦本【前腔】的演唱順序和方式為外、外、合，萬本為小、貼、貼；萬本【臺序】曲中第二句為外唱，錦本為丑唱，曲中第六句，萬本為外唱，錦本為淨唱，曲中第七句，萬本為小唱，錦本為外唱。錦本首曲【花心動】分唱者亦與萬本不同，箋校者未加以說明，茲補充如下：萬本首句為老、外、淨唱，錦本為外、占唱；萬本次句為小唱，錦本為淨丑唱；第二句第三分句，萬本為貼唱，錦本仍為淨丑唱。二本皆有【尾聲】，但曲文完全不同，在汲本中為上半場尾曲。萬本尾曲【江頭金桂】四支，錦本無。萬本下半場首曲【中都悄】，錦本無，此處亦為箋校者未加以說明的內容。

第七，【金瓏璁】，對應萬本第十一齣《琴劍西遊》。錦本只有兩支曲子，萬本亦有這兩支曲子，其餘六支曲子皆不見。

第八，【憶秦娥】，對應萬本第十二齣《金釵典賣》。錦本只有前面三支曲【憶秦娥】【水仙子半插玉芙蓉】【前腔】同萬本，其他十支曲子皆與萬本不同。

第九，【轉仙子】，對應萬本第十六齣《一家恥笑》，為劇作的主要情節，錦本有萬本賓白對話，以及開端處寫蘇秦歸家並受譏諷的三支曲子，有【紅衲襖】一套寫家人譏蘇秦，萬本的其餘十三支曲子皆不見於錦本。

第十，【駐馬聽】，對應萬本第十八齣《刺股讀書》。錦本沒有萬本中蘇秦的上場曲【掛真兒】和【駐馬聽】的後兩支【前腔】，【孝順歌】和它的三支【前腔】；錦本只見六支曲子，萬本則有二十一支曲子。

第十一，【下山虎】，對應萬本第二十齣《再往魏邦》。錦本沒有萬本中蘇秦的四支開場曲【金蕉葉】【出隊子】【前腔】【前腔】。

第十二，【四朝元】，對應萬本第二十二齣《周氏投河》的其中一段情節。錦本選收的這段音樂只有首曲【四朝元】【前腔】；錦本沒有萬本中蘇三叔所唱【前腔】，【餘文】以下皆無。

第十三，【山坡羊】，也對應萬本第二十二齣《周氏投河》的另外一段情節。萬本沒有錦本的【銷金帳】和【二犯二兒水】；且萬本寫丫鬟秋香解救了打算欲自盡的周氏，錦本中此事爲蘇三叔所做，兩本雖有同類情節而人物不同。

第十四，【武陵花】，對應萬本第二十四齣《長途歎息》。錦本只有一支曲子寫蘇秦途中歎息，萬本沒有錦本中蘇秦的上場曲。

第十五，【二犯朝天子】，對應萬本第二十九齣《焚香保夫》。錦本只有四支【二犯朝天子】以及【尾聲】一支；萬本有四支曲皆不見於錦本，包括一支【似娘兒】和三支【清江引】。

第十六，【一封書】，對應萬本第三十六齣《差人傳書》。錦本只有一支曲子，亦見於萬本，而萬本此齣有四支曲子。

第十七，【杏花天】，對應萬本第三十八齣《叔婆傳書》。錦本所收曲子，除首曲【杏花天】與萬本相同以外，其餘曲子全然不同，主要寫周氏自歎，錦本所收情節與第三十八齣下半場相似。

第十八，【蠻牌令】，錦本的這段情節，與萬本第三十八齣下半場的情節相似，但是曲牌和曲文有差異。

第十九，【北武陵春】，錦本只見一支曲子，萬本無對應齣目，亦無此曲，寫蘇秦衣錦還鄉。

第二十，【風入松】，對應萬本第四十二齣《封贈團圓》。錦本沒有萬本的前三支曲子【虞美人】【三臺令】【虞美人】，然而有【風入松】以及後面的曲子共六支，兩本曲文有差異。

第二十一，【水仙子】，也描寫團圓封贈情節，但是萬本無對應。據箋校校記，明代戲曲選集《群音類選》收錄的折子戲有這段情節，而且連接於錦本的上一段情節，然而【北一封書】以下情節則與錦本完全不同。

2、《金印記》

《風月錦囊》（錦本所收《新刊耀目冠場擢奇風月錦囊正雜兩科全集》散曲和萬本比勘）

【二犯傍妝臺】，對應萬本第十二齣《金釵典賣》，詳見錦本箋校校記。

　　【新增武陵花】，對應萬本第十一齣《負劍西遊》。據箋校所記，該曲不見於萬本，但見於明代青陽腔選本，如《摘錦奇音》等。

　　另外，錦本《全家錦囊續編》收錄《新增時興雜曲》有「蘇秦西套」，共四支曲子，描寫周氏歎息、周氏賣釵、六國拜相等內容。

　　綜上，錦本不見於萬本的齣目共二十七齣，包括第 3 齣、第 4 齣、第 5 齣、第 7 齣、第 9 齣、第 13 齣、第 14 齣、第 15 齣、第 19 齣、第 21 齣、第 23 齣、第 25 齣、第 26 齣、第 27 齣、第 28 齣、第 29 齣、第 30 齣、第 31 齣、第 32 齣、第 33 齣、第 34 齣、第 35 齣、第 37 齣、第 39 齣、第 40 齣和第 41 齣，上述齣目為編者捨棄。

　　從數量上看，明前期的三家曲選不收錄「蘇秦」的曲文，可見編者沒有看到本劇或者不重視本劇。明中期的錦本開始收錄本記，而且把接近宋元戲文面貌的《蘇秦》和明改本《金印記》區分開來，可見錦本編者對蘇秦故事及其戲曲劇本頗有研究。編者收錄了《蘇秦》的十九套曲子，僅收錄《金印記》的兩套曲子，可見編者認為《蘇秦》比明改本《金印記》更值得摘選。錦本編者在摘選這兩記時，有一個共同點，較為關注「周氏賣釵」和「周氏投河」的情節，可見編者認為這是主要情節，體現了編者對周氏的「賢」和「貞」的重視。

四、《拜月亭》、《幽閨記》

1、《雍熙樂府》【山坡羊】「翠巍巍」，對應汲本《幽閨記》第十九齣《偷兒擋路》；【銷金帳】「黃昏」，對應汲本第二十六齣《皇華悲遇》。

2、《詞林摘豔》【商調·二郎神慢】「拜新月」，對應汲本第三十二齣《幽閨拜月》。

3、《風月錦囊》（錦本所收《新刊摘匯奇妙戲式全家錦囊拜月亭》和汲古閣《六十種曲》本《幽閨記》比勘，後者簡稱汲本）

　　錦本沒有對應汲本第一齣《開場始末》的內容。

　　第一，【眞珠簾】，對應汲本第二齣《書幃自歎》。在錦本中僅見汲本的兩支曲子，曲牌相同，但是曲文與汲本有差異；諸本都在第二齣。

　　第二，【北混江龍】，對應汲本第七齣《文武同盟》。汲本【北絳都春】【混江龍】【油葫蘆】等三曲曲文與錦本【北混江龍】等兩曲曲文相近；但是，汲本的其餘十八支曲不見於錦本。

　　第三，【玉芙蓉】，對應汲本第十一齣《士女隨遷》。錦本僅有蔣世隆所唱【玉芙蓉】和蔣瑞蓮所唱【前腔】兩支曲子，汲本的其餘五支曲子皆不見於錦本。據箋校校記云，世德堂本此曲在第十一折，李評本此曲在第二齣，位置有所不同。

　　第四，【金蓮子】，對應汲本第十七齣《曠野奇逢》，錦本與汲本的曲子基本一致。然而據箋校校記，世德堂本以下四段情節內容分別屬於第十三折《瑞蘭逃軍》、第十四折《兄妹逃軍》、第十六折《違離兵火》、第十七折《兄妹走散》、第十九折《隆遇瑞蘭》、第二十折《蓮遇夫人》，而本段曲文則僅屬於「錯從相認」的內容，世德堂本在第十九折，李評本在第十七齣《曠野奇逢》，位置有所不同。

　　第五，【山坡羊】，對應汲本第十九齣《偷兒擋路》，錦本僅有一支曲子。據箋校校記，錦本本段情節對應世德堂本第二十一折《隆蘭遇強》，李評本在第十九齣；汲本的其餘九支曲子不見於錦本。

　　第六，【梁州賺】，對應汲本第二十齣《虎頭遇舊》。錦本不僅汲本開端處寫世隆瑞蘭遇匪被捕的五支曲【粉蝶兒】等，僅有描寫主要情節的曲子【梁州賺】直至【尾聲】，共七支曲子。

　　第七，【駐馬聽】，對應汲本第二十二齣《招商諧偶》。錦本不見汲本中店小二的開場曲【臨江仙】；有描寫世隆向瑞蓮求偶的曲子，為主要情節；汲本有描寫店家夫婦為世隆瑞蘭成親作證的曲子【太平令】【前腔】【撲燈蛾】【前腔】，共四支，錦本代以【皂羅袍】等四曲，此四曲也在李評本中出現；最後錦本末尾有【袞遍】兩支和【尾聲】描寫婚禮。

　　第八，【銷金帳】，與《雍熙樂府》所選相同，對應汲本第二十六齣《皇華悲遇》。錦本主要描寫瑞蓮和王夫人的感歎，汲本也有【銷金帳】【前腔】等六支曲子，從一更天寫到五更天，為本齣的精彩段落；汲本其餘曲子不見於錦本。

　　第九，【齊天樂】，對應汲本第三十二齣《幽閨拜月》，錦本曲牌與汲本一致，僅曲文有差異。

　　第十，收錄下場詩一首，錦本題為《鶴鹿園林》。據箋校校記云，據詩中內容，此詩應對應世德堂本第三十九折《官媒送鞭》和李評本第三十六齣《推就紅絲》的內容，但李本無此下場詩。在錦本與汲本參照時，茲補充之，其內容亦對應汲本第三十六齣《推就紅絲》的情節。

從數量上面看，《雍熙樂府》僅收錄《拜月亭》或《幽閨記》的兩支曲子，比它稍晚的《詞林摘豔》只收錄一支曲子。錦本收錄的曲子比前兩部戲曲選集要多，共九套曲子。這三家曲選的編選者對《拜月亭》態度的變化，與前面的《琵琶記》較爲相似：明前期《雍熙樂府》和《詞林摘豔》收錄其個別曲子，明中期錦本收錄的曲子明顯較多，可見《拜月亭》的地位從明前期到明中葉有了顯著提高。

從選收的劇情來看，《雍熙樂府》選收的一是次要情節《偷兒擋路》中的主角世隆所唱，一是主要情節《皇華悲遇》中的主要人物王夫人所唱；《詞林摘豔》選收的曲子則是劇本的核心劇情，《幽閨拜月》爲主幹情節，演唱者王瑞蘭和蔣瑞蓮也是本齣情節的主角，「拜新月」一曲緊扣劇本「拜月」的主題，可見編選者頗有眼光，能夠慧眼識英，摘選這曲「文眼」；錦本摘錄了部分的主幹劇情如「曠野奇逢、招商諧偶、幽閨拜月」等，然選收第二、第十一和第二十齣的套曲皆屬於次要情節。同時，這三家曲選囊括的《拜月亭》劇情，遠不及《琵琶記》收錄的詳細，只收錄了表現十段劇情的十套曲子，可見「四大南戲」之一的《拜月亭》在錦本編者心目中的地位遠不及《琵琶記》。

五、《趙氏孤兒》

《風月錦囊》（錦本《新刊摘匯奇妙戲式全家錦囊大全孤兒》與黃仕忠、（日）金文享、（日）喬秀岩編《日本所藏稀見戲曲文獻叢刊》所以富春堂本《新刻出像音注趙氏孤兒大全》比勘）

第一，【絳都春】套，對應富春堂本第二折。兩本的前三支曲一致，但富本的生唱【含前】、【本亭】，錦本無。

第二，【畫眉序】套，對應富本第五折。保留主要情節；錦本沒有旦【傳言玉女】；生的第二支【畫眉序】富本無，第三支【畫眉序】和以下五曲，皆不見於錦本。

第三，【祝英臺近】套，對應富本第七折。錦本沒有開端處淨【紅納襖】、貼【采春令】各一曲。

第四，【柳梢青】套，對應富本第九折。錦本沒有靈輒開場唱的兩支曲【霸陵橋】【五供養】和程嬰唱的一支曲【望吾鄉】，卻有主要人物趙盾的曲子。

第五，【端正好】套，對應富本第十三折。錦本沒有趙盾的上場曲【出隊子】，但有北曲五支，第四支曲子【滾繡球】以後的曲子【前腔】，兩本皆有，但在富本中標記爲尾曲【尾】。

第六，【曉行序】套，對應富本第十五折。錦本有四支曲子，其中趙盾爲【曉行序】兩支，鉏霓爲【黑麻序】兩支，突出趙盾的忠心和鉏霓的悔恨，但富本原有【駐馬聽】、【惜奴橋】、【衣錦回】、【漿水令】四支，錦本無。

第七，【二犯淘金令】套，對應富本第十八折。錦本有兩支曲子，分別爲屠岸賈、屠夫人的曲子各一支，主要寫春景，但是曲文與富本多有不同，且富本開頭二曲【恨情郎】、【一剪梅】皆不見於錦本。

第八，【紅衲襖】套，對應富本第三十折。只有【紅納祆】，但錦本不見富本的首尾二曲【賀聖朝】、【蠻牌令】。

第九，【駐雲飛】套，對應富本第三十二折。只有【駐雲飛】，但後面兩曲【滿紅紅】、【梁州序】皆無。

第十，【村近鼓】套，對應富本第四十二折。富本第一曲曲牌【大迓鼓】在錦本中爲【村迓鼓】；富本第二曲曲牌【元和令】在錦本中無，曲詞則合併入第一曲；富本【菊花新帶後袞纏】在錦本中爲【菊花新滾纏】；富本【北上船】在錦本中爲【北上小樓】。沒有程嬰對次要人物靈輒所唱的【前腔】，其餘曲子都有。

從數量上看，《雍熙樂府》不收錄南戲《趙氏孤兒》，而《風月錦囊》收錄之，且它們都不收錄明後期改編自南戲《趙氏孤兒》的改本《八義記》，可見比較接近宋元南戲面目的明代早期改本《趙氏孤兒》較受編選者的重視。

六、《破窯記》、《彩樓記》

1、《破窯記》、《呂蒙正》

《雍熙樂府》

【山坡羊】「日照誰家庭院」，對應李評本第八齣《旅邸被盜》曲文。【山桃紅】「我今日」則不見對應曲文。

《風月錦囊》（錦本《新刊摘匯奇妙戲式全家錦囊大全呂蒙正》和《古本戲曲叢刊初集》所收《李九我先生批評破窯記》比勘，後者簡稱李本）

第一，【五供養】套，對應李本第二齣《卜問前程》。錦本有呂蒙正所唱的三支曲子，錦本首曲曲文爲李本首曲【五供養】和次曲【八聲甘州】的合併概括，曲文有所不同；錦本無李本的其餘六曲。

第二，【雁過沙】套，對應李本第三齣《計議招婿》。錦本有李本的五支曲子，卻無前三支曲【猴山月】【錦堂月】【臨江仙】，沒有外扮劉相國和旦扮劉千金的上場曲；錦本不見李本尾部的三支曲子【四邊靜】【刮地風】【尾聲】。

第三，【桂枝香】套，對應李本第四齣《彩樓選婿》。錦本只有蒙正所唱的兩支曲子【桂枝香】【皂羅袍】，不見李本其餘的十三支曲。

第四，【八聲甘州】套，對應李本第五齣《相門逐婿》。沒有劉相國的上場曲【三臺令】，錦本曲牌【入賺】，李本則為【不是路】，且錦本曲文摘取李本【不是路】全部曲文和【前腔】的前半支曲，合併概括；錦本只見四支曲子【八聲甘州】、【入賺】、【風入松】及其【前腔】，李本其餘九曲皆不見。

第五，【鳳凰閣】套，對應李本第六齣《暫投旅舍》。錦本只有五支曲【鳳凰閣】【金子令】【夜雨打梧桐】和兩支【前腔】，且李本把錦本【夜雨打梧桐】後兩支曲子合併為另一支曲【蠻牌令】。

第六，【山坡羊】套，同《雍熙樂府》，對應李本第八齣《旅邸被盜》。錦本只見李本的前三支曲【山坡羊】【前腔】【水紅花】；李本首曲【風馬兒】不見於錦本，其餘八支曲子亦不見。

第七，【駐雲飛】套，對應李本第十齣《橋上覓瓜》。錦本不見李本寫呂蒙正和賣瓜者的上場曲【神仗兒】【上馬賜】兩支曲子，只見【駐雲飛】三曲，且曲文與李本有差異。

第八，【絳都春序】，對應李本第十一齣《夫人憶女》。錦本只有一支曲【絳都春序】寫雪景；曲後有大段對白，在李本中則為劉府僕人和夫人弔場時的對話。

第九，「梅香送米」情節，錦本此處的兩支曲子為諸本所無。

第十，【碧玉簫】套，對應李本第十二齣《夫婦祭灶》。錦本不見李本寫呂蒙正夫婦的開場曲【金蕉葉】【駐雲飛】【前腔】；只見李本後面的五支曲，為描寫蒙正夫婦祭灶的主要情節。

第十一，【新增下山虎】兩曲，諸本皆無，曲文大意為劉千金出窯撿柴薪、回窯煮粥，思念父母並感歎。

第十二，【漁家傲】，對應第十五齣《邏齋空回》。錦本只有四支曲，且李本和錦本的曲牌、曲文完全不同。

第十三，【傍妝臺】套，錦本有四支曲子，諸本皆無，錦本題為「辭別登途」，寫蒙正夫妻離別，蒙正在赴試途中偶遇老人送瓜，不慎導致瓜入江中，蒙正感歎。

第十四，【紅衲襖】套，對應李本第十九齣《梅香勸歸》。錦本不見梅香的上場曲兩支；李本亦無錦本【山坡羊】三支曲子，此三曲諸本皆無，惟錦本獨有。

第十五，【菊花新】套，對應李本第二十五齣《夫婦榮諧》。錦本只見旦唱的三支曲子，其中首曲在李本中的曲牌爲【西江引】；李本其餘曲子，錦本亦無。

第十六，【駐馬聽】套，對應李本第二十八齣《相府相迎》，錦本不見淨貼上場曲【採茶歌】【粉蝶兒】，只見李本生旦等人所唱的【駐馬聽】等五支曲；李本其餘曲子，錦本亦無。

錦本還收錄了散曲《新增呂蒙正遊羅漢山坡羊》，各曲小標題包括文殊諸普賢、觀音菩薩等，共十三支曲；據箋校校記，出自《破窯記》戲文；該篇可與李本第十三齣所收《混江龍》比較，文辭稍有差異。

2、《彩樓記》、《繡球記》

《雍熙樂府》【合笙】「喜得功名遂」，對應李評本第二十九齣《團圓封贈》，李評本曲牌名爲【道和】，曲文內容一致。

《詞林摘豔》【合笙】，同上。

《盛世新聲》收錄《彩樓記》【越調‧鬥鵪鶉】「喜得功名遂」。據朱崇志《中國古代戲曲選本研究》，「爲《雍熙樂府》收入《南曲》冊，曲牌名爲【合笙】。」〔註1〕

在錦本的摘選之中，沒有看到李本當中的十九齣情節，包括第 1 齣、第 6 齣、第 7 齣、第 8 齣、第 9 齣、第 13 齣、第 14 齣、第 15 齣、第 16 齣、第 17 齣、第 18 齣、第 20 齣、第 21 齣、第 22 齣、第 23 齣、第 24 齣、第 25 齣、第 26 齣和第 29 齣，這些情節爲錦本的編選者所捨棄。

從數量上看，明前期的三部曲選《雍熙樂府》、《詞林摘豔》和《盛世新聲》分別選收早期的明改本《破窯記》兩支曲，《彩樓記》兩支曲，皆爲主角在次要情節中所唱之曲。明中期的《風月錦囊》選收十個齣目的十六套曲，初步涵蓋了大部分的主要情節。

七、《白兔記》

《風月錦囊》（錦本《新刊摘匯奇妙戲式全家錦囊大全劉智遠》和汲古閣《六十種曲》本《白兔記》比勘，後者簡稱汲本）

〔註 1〕 朱崇志《中國古代戲曲選本研究》之《中國古代戲曲選本敘錄》，《盛世新聲》「戲文」之《彩樓記》標注，上海古籍出版社 2004 年 12 月 1 版 1 印，第 152 頁。

第一，〔滿庭芳〕詞，對應汲本第一齣《開宗》。諸本與錦本內容大致相同，惟字詞稍有差異。

第二，【絳都春】套，對應汲本第二齣《訪友》。錦本無汲本首曲，以及生唱【絳都春引】，錦本亦無丑唱【十棒鼓】以及其後的三支曲子，而錦本【玉抱肚】兩支亦爲汲本所無，而成化本有，但成化本中並無此處錦本的下場詩。

第三，【金井梧桐】套，對應汲本第八齣《遊春》。錦本無汲本首曲【一翦梅】，兩本的其餘曲子相同，惟個別曲文有差異。

第四，【一封書】套，只有一支曲子，內容爲哥嫂逼知遠寫休書，諸本皆無，情節與汲本第十齣《逼書》相似。

第五，【金錢花】套，對應汲本第十二齣《看瓜》和富春堂本第十五折。錦本只見四支曲子，曲文與汲本完全不同，僅曲牌與富春堂本相同。據箋校校記，錦本與富春堂本有共同之處，富本亦有【金錢花】三曲，但曲文與錦本完全不同。

第六，【駐雲飛】套，情節對應汲本第十三齣《分別》。錦本只見四支曲子，寫劉知遠、李三娘夫妻相別，爲主要情節。汲本有九支曲子【桂枝香】【前腔】【前腔】【獅子序】【前腔】【入賺】【金蓮子】【前腔】【尾聲】，但是錦本所收與包括汲本在內的諸本完全不同。

第七，【金犯令】套，寫岳小姐繡樓賞玩的曲子有四支，寫知遠抒懷的曲子有一支，皆爲諸本所無。其中錦本寫岳小姐的曲子爲【金犯令】，寫劉知遠的曲子爲【月兒高】，汲本僅在第十七齣《巡更》有曲【月雲高】與錦本【月兒高】曲牌相似，但曲文亦完全不同。

第八，【五更轉】套，對應汲本第十九齣《挨磨》。汲本首曲爲旦唱【於飛樂】，錦本則無；汲本次曲爲旦唱【五更轉】「恨命乖遭折挫」寫三娘挨磨，錦本曲牌與之相同，但是曲文有差異；此處汲本有旦唱【鎖南枝】兩曲，錦本亦無。

第九，【畫眉序】套，寫知遠、岳氏共賞元宵，諸本皆無對應情節，惟錦本獨有。

第十，【風入松】套，對應汲本第三十齣《訴獵》。寫三娘汲水、咬臍郎遇母，諸本曲牌、曲文和賓白多與錦本不同，惟有明代戲曲選集《摘錦奇音》所收折子戲《三娘汲水遇子》與錦本相近；箋校據《摘錦奇音》，個別曲文有差異。

第十一，【淘金令】套，錦本寫知遠、三娘夫婦重逢，有十支曲子，但曲牌、曲文與諸本皆異。

錦本僅收錄了《白兔記》的上述情節內容，其餘的大部分內容皆未收錄。

從數量上看，明前期的三家曲選沒有收錄本記，僅錦本收錄本記，道理同錦本所收蘇秦故事。錦本收錄本記時，大部分的套曲都不見於現存「明改本」和折子戲，應為編者從已佚失的《白兔記》改本中把這些套曲摘錄出來。

雖然錦本選收的套曲多與諸本不同，但是能從曲文內容中看出情節的歸屬地，如「拋離數載」應為三娘埋怨知遠，「拜別妻言」應為知遠所唱，「只因路上崎嶇」應為三娘送飯給知遠時所唱。

八、《東窗記》

錦本所收《摘匯奇妙全家錦續編東窗記》所收【光光乍】套，對應汲古閣《六十種曲》本《東窗記》第三十一折的內容。錦本與汲本的曲牌套數相似，僅不見汲本的【尹令】和【江兒水】。

這段情節屬於明代岳飛戲的「瘋僧戲秦」。參見《全元戲曲》本收錄明富春堂本《東窗記》第三十一折，「明改本」《精忠記》第二十八齣《誅心》。相關折子戲參見明後期戲曲選集《群音類選》的《風和尚罵秦》，戲曲選集《樂府歌舞臺》的「臨凡」「掃奸」，《醉怡情》的「見佛」，戲曲選集《萬壑清音》的「瘋魔化奸」。錦本選錄「瘋僧戲秦」的曲文，與明代全本戲《東窗記》、《精忠記》大同小異，與明代戲曲選集《群音類選》、《歌舞臺》、《醉怡情》、《萬壑清音》選收的折子戲也可以互相參照。

九、《蘇武牧羊記》

《風月錦囊》（錦本《新編奇妙賽全家錦大全忠義蘇武牧羊記》和《古本戲曲叢刊初集》之大與傳氏藏日鈔本《牧羊記》比勘，後者簡稱傳本。）

第一，【臨江仙】套，對應傳本第一齣《家門》。錦本比傳本多了一首【臨江仙】。

第二，【山花子】套，對應傳本第二齣《慶壽》。錦本沒有兩支人物的上場曲【齊天樂】、【粉蝶兒】，比傳本多出占、末分唱的兩支【前腔】，沒有傳本的【紅繡鞋】，沒有【尾聲】曲後的三支曲子【小賴畫眉】、【滴溜子】、【前腔】。

第三，【駐雲飛】套，對應傳本第五齣《餞行》。錦本沒有小生上場曲兩支、生扮蘇武上場曲【萃地錦襠】一支、僅保留三支曲子，包括【馬雲飛】、【又】、【又】，傳本【前腔】在錦本中爲【又】。

第四，【駐雲飛】套，對應傳本第十齣《燒香》。錦本沒有蘇母上場曲【望遠行】，比傳本多一支【尾聲】。

第五，【山坡羊】套，對應傳本第十六齣《牧羊》。錦本沒有副的上場曲【字字雙】，沒有外的上場曲【梨花兒】；沒有蘇武在荒漠中遇到野人的情節，故沒有相關的四支曲【夜行船】、【黑蠊序】、【錦花香】、【漿水令】。

第六，【謁金門】套，對應傳本第十八齣《望鄉》。錦本沒有開始處的【忒忒令】、【前腔】、【深醉東風】、【前腔】、【哭相思】這五曲，傳本的【尾聲】位置與錦本不同，沒有各人合唱的【神仗兒】兩支曲，沒有小生和生的【鏵秋兒】、【前腔】兩支曲，錦本校記並未指出，現補充之。

第七，【引】套，對應傳本第二十三齣《陵隄》。錦本僅有兩支曲【引】和【排歌】，傳本其餘曲子都不見。

從數量上看，《雍熙樂府》等明前期的三家曲選不收錄本記，明中期的《風月錦囊》開始收錄本記，道理同上文「蘇秦」故事。

十、《周羽教子尋親記》

《風月錦囊》（錦本《全家錦囊續編周羽尋親記》和《古本戲曲叢刊初集》收金陵富春堂本《尋親記》比勘，後者簡稱富本。）

【滿庭芳】詞，對應富本第一齣，兩本皆以【滿庭芳】開場，詞牌同而詞的內容完全不同。

【集賢賓】套，對應富本第二十一齣，錦本只有富本周娘所唱的兩支曲【集賢賓】和【鶯啼序】。除這兩曲之外，錦本在兩曲之間的一支【前腔】亦爲富本所無。其餘曲子皆無。

【甘州歌】套，共三支曲爲富本所無。

【入破第一】套，對應富本第二十九齣。錦本不見富本開端處五支曲子，包括【剔銀燈】、【前腔】、【傾杯序】、【前腔】、【似娘兒】，但錦本【入破】後面兩支曲的曲文與【入破】合爲一支，這兩支曲的曲牌爲【破第二】、【袞第三】；且富本曲牌爲【入破】，錦本增補爲【入破第一】；富本第二支曲【滾】的曲牌，在錦本中爲【歇拍】；其後三支曲在錦本中爲【中袞第四】、【煞尾】、

【出破】，在富本中則合併於一支【歇拍】之中；富本其後有【金落索】等十二支曲，錦本皆無。錦本原校記使用汲古閣本，未寫富本情況，補充之。僅僅從周瑞隆【入破第一】開始，有後面的七支曲子，

　　【駐馬聽】套，對應富本第三十二齣。錦本沒有富本中周羽、周瑞隆的上場曲各一支，有【駐馬聽】寫周瑞隆在旅店中，錦本沒有寫富本描寫瑞隆失眠、周羽詢問的三支【前腔】和中間的一支【忒忒令】，錦本有富本寫保留周瑞隆詢問周羽籍貫的【園林好】直至【川撥棹】和【臨江仙】，但富本不見錦本的【一封書】一支和【石榴花】三支，錦本又不見富本的【川撥棹】之後的【前腔】一支以及【江兒水】後面的【前腔】一支、【五供養】一支。

　　從數量上看，《雍熙樂府》不收錄「尋親記」，而《風月錦囊》對此進行收錄，道理同「蘇秦」等記。但《風月錦囊》收錄此記的一首詞和四套曲，普遍比其他「明改本」少，可見其受歡迎程度不高。

十一、《（南）西廂記》

　　《雍熙樂府》【聚八仙】、【絳都春】、【梁州序】
　　《詞林摘豔》【聚八仙】、【絳都春】、【梁州序】
　　明前期的《雍熙樂府》和《詞林摘豔》收錄了三套宋元南戲「西廂記」的殘曲。根據錢南揚《宋元戲文輯佚》的考證，它們屬於描寫鶯紅的戲份。

　　明前期的《雍熙樂府》和《詞林摘豔》兩部曲選收錄「南西廂」，也收錄「北西廂」。明中期的《風月錦囊》只收錄「北西廂」，不收錄「南西廂」。可見《雍熙樂府》和《詞林摘豔》的編者關注根據南曲改編北曲的「南西廂」，《風月錦囊》的編者收錄的宋元南戲在戲曲選集裏占絕對優勢，唯獨不收錄「南西廂」，可見他不喜歡「南西廂」。

十二、《殺狗記》

　　明前期的三部曲選並未收錄此記。明中期《風月錦囊》收錄此記的十一套曲子，其數量在眾多「明改本」中居於中間地位。該書的校者在每套曲之後寫出了汲古閣本《殺狗記》對應的齣目。明後期不見選收本記的折子戲，說明此劇不受歡迎，茲不贅述。

　　從明前中期折子戲的選收情況，可見明前期的三家曲選僅摘選少數南戲的個別套曲。明中期《風月錦囊》的摘選轉以南戲爲主，其選收的套曲參差

不齊，體現了編選者重「曲」輕譚白的觀念。在改編方式上，明前中期的編選者的喜好鮮明地體現在套曲的選收上。他們對於特別喜愛的情節關目，多收錄其整套曲子；在收錄多數套曲時，多收表現主要情節的曲子，刪去上下場的曲子和表現次要情節的曲子；改易的曲牌名稱多為曲牌的別名，多未改變其音樂形式；多未改變演唱者和腳色。《風月錦囊》對宋元南戲「明改本」的選錄是過渡階段，上承明前期三家曲選的摘選，下啓明後期戲曲選集收錄的折子戲，值得注意。

第二節　明後期的「明改本」折子戲

明前中期的戲曲選集選收的宋元南戲「明改本」折子戲較少，明後期的戲曲選集選收的折子戲十分豐富。明代萬曆年間，根據「明改本」全本改編的折子戲，通過戲曲形式的又一次革新，逐步取代了改編「明改本」的全本戲。人們爭相欣賞、評改、閱讀折子戲，遂成為晚明社會的時代潮流。

一、「明改本」《拜月亭記》折子戲收錄一覽表

序號	摺子戲名	內容	出自何本	選錄集名	選錄次數
1	曠野奇逢	男女主角相識	世德堂本 汲古閣本	《詞林一枝》蔣世隆曠野奇逢 《樂府菁華》曠野奇逢 《堯天樂》曠野奇逢 《樂府紅珊》蔣世隆曠野奇逢 《玄雪譜》野逢 《樂府遏雲》奇逢 《賽徵歌集》曠野奇逢 《珊珊集》【古輪臺】曠野奇逢 《樂府南音》【古輪臺】曠野奇逢 《歌林拾翠》曠野奇逢 《南音三籟》奇逢 《吳歈萃雅》錯認 《醉怡情》錯認 《樂府玉樹英》曠野奇逢 《樂府萬象新》世隆曠野奇逢 《大明天下春》世隆曠野奇逢	17

2	拜月	瑞蘭和瑞蓮妯娌相認	世德堂本 汲古閣本	《詞林摘豔》拜新月 《珊珊集》【二郎神】拜月 《玄雪譜》【青衲襖】拜月 《月露音》拜月 《樂府遏雲》拜月 《醉怡情》拜月 《樂府南音》【二郎神漫】拜月 《詞林逸響》【二郎神】拜月 《歌林拾翠》幽閨拜月 《吳歈萃雅》拜月 《南音三籟》拜月 《賽徵歌集》幽閨拜月 《樂府歌舞臺》拜月	13
3	走雨	世隆瑞蓮離散	世德堂本 汲古閣本	《摘錦奇音》世隆兄妹散失（原缺） 《珊珊集》兵火違離 《樂府遏雲》走雨 《歌林拾翠》走雨、兵火違離 《南音三籟》走雨 《詞林逸響》【漁家傲】泣歧 《吳歈萃雅》歧泣 《賽徵歌集》【漁家傲】兵火違離 《樂府南音》【破陣子】兵火違離	9
4	母女離散	王夫人和女兒瑞蘭離散	世德堂本 汲古閣本	《珊珊集》【賽觀音】母子間關 《樂府南音》【薄倖】母子間關 《詞林逸響》【觀音賽】間關 《歌林拾翠》風雨間關 《南音三籟》間關 《吳歈萃雅》間美	6
5	招商諧偶	隆蘭成親	世德堂本 汲古閣本	《摘錦奇音》招商旅店成親 《滿天春》招商店 《歌林拾翠》招商諧偶 《醉怡情》旅婚 《南音三籟》旅婚	5
6	行路	途中	世德堂本 汲古閣本	《月露音》【山坡羊】行路 《詞林逸響》【山坡羊】行路 《吳歈萃雅》行路	3

7	團圓	大團圓	世德堂本 汲古閣本	《歌林拾翠》雙合 《南音三籟》團圓 《徽池雅調》誤接絲鞭	3
8	悲遇	瑞蘭母子 重逢	世德堂本 汲古閣本	《吳歈萃雅》悲遇 《月露音》【鎖金帳】悲遇 《醉怡情》重圓	3
9	途窮	瑞蘭世隆 遇強盜	世德堂本 汲古閣本	《南音三籟》途窮 《月露音》【排歌】途窮 《吳歈萃雅》途窮	3
10	閨情	瑞蘭	世德堂本 汲古閣本	《詞林逸響》【錦纏道】閨情 《吳歈萃雅》閨情	2
11	離鸞	隆蘭拆散	世德堂本 汲古閣本	《怡春錦》分凰 《南音三籟》拆散	2
12	山寨	興福落草 爲寇	世德堂本 汲古閣本	《樂府遏雲》立寨 《歌林拾翠》山寨	2
13	其他			《滿天春》深林邊 《歌林拾翠》天湊姻緣、洛珠雙合、虎頭遇舊 《南音三籟》相逢、自歎、驛過、(□)「干戈動地來」、(□)「春思慊慊」、少不知愁「髻雲堆」 《歌林拾翠》姐妹論思 《吳歈萃雅》會敘 《徽池雅調》誤接絲鞭	各一

　　明人戲曲選集中收錄《拜月亭》折子戲最多的情節是「曠野奇逢」。這齣戲也是該劇的主幹情節，寫男女主角在曠野之中因尋找親人而相逢，可見其受歡迎程度高。

　　宋元南戲「明改本」《拜月亭》全本主要有世德堂本《拜月亭記》和汲古閣本《幽閨記》，它們的「拜月」情節中有三段細節有所區別，也是區分折子戲選自哪個全本、折子戲之間是否同類的標誌。一是瑞蘭羞答答提出要和世隆以夫（妻）相稱，世隆起初不明白，瑞蘭直說出夫妻一詞，世隆才明白；二是瑞蘭提出要與世隆同行，世隆不願意，瑞蘭引毛詩「窈窕淑女」典故智激世隆；三是【皂羅袍】以下寫世隆和瑞蘭正經趕路。戲曲選集《大明春》、《樂府菁華》所收「曠野奇逢」折子戲和世德堂本接近，可見這些戲曲選集

所收折子戲都源於世德堂本，並且以此為基礎在細微之處進行改動。而戲曲選集《醉怡情》選收《錯認》一折，都沒有這三段情節，注本當取材於汲古閣本《幽閨記》。又戲曲選集《詞林一枝》（簡稱《詞》）在男女主角因尋找各自的親人而相遇時，比世德堂、汲古閣本多了一句舞臺提示，指出旦搶生「傘」。其他折子戲較少見到這雨傘，可見《詞》明確把雨傘作為本折戲的道具，影響了地方戲《搶傘》。

比如，《詞》選收了這段情節的折子戲《蔣世隆曠野奇逢》，與世德堂本《拜月亭記》的第 19 折《隆遇瑞蘭》較為接近，然而也有差異。如《詞》折子戲描寫世隆和瑞蘭相約以夫妻之名同行，二人行至山林時，有這麼一段戲：

> （生）小娘子放大些膽，我讓你在前面行。【皂羅袍】千般憂不自在，看他臉皮兒生得多人愛，見幾個在林中躲，咱兩個在途路挨。你將愁眉暫展開，憂愁放下懷，我有方羅帕與你搵住了香腮。（合）你將紐扣兒鬆，羅帶兒解，歹也麼歹，咱和你商量取一步步趕上來，
> （旦）【前腔】俺爹在朝奉欽差，毋為干戈兩下開。（生）小娘子恐到關隘之所，有人盤詰，如何分辨？（旦）咦，你是個癡秀才，關津隘口人盤問，只說道親哥哥帶著小妹來，腳兒，步難挨，想是前生欠了路途債。（生）還是前生欠了夫妻債？（合）你將紐扣兒鬆，羅帶兒解，歹也麼歹，咱和你商量取一步步趕上來。〔註2〕

這裡有兩個問題。疑問一，《詞》的這段戲和上文內容矛盾，因為上文敘述他們說好在途中要以夫妻相稱，瑞蘭雖然曾經主動提出要與世隆夫妻相稱，這時卻不承認，仍辯稱應當以兄妹相稱，但經不住世隆的撩撥而應允了。世德堂本《拜月亭記》第 19 折《隆遇瑞蘭》在這段戲中，寫生旦所唱的曲子，其曲牌也是【皂羅袍】，但是第二支曲子為【前腔】，不同於《詞》的【尾聲】；曲文內容與《蔣世隆曠野奇逢》也完全不同，寫世隆和瑞蘭分別懷念原來的生活，不料目前處境卻如此尷尬。這段戲描寫的內容與上文呼應，並沒有出現類似《詞》所收折子戲的矛盾。相比之下，《詞》的瑞蘭欲迎還拒、嬌羞動人，比世德堂本更出彩。疑問二，《詞》中出現生旦合唱描述歡好的情節「你將紐扣兒鬆，羅帶兒解，歹也麼歹，咱和你商量取一步步趕上來」。這段戲為汲古閣本《幽閨記》第 17 齣《曠野奇逢》所無。《詞》這折戲應改編自明代

〔註 2〕 （明）黃文華《詞林一枝》，王秋桂《善本戲曲叢刊》第一輯，臺灣學生書局 1984 年 7 月 1 版 1 印，第 56～58 頁。

話本《龍會蘭池錄》描寫他們同行至山林時世隆向瑞蘭求歡的情節；又可見《西廂記》的《佳期》寫鶯鶯、張生歡好的曲辭「紐扣兒鬆，羅帶兒解」的影響。疑問三，若要判斷話本《龍會蘭池》、全本戲如世德堂本《拜月亭》和汲古閣本《幽閨記》以及戲曲選集《詞林一枝》選收折子戲的先後，按時間順序排列應為：話本《龍會蘭池》、《詞林一枝》選收折子戲、世德堂本《拜月亭》、汲古閣本《幽閨記》。

　　明代「拜月亭」折子戲的編選者也喜歡收錄瑞蘭和瑞蓮焚香拜月、互訴心事、讓她們的關係從姐妹變為妯娌的「幽閨拜月」。因這段情節具有偶然性、戲劇性和喜劇性，舞臺上的瑞蘭和瑞蓮一靜一動，相互襯托。她們的對話和戲曲場面也較為有趣，故多被選錄，受歡迎程度位居第二。明代戲曲選集收錄的「拜月」折子戲多供人們進行案頭閱讀或清唱。如戲曲選集《詞林逸響》之「拜月」折子戲選自汲古閣本《幽閨記》第 32 齣《幽閨拜月》，只收錄原本的套曲，不收錄賓白，可資清唱或演出。戲曲選集《歌林拾翠》所收「拜月」折子戲也出自同一部劇本的同一齣，而且把曲文、賓白和科介提示也一起收錄進來，與原文基本一致。戲曲選集《南音三籟》所收「拜月」僅有曲文，然其形式比前兩者更精練，裁去汲古閣本的上半齣戲，即刪去從【齊天樂】到【紅衲襖】的曲子；保留下半齣從【二郎神】到【尾聲】的曲子；刪去末尾的下場詩。這折戲經過編選者的裁剪，改為敘述瑞蘭和瑞蓮拜月，瑞蘭對月訴說對丈夫世隆的思念，瑞蓮追問，瑞蘭告知實情，得知瑞蓮就是世隆的妹妹，讓劇情更緊湊和富有戲劇性。編選者在這套曲子中注明演唱符號，在題名處標注「天籟」，可見他對這套曲子的高度讚賞。戲曲選集《樂府南音》收錄的「拜月」與《南音三籟》相似。明代收錄「拜月」的折子戲多取材於傳奇改本，甚至刪去原文的一半，為何不見大幅度增刪科諢的相關折子戲？一是它的文辭較雅，二是「焚香拜月」意境高遠，不適合加入娛樂性的插科打諢。

　　明代「拜月亭」折子戲還多收錄「兵火」和「間關」情節，描寫瑞蘭和母親、世隆和瑞蓮在雨中相互扶持、一起趕路的情景，其曲辭突出親情，有較強的抒情色彩，故位居第三，較受歡迎。因在全本的「明改本」汲古閣本和世德堂本中，這兩段情節基本一致，故選取汲古閣本作為研究折子戲的參照。如戲曲選集《樂府南音》的折子戲《兵火違離》選取汲古閣本第 13 齣《相泣路歧》作為一折戲，不改編內容，描寫瑞蘭和母親王夫人在雨中趕路，王夫人因年老力衰而滑倒，瑞蘭扶起母親，二人繼續前行。戲曲選集《賽徵歌

集》所收《兵火遼離》合併汲古閣本第 13 齣《相泣路歧》和第 14 齣《風雨間關》的曲文和賓白，刪去舞臺提示，[註3] 在描寫瑞蘭和母親趕路的基礎上，添加世隆和瑞蓮趕路的情節，其改動幅度比《樂府南音》大。戲曲選集《樂府南音》和《賽徵歌集》所收折子戲《兵火遼離》折子戲中的內容都沒有涉及「遼離」，但是汲古閣本的《遼離兵火》則名實相符，寫瑞蘭、世隆和各自的親人被亂兵衝撞而失散。同樣是戲曲選集，同樣選自汲古閣本，《歌林拾翠》收錄的兩折戲《風雨間關》和《遼離兵火》無論在齣目還是內容上都是相符的。爲何在前面兩部折子戲中出現「掛羊頭賣狗肉」的現象？應由於編選者不瞭解「拜月亭」的劇情而誤題折子戲之名的緣故。

　　明代「拜月亭」折子戲也收錄寫男女主角悲歡離合的「招商諧偶」、「悲遇」、「途窮」、「山寨」、「離鸞」和「團圓」等。「諧偶」寫男女主角私定終身，「離鸞」寫他們被拆散，「悲遇」寫瑞蘭與家人重逢，「團圓」即大團圓結局。可見折子戲的編選者和觀眾較關注描寫主角悲歡離合的情節，「大悲」或「大喜」的情節具有強烈的藝術感染力。以這部戲的主要情節「招商諧偶」爲例。汲古閣本第 22 齣《招商諧偶》開場有一段店家夫婦賣酒的情節，接下來才進入這一齣的主要劇情，即瑞蘭和世隆私定終身、旅店成親，其中穿插大量的諢白，一是世隆和酒保討論酒的種類，二是世隆和瑞蘭喝酒時小二在旁打趣，三是世隆瑞蘭向小二詢問如何住店，四是世隆懇求瑞蘭嫁給他，五是店家夫婦爲這對新人主婚。成書年代較早的世德堂本與汲古閣本不同，把這齣戲分爲兩折，即第 24 折《黃公賣酒》和第 25 折《世隆成親》，後者也有第二、第四和第五段諢白，但其篇幅遠不及汲古閣本，可見晚出的汲古閣本增添了許多插科打諢，以詳細鋪敘劇情。戲曲選集《摘錦奇音》選收的《招商旅店成親》折子戲採取世德堂本的形式、保留瑞蘭和世隆成親的主幹劇情，也採取汲古閣本的諢白並且加以改編。戲曲選集《摘錦奇音》在結尾處寫生旦成親以後的一段戲，爲汲古閣本、世德堂本的相關段落所無：

　　　　（旦打生面，調情科）（生）這是什麼掌？（旦）風流掌。（生）
　　既是風流掌，這邊再打一下。小姐，我和你今日也是夙世因緣，惟

[註3] 明代汲古閣本《幽閨記》和世德堂本《拜月亭記》都在王夫人滑倒的情節中出現簡短的舞臺提示，表明演王夫人的演員要做滑倒狀，瑞蘭要扶起母親。如世德堂本第 13 折有「（旦）地冷地冷……（夫跌倒介）年高力弱怎支持。（旦扶母介）泥滑跌倒在凍田地，疑疑扶將起。（合）只爲心急步行遲。」但是，戲曲選集選收的這幾折戲中並無這句提示。

閒窗扇，對天盟誓，百年偕老。〔註4〕

在這裡，以汲古閣本爲代表的全本戲純爲生旦對唱，《摘錦奇音》所收折子戲則增加了這段戲，其中的舞臺提示和人物對話十分精彩，突出了這對新人的感情融洽，其舞臺表演效果比全本要好。

明代戲曲選集《月露音》、《吳歈萃雅》、《南音三籟》、《歌林拾翠》、《詞林逸響》等以清唱爲主的戲曲選集，摘錄全本的曲文爲折子戲，多選收主角的抒情性套曲如《行路》、《途窮》、《閨情》、《自歎》等，體現了文人的「雅趣」。這些折子戲被收錄較少，且改動幅度很小，可見它們的流行多局限於文人圈子之中。

由此可見，明代後期的折子戲主要選收「拜月亭」的主要情節，刪減次要情節，通過改編主要情節，突出舞臺表演效果。部分供人們清唱的戲曲選集較關注文學色彩濃厚的選段。在此期間，「拜月亭」折子戲傾向「雅」。

考察從明中期到明後期的戲曲選集收錄《拜月亭》的變化軌跡，可見明中期的編者尚未對劇中的某段情節有所偏好，如保留「奇逢」的整套曲子；明後期的編者收錄的情節更多，「奇逢」仍居前列。這受到明中後期人們爭論《琵琶記》、《西廂記》和《拜月亭》在藝術成就上孰優孰劣的思想影響，可見明後期的折子戲編選者對《拜月亭》的藝術價值具有較明確的認識。

二、「明改本」《白兔記》折子戲收錄一覽表

序號	摺子戲名	內容	出自何本	選錄集名	選錄次數
1	遊春 沽酒 觀花	劉知遠和李三娘春日遊賞	富春堂本 汲古閣本	《樂府遏雲》遊園 《詞林一枝》劉智遠夫妻觀花 《玉谷新簧》夫妻觀花 《詞林逸響》【梧蓼金羅】遊春 《珊珊集》【金井水紅花】遊春 《吳歈萃雅》遊春 《歌林拾翠》沽酒 《南音三籟》遊春（目錄誤題《浣紗記》） 《樂府萬象新》夫妻玩賞 《大明天下春》花園遊觀、百花評品	11

〔註4〕（明）龔正我《摘錦奇音》，王秋桂《善本戲曲叢刊》第一輯，臺灣學生書局1984年7月1版1印，第114～115頁。

2	打獵回獵	劉承祐打獵前後	成化本 富春堂本 汲古閣本	《摘錦奇音》承祐獵回見父 《八能奏錦》承祐遊山打獵 《玄雪譜》回獵 《南音三籟》回獵 《歌林拾翠》出獵、回獵、見父 《徽池雅調》打獵遇母 《樂府歌舞臺》咬臍出獵、回獵	10
3	磨房重逢	夫妻重逢	都有	《時調青昆》磨房相會 《歌林拾翠》磨坊相會 《群音類選》磨房相會 《徽池雅調》磨房相會 《大明天下春》磨房重逢 《樂府萬象新》夫妻磨房重會 《樂府玉樹英》劉知遠夫妻相會	7
4	汲水遇子	三娘汲水時遇見承祐	都有	《摘錦奇音》汲水遇子 《時調青昆》三娘汲水 《歌林拾翠》三娘汲水 《群音類選》子母相逢 《徽池雅調》汲水遇兔 《樂府歌舞臺》汲水	6
5	磨房生子	李三娘挑水挨磨	都有	《樂府紅珊》李三娘磨房生子 《群音類選》磨房生子 《醉怡情》生子 《樂府萬象新》三娘磨房生子	4
6	掃堂	知遠掃地	富春堂本	《歌林拾翠》畫堂掃地 《樂府歌舞臺》掃堂 《大明天下春》智遠掃地 《樂府萬象新》智遠畫堂掃地	4
7	寒況	知遠訪友	都有	《詞林逸響》【絳都春序】寒況 《吳歈萃雅》寒況 《南音三籟》寒況	3
8	寄書	三娘寄書	都有	《摘錦奇音》李氏義井傳書（原缺） 《歌林拾翠》義井傳書 《大明天下春》三娘寄書 《樂府歌舞臺》傳書	3

9	其他	都有	《歌林拾翠》夫妻話別 《醉怡情》遇友、鬧雞、接子 《樂府歌舞臺》三娘奪棍 《樂府玉樹英》李一娘義□□□（題目原缺字）	各一

　　明人戲曲選集中收錄《白兔記》折子戲最多的情節，是表現劉知遠夫婦新婚「遊賞」、「觀花」的情節，實為劇中的次要情節。收錄這些折子戲的明代戲曲選集多供人清唱，除《白兔記》外，還選收其他「宋元南戲」明人改本的「遊春」、「賞花」類情節，反映的是文人的趣味。明後期戲曲選集的編選者對這段情節改編最多，其改編情況在《白兔記》折子戲中最複雜。如戲曲選集《詞林逸響》所收「遊春」只收錄整套曲文，取自汲古閣本《白兔記》第8齣《遊春》，僅在個別字詞上有所改動。戲曲選集《詞林一枝》所收《劉智遠夫妻觀花》和《玉谷新簧》收錄的《觀花》與全本《白兔記》的差異較明顯。在劇情的來源上，戲曲選集《詞林一枝》選收內容來自富春堂本《白兔記》第9折，戲曲選集《玉谷新簧》選收曲文源於汲古閣本《白兔記》第8齣。在這兩折戲中描繪夫婦遊賞的情節，都在全本《白兔記》的基礎上，大量增加智遠和三娘的對話，突出表現新婚夫婦之間的真情。汲古閣本《白兔記》第8齣《遊春》原以套曲【一翦梅】【金井水紅花】和三支【前腔】為表現形式，僅在開場曲和末尾處出現對白，其餘地方較少對白。尤其是戲曲選集《玉谷新簧》（簡稱《玉》）的編選者刪去描寫夫婦沽酒的開場曲【一翦梅】；保留描寫夫婦遊春的【金井水紅花】【前腔】，在【前腔】結尾處增寫知遠為三娘插山花、三娘嬌羞喜悅的詞句；刪去其後的兩支【前腔】；屢次在劉智遠的賓白之中新增「滾調」，讓劉智遠面對新婚妻子的表白更顯深情。《玉》的改編注重舞臺效果，加強了男女主角的互動，增入的滾白讓男主角抒情時更為酣暢淋漓，其表演效果在同類折子戲中尤為突出。

　　明代戲曲選集選收《白兔記》故事的折子戲時，多選收一些主幹情節，如劉承祐「打獵」、承祐歸家見父的「回獵」、李三娘「汲水遇子」、李三娘和知遠在磨房「重逢」和李三娘磨房「產子」等。這些主要情節多具有戲劇性，比如「汲水遇子」寫劉承祐遇見親生母親李三娘，但是這兩個人都蒙在鼓裏，三娘向承祐訴苦並且下跪，承祐卻不慎跌倒；又如「產子」寫三娘在磨房中獨自分娩，這段戲的舞臺氣氛凝重悲淒，催人淚下。此外，這些情節都圍繞三娘、知遠和承祐一家三口的故事展開，故被選錄較多，可見其比較受歡迎。

此處以劉知遠和李三娘夫妻「重逢」的情節為例研究其改編情況。戲曲選集《時調青昆》和《徽池雅調》所收《磨房相會》的內容很相似，但它們與成化本《白兔記》、汲古閣本《白兔記》第 32 齣《私會》、富春堂本《白兔記》第 38 折以及其他「重逢」折子戲的差異較大。它們的曲牌組合形式為【淘金令】【宜春令】【江頭金桂】【皂羅袍】一套，其曲辭比三部全本都要通俗。戲曲選集《時調青昆》和《徽池雅調》（簡稱《徽》）的這折戲，其情節梗概與其他戲曲選集所收的「重逢」折子戲一致，然曲牌、曲辭、賓白、下場詩等具體內容與它們迥異。因戲曲選集《時調青昆》所收這折戲的字跡不清晰，把戲曲選集《徽池雅調》和《群音類選》分別收錄的《磨房相會》折子戲進行比較。戲曲選集《徽池雅調》的這折戲，首先以生旦分唱的【淘金令】開場，描繪多景，敘述李三娘自從汲水遇見劉承祐以後，盼望劉承祐傳信予劉知遠並且回鄉探親，接著知遠上場，以唱的形式敘述他回鄉探親的心情；下文進入夫婦重逢的感情戲。而戲曲選集《群音類選》的這折戲，雖然選自富春堂本《白兔記》第 38 折，然其情節梗概、人物出場順序都和《徽池雅調》一樣：它也讓三娘開場並且欣賞多景、盼望知遠，知遠也接著上場，這折戲也主要突出夫婦重逢的感情戲。可見戲曲選集《時調青昆》、《徽池雅調》和《群音類選》所收的折子戲分別屬於兩個系統，前兩者選自明代流行、目前已佚失的《白兔記》劇本，戲曲選集《群音類選》所收折子戲則選自現存的富春堂本。

明代戲曲選集的編選者還收錄《白兔記》故事的「掃堂」折子戲。這折戲改編自富春堂本《白兔記》第 8 折，其他的「明改本」全本《白兔記》均無。富春堂本的這折戲主要寫劉知遠在李家打掃廳堂。這部劇本刪去其他的「明改本」全本《白兔記》寫知遠身繞金蛇等神異情節，削弱他的神性色彩；改為他辛勤地掃地的情節，強調其勤勞樸實的性格，並且因此受到李家千金的賞識。其中丑扮演的丫鬟和知遠的插科打諢為劇情增添了喜劇的色彩。明人根據富春堂本的「掃廳」改編而成的折子戲現存 4 折，分別由 4 部明人戲曲選集選收，可見這折戲較受歡迎。

明代戲曲選集《醉怡情》選收的折子戲有「鬧雞」、「接子」。考崑曲曲譜王季烈《集成曲譜》所收崑曲《白兔記》折子戲，《醉怡情》選收的折子戲名稱與崑曲曲譜收錄的一致。可見戲曲選集《醉怡情》選收的《白兔記》折子戲為崑腔改本。

由此可見，明代戲曲選集收錄的《白兔記》折子戲，主要保留主要情節，

刪減次要情節，在具有戲劇性和喜劇性的情節之處突出舞臺表演效果。

　　從明中期到明後期的戲曲選集收錄本記的變化軌跡，可見它們的共同之處在於都收錄了「訪友」、「遊春」、「汲水遇子」等情節，其中「遇子」「挨磨」是重要情節。而在明後期戲曲選集收錄本記的折子戲中，原本屬於次要情節的「遊春」卻一枝獨秀，被選收最多，體現出這段時期編選者尙「雅」的趣味；「遇子」情節在這段時期的折子戲裏也佔據了主要地位。明中期的曲選收本記的情節不多，其中有的情節爲中期獨有，如哥嫂逼知遠寫休書、三娘送飯等，可見中期的編選者喜歡選取女主角李三娘抒情的情節。有的情節爲後期獨有，如劇情滑稽的「鬧雞」、「三娘奪棍」等，可見後期的編選者除選取抒情性曲文外，還注重選取舞臺效果突出的情節，以便吸引觀眾的注意力。

三、「明改本」《荊釵記》折子戲收錄一覽表

序號	折子戲名	內容	出自何本	選錄集名	選錄次數
1	祭江	十朋與母親在江邊祭祀玉蓮	嘉靖本 世德堂本 汲古閣本	《詞林一枝》王十朋南北祭江 《摘錦奇音》十朋南北祭江 《時調青昆》十朋祭江 《怡春錦》祭江 《珊珊集》南北祭江 《醉怡情》祭江 《歌林拾翠》祭江奠妻 《詞林逸響》【新水令】祭江 《吳歈萃雅》祭江 《萬錦嬌麗》【新水令】十朋祭江 《大明天下春》十朋祭玉蓮	11
2	母子相會	母親與中狀元以後的十朋在京城相見	都有	《玉谷新簧》十朋母子相會 《摘錦奇音》十朋母子相會 《樂府菁華》十朋母子相會 《歌林拾翠》十朋見母 《玄雪譜》見母 《醉怡情》見母 《萬錦嬌麗》母子相逢 《大明天下春》母子相會 《樂府玉樹英》母子相會 《樂府萬象新》母子相會	10

3	議親	錢家、王家分別為玉蓮、十朋議親。王家以荊釵納聘，錢家姑姑勸玉蓮嫁孫汝權	都有	《堯天樂》繡房議親 《南音三籟》議親 《吳歈萃雅》議婚 《珊珊集》【古梁州】議親、【瑣窗寒】議婚 《萬錦嬌麗》納聘鬧釵、繡房議親 《樂府玉樹英》繡房議親 《樂府萬象新》姑娘繡房議婚	9
4	送親	玉蓮辭別父母親人	都有	《怡春錦》送親 《珊珊集》【惜奴嬌】送親 《南音三籟》送親 《吳歈萃雅》送親 《大明天下春》玉蓮別父于歸	5
5	投江	玉蓮抱石投江	都有	《時調青昆》玉蓮投江 《樂府菁華》玉蓮抱石投江 《大明天下春》玉蓮投江 《樂府玉樹英》抱石投江 《樂府萬象新》玉蓮抱石投江	5
6	苦別	十朋赴京趕考，玉蓮送別	都有	《南音三籟》苦別 《詞林逸響》【勝如花】苦別 《吳歈萃雅》苦別	3
7	行路	十朋途中	都有	《南音三籟》行路 《詞林逸響》【八聲甘州】行路 《吳歈萃雅》行路	3
8	嚴訓	義父嚴訓玉蓮	都有	《南音三籟》嚴訓 《詞林逸響》【錦纏道】嚴訓 《吳歈萃雅》嚴訓	3
9	憶別	玉蓮思念親人	都有	《詞林逸響》【雁過聲】憶別 《吳歈萃雅》憶別、憶親	3
10	拷問	玉蓮義父責怪丫鬟	都有	《賽徵歌集》拷問梅香 《珊珊集》【錦纏道】推拷梅香	2
11	哭鞋	錢母在江邊撿到媳婦的鞋	都有	《歌林拾翠》哭鞋 《醉怡情》哭鞋憶媳	2
12	撈救	船家聽到神諭，撈救玉蓮	都有	《詞林逸響》【榴花泣】撈救 《吳歈萃雅》撈救	2

13	舟會	十朋玉蓮 破鏡重圓	都有	《歌林拾翠》舟中相會 《醉怡情》舟會	2
14	其他		都有	《南音三籟》錯音 《詞林逸響》【百練序】別任 《堯天樂》十朋官亭遇雪 《樂府紅珊》錢玉蓮姑媳思憶 《樂府萬象新》繼母逼蓮改嫁 《徽池雅調》承局送書、汝權賣花 《吳歈萃雅》相別、壽宴、怨訴、節宴、講學	各一

　　明人戲曲選集中收錄《荊釵記》折子戲最多的情節「祭江」，描寫王十朋和母親張氏以為玉蓮已去世，遂祭奠玉蓮。這段戲是劇中的主要情節，表現十朋和母親對玉蓮的深情，演出時要求演員聲情並茂、唱作俱佳，頗考驗扮演其功底。這折戲在「荊釵記」折子戲中被選錄最多，受歡迎程度最高。戲曲選集《詞林一枝》的折子戲《王十朋南北祭江》選自嘉靖本和汲古閣本《荊釵記》第 35 齣，後者題名《時祀》，因所選套曲為南北合套，故稱「南北祭江」；原本以人物唱段為主，賓白科諢多集中於十朋念誦祭文的一段戲中。這折戲刪去上場曲【一枝花】和開端處張氏和十朋的一段話，寫十朋夢見玉蓮，準備與母親一起祭祀玉蓮。其中，編選者在十朋和張氏的唱段中穿插了大量的賓白和對話，如在汲古閣本【步步嬌】曲後賓白的基礎上擴展對話的篇幅；又增刪曲文，如把汲古閣本張氏主唱【江兒水】的曲文改為張氏和十朋分唱，讓張氏唱上半曲，十朋唱下半曲，在下半曲中增加十朋對河神祈禱的一段賓白「河伯水官，水母娘娘，信官王十朋在此伏地而拜，不為別的而來，只因亡妻錢氏玉蓮不從母命改嫁，跳入江水而亡。他的靈魂或落在萬丈深潭，或葬在魚腹之中，望你引鬼童子解魄仙官。」〔註5〕改編者還把【江兒水】中十朋的曲辭「母子虔誠遙祭」變為「俺這裡招告江神，可憐見母子虔誠遙祭」，又把他所唱的「早賜靈魂來至」變為「你若有感有靈，賜我玉蓮的靈魂出離了波心，早早向江邊聽祭。」〔註6〕這折戲在原本「祭江」的基礎上，通過增加十朋誠心誠意、再三地向江神祈禱和招魂的情節，突出十朋對妻子玉蓮的

〔註5〕（明）黃文華《詞林一枝》，王秋桂《善本戲曲叢刊》第一輯，臺灣學生書局 1984 年 7 月 1 版 1 印，第 90 頁。

〔註6〕（明）黃文華《詞林一枝》，王秋桂《善本戲曲叢刊》第一輯，臺灣學生書局 1984 年 7 月 1 版 1 印，第 90 頁。

深厚情誼。戲曲選集《摘錦奇音》選收《南北祭江》折子戲的內容與《詞林一枝》的《王十朋南北祭江》相似，也出自汲古閣本，在開端處也寫十朋追憶亡妻、準備祭祀，然這折戲的梗概與汲古閣本相似，內容卻有差異：首先，增加描寫十朋唱【何滿子】上場並且自白的細節，寫清明節王十朋分外懷念亡妻，他寫好祭文、吩咐僕人備好祭品、邀請禮生，還邀請母親和李成舅舅同去江邊。接著，張氏唱【前腔】上場，該曲採納了汲古閣本開場曲【一枝花】的曲文，然把張氏、十朋和李成分唱改為張氏和李成分唱，刪去該曲尾部眾人合唱的曲文「新愁惹舊愁」。汲古閣本開端處寫十朋與母親張氏商量祭祀玉蓮，李成向他們報告祭品完備並且請張氏主祭。這折戲把這段對話改為李成提出這次祭祀由十朋主祭、他們助祭，以此塑造張氏和李成通情達理的形象；把主祭者由張氏改為十朋，更能突出十朋在戲中的主要地位；分別在各支曲子裏穿插十朋母子、李成和禮生的戲，唱念做結合；增加丑扮李成的科諢，調節原本淒涼的氣氛；把十朋念誦祭文的情節從【園林好】以後上移至【收江南】以後；末尾增加一段細節，「內云」告知十朋即將調任吉安，十朋吩咐僕人收拾祭品回府。這折戲與汲古閣本的《時祀》相比，其戲曲內容更充實，人物形象更立體，舞臺演出形式更豐富，改編效果較好。此外，戲曲選集《珊珊集》選收的《南北祭江》也選自汲古閣本《荊釵記》，只收錄曲文，刪去開場曲【一枝花】，保留南北合套的主要套曲。相似者如戲曲選集《歌林拾翠》選收的《祭江奠妻》，保留汲古閣本的全部曲文，刪去十朋的祭文，便於清唱或案頭賞玩。

在《荊釵記》折子戲中位居第二的情節，也是劇中的主幹情節，如寫王十朋與母親《母子相會》和玉蓮的家人在繡房為玉蓮《議親》，各自表現男女主角與家人商量婚事的戲曲情境，尤其突出男女主角爭取愛情自由的形象，抒情色彩較濃，故受歡迎程度較高。以《議親》為例進行比較。戲曲選集《堯天樂》選收《繡房議親》一折選自汲古閣本第 9 齣《繡房》，寫錢家姑姑來到玉蓮的繡房，勸說玉蓮悔婚而嫁給孫汝權，玉蓮不從。這折戲刪去玉蓮的上場曲【戀芳春】和「自報家門」，保留主幹劇情。原本套曲的曲牌為【一江風】【前腔】【青歌兒】【梁州序】【前腔】【前腔】【前腔】【尾】，這折戲改為【一江風】連綴三支【前腔】。其中，前面兩支曲子為玉蓮唱，保留原曲的曲牌和曲文，寫玉蓮在閨房繡花。後兩支曲子為姑姑唱，曲文根據姑姑和玉蓮的對話中涉及的內容改編，如原文有一處細節寫姑姑問玉蓮繡什

麼花，玉蓮說繡並頭蓮，折子戲新增曲文寫姑姑勸她在繡花上增添一隻蝴蝶以示「花心動」，玉蓮婉拒道她「守著香閨芳心不動」。〔註7〕原本這齣戲主要寫姑姑勸說玉蓮不嫁王家、改嫁孫家，這折戲卻刪去這段情節；開端處保留玉蓮的出場，接著新增姑姑與玉蓮對話的情節，分別從正面和側面塑造玉蓮貌美賢淑的形象。戲曲選集《萬錦嬌麗》選收《繡房議親》折子戲保留了汲古閣本的全部內容，僅改動個別曲牌，把【梁州序】改為【古梁州】。戲曲選集《南音三籟》選收《議親》折子戲只收錄曲文，它刪去汲古閣本中玉蓮獨唱的兩支曲子和姑姑獨唱的【青歌兒】一曲，選取姑姑和玉蓮分唱的【梁州序】及其三支【前腔】。它選收的曲子屬於主幹劇情，寫姑姑勸說玉蓮改嫁，玉蓮堅決不從，塑造玉蓮堅持選擇、不嫌貧愛富的美好品格。這折戲在題目下方標注「地籟」，可見編者認為所選曲子頗具編選價值。此外，戲曲選集《珊珊集》收錄的《議婚》只有【瑣窗寒】和兩支【前腔】，曲文大意與其他折子戲收錄的「議親」情節相同，寫姑姑訪玉蓮、玉蓮婉拒姑姑、姑姑羞愧，其曲牌和曲文皆與現存《荊釵記》全本不同，應出自當時流行而目前已經佚失的《荊釵記》劇本。

　　在《荊釵記》折子戲中位居第三的情節，也多為描寫男女主角與親人之間的關係的情節，也是劇中的主要情節，如描寫玉蓮義無反顧地要嫁給十朋、辭別高堂的《送親》，玉蓮被逼改嫁、無奈投江的《投江》，婆婆張氏為投江的玉蓮慟哭的《哭鞋》，錢安撫教育義女不可與陌生男子親近的《嚴訓》，以及夫妻團圓的《舟會》等。以描寫玉蓮、十朋夫妻與親人重逢的《舟會》為例進行比較。戲曲選集《歌林拾翠》選收的折子戲《舟中相會》選自目前佚失的《荊釵記》劇本，它的曲文、賓白、科諢等內容與嘉靖本、汲古閣本幾乎完全不同，僅文末由錢玉蓮之父所唱的曲子【大環著】與汲古閣本第48齣《團圓》的【大環著】一致。折子戲《舟中相會》與汲古閣本的差異較大。首先是相會的地點不同，汲古閣本寫眾人在錢安撫的府上設宴相會，相會地點在陸地上；折子戲一開場就寫明小旦扮錢玉蓮的丫鬟登船「【卜算子】風便未開船，有事相留戀」〔註8〕，舞臺提示「小旦叫水手快請王太夫人上船」，

〔註7〕（明）殷啟聖《堯天樂》，王秋桂《善本戲曲叢刊》第一輯，臺灣學生書局1984
　　　　年7月1版1印，第93頁。

〔註8〕（明）《歌林拾翠》，王秋桂《善本戲曲叢刊》第二輯，臺灣學生書局1984年
　　　　8月1版1印，第172～173頁。

〔註9〕王太夫人即王十朋之母張氏，表明相會地點在江上。其次是具體如何相會的情節不同，汲古閣本第48齣《團圓》寫玉蓮的義父錢安撫邀請十朋和媒人鄧謙赴宴，席錢安撫和鄧謙插科打諢，錢安撫故意讓十朋看見荊釵以試探其對玉蓮的感情，十朋遂告訴錢安撫其坎坷經歷，安撫也告知他救起玉蓮並認為義女之事，玉蓮和張氏上場與十朋相見，最後眾人獲朝廷封贈，皆大歡喜；折子戲改為玉蓮攜丫鬟設宴款待張氏，然後互相確認彼此是至親，遂邀請十朋和玉蓮的父母一起團聚，以錢父的唱段作結。

被收錄最少的情節，多為劇中的次要情節，如戲曲選集《徽池雅調》選收的《承局送書》和《汝權賣花》，寫十朋中狀元以後，命官差送家書予錢家報喜，孫汝權把十朋的家書改為休書，以此拆散十朋和玉蓮。而戲曲選集《堯天樂》選收《官亭遇雪》、《樂府紅珊》選收《姑媳思憶》、《詞林逸響》選收（十朋）《別任》等，皆屬於抒情色彩較強的戲。也有個別表現主角形象的情節，如戲曲選集《樂府萬象新》選收《繼母逼蓮改嫁》，寫玉蓮在繼母和姑姑的逼迫下，仍十分堅決，不肯改嫁孫汝權，突出玉蓮的忠貞形象。

考察從明中期到明後期的戲曲選集收錄本記的軌跡，可見明中期的戲曲選集《風月錦囊》突出「繡房」、「哭鞋」和「分別」情節，明後期的戲曲選集收錄最多的折子戲「祭江」卻沒有在《風月錦囊》中出現，可見明後期的戲曲編選者的口味發生改變，較為重視王十朋對錢玉蓮的懷念和悲悼。

四、「明改本」《琵琶記》折子戲收錄一覽表

序號	折子戲名	內容	出自何本	選錄集名	選錄次數
1	分別	夫妻分別	都有	《摘錦奇音》辭親赴選、長亭送別 《時調青昆》長亭分別 《八能奏錦》伯喈長亭送別（原缺） 《玉谷新簧》長亭分別 《樂府菁華》長亭分別 《珊珊集》囑別 《怡春錦》【尾犯序】分別，附《琵琶詞》	23

〔註9〕（明）《歌林拾翠》，第172～173頁。

			《萬錦嬌麗》送別南浦 《歌林拾翠》囑別 《大明春》長亭分別 《樂府遏雲》分別 《吳歈萃雅》敘別、登程、囑別 《詞林逸響》拜託、囑別、敘別 《南音三籟》送別、拜託、行路 《樂府萬象新》長亭分別 《樂府玉樹英》長亭送別、辭父問答	
2	自歎	伯喈自歎 五娘嗟歎	都有	《八能奏錦》途中自歎（原缺） 《摘錦奇音》五娘途中自歎 《珊珊集》【甘州歌】登程 《怡春錦》【風雲會四朝元】旅思 《詞林逸響》自歎、【紅衫兒】嗟怨、【金索掛梧桐】埋怨、【雁過聲】憂思 《吳歈萃雅》憂思、自歎、行路、怨配、嗟怨、埋怨 《南音三籟》相怨、敘別、憂思、怨配、登程、路途、自歎	20
3	題詩 悲逢	五娘題詩 夫妻重逢	都有	《詞林一枝》趙五娘書館題詩 《八能奏錦》五娘書館題詩 《樂府歌舞臺》書館相逢 《醉怡情》館逢 《樂府菁華》伯皆書館相逢 《時調青昆》書館相逢 《歌林拾翠》書館悲逢 《摘錦奇音》伯皆書館相逢 《吳歈萃雅》題眞、館逢【南呂・太師引】、【仙呂・解三醒】 《詞林逸響》【醉扶歸】題眞、【太師引】館逢 《南音三籟》題眞、悲逢 《樂府玉樹英》夫妻相會 《樂府萬象新》夫妻書館相逢	17
4	再婚	伯喈在牛府再婚	都有	《玄雪譜》再議婚 《八能奏錦》丞相聽女迎親 《玉谷新簧》伯皆牛府成親 《樂府紅珊》蔡謙郎牛府成親	16

			《摘錦奇音》牛府強就鸞鳳 《南音三籟》成親、答親、議姻 《吳歈萃雅》成親大秦、議姻 《詞林逸響》【高陽臺】議姻、【普天樂】求濟、【三換頭】請赴、【畫眉序】成親、【獅子序】答親	
5	描容	五娘描容	都有	《時調青昆》描畫眞容 《詞林一枝》趙五娘描畫眞容 《堯天樂》描畫眞容 《樂府歌舞臺》描容 《玄雪譜》描容 《大明春》五娘描容、五娘祭畫 《樂府紅珊》趙五娘描畫眞容 《歌林拾翠》描畫眞容 《群音類選》趙五娘寫眞 《吳歈萃雅》畫容 《詞林逸響》畫容 《南音三籟》畫容、玩眞 《樂府玉樹英》描畫眞容 《樂府萬象新》描畫眞容	16
6	賞月	伯喈賞月 思鄉	都有	《詞林一枝》蔡伯喈中秋賞月 《樂府菁華》伯皆中秋賞月 《時調青昆》中秋賞月 《摘錦奇音》中秋賞月 《賽徵歌集》中秋望月 《堯天樂》伯皆賞月 《月露音》賞月 《樂府歌舞臺》玩月 《樂府遏雲》玩月 《吳歈萃雅》賞月 《詞林逸響》【念奴嬌序】賞月 《南音三籟》賞月 《樂府玉樹英》中秋賞月	13
7	賞荷	伯喈彈琴	都有	《月露音》賞夏 《樂府遏雲》賞荷 《珊珊集》【梁州序】賞荷 《賽徵歌集》涼亭賞夏、牛氏賞花	13

				《萬錦嬌麗》琴訴荷池 《樂府紅珊》蔡伯皆荷亭玩賞 《玉谷新簧》伯喈彈琴 《歌林拾翠》琴訴荷池 《吳歈萃雅》賞荷 《詞林逸響》【梁州序】賞荷 《南音三籟》賞荷 《樂府萬象新》伯皆荷亭滌悶	
8	逼試	蔡公逼子赴選	都有	《珊珊集》【園林好】赴試 《賽徵歌集》逼子赴選 《萬錦嬌麗》椿庭逼試 《歌林拾翠》椿庭逼試 《吳歈萃雅》請赴、勸試 《詞林逸響》【宜春令】強試、【繡帶兒】勸試 《南音三籟》逼試、勸試、請赴 《樂府萬象新》拒父問答	12
9	糟糠自厭	五娘吃糟糠	都有	《玄雪譜》糟糠 《歌林拾翠》糟糠自捱 《吳歈萃雅》吃糠【商調·山坡羊】【越調·羅鼓令犯仙呂】、自厭 《詞林逸響》【羅鼓令】疑餐、【山坡羊】吃糠、【孝順兒】自厭 《南音三籟》吃糠、自厭	10
10	臨妝	五娘梳妝	都有	《詞林一枝》趙五娘臨妝感歎 《摘錦奇音》五娘臨妝感歎 《時調青昆》臨妝感歎 《八能奏錦》臨妝感歎 《月露音》對妝 《樂府遏雲》梳妝 《珊珊集》【破齊陣】梳妝 《樂府紅珊》臨鏡思夫 《歌林拾翠》臨妝感歎	9
11	丹陛陳情	伯喈陳情	都有	《樂府菁華》伯皆上表辭官 《八能奏錦》太公掃墓遇使 《玉谷新簧》伯皆上表辭官，附《琵琶詞》 《歌林拾翠》上表辭朝 《大明春》伯皆金門待漏	9

12	思親	伯喈思親	都有	《摘錦奇音》伯皆待漏隨朝 《樂府玉樹英》上表辭官 《樂府萬象新》上表辭官	
				《時調青昆》伯皆思親 《玉谷新簧》伯皆書館思親 《樂府紅珊》蔡伯喈書館思親 《歌林拾翠》伯皆思鄉 《樂府遏雲》憂思 《萬錦嬌麗》宦邸憂思 《大明春》書館思親 《樂府玉樹英》書館思親 《樂府萬象新》書館思親	9
13	牛氏詰問	牛氏問伯喈心事	都有	《詞林一枝》牛氏詰問幽情 《大明春》為夫排悶（原缺）、詰問幽情 《歌林拾翠》【江頭金桂】詢問衷情 《詞林逸響》詢情 《吳歈萃雅》訊情 《南音三籟》詢情 《樂府玉樹英》誥詢衷情	7
14	剪髮	五娘剪髮葬公婆	都有	《樂府菁華》五娘剪髮送親 《醉怡情》剪髮 《吳歈萃雅》剪髮 《詞林逸響》【香羅帶】剪髮 《南音三籟》剪髮 《樂府玉樹英》剪髮葬親 《樂府萬象新》五娘剪髮送終	7
15	掃松	伯喈等掃墓	都有	《八能奏錦》太公掃墓遇使 《醉怡情》掃松 《玄雪譜》掃松 《萬錦嬌麗》張公掃墓 《吳歈萃雅》掃墓 《詞林逸響》【風入松】掃墓 《南音三籟》掃墓	7
16	湯藥	五娘煎藥、試藥	都有	《歌林拾翠》五娘煎藥 《吳歈萃雅》煎藥、吃藥 《詞林逸響》湯藥	7

				《南音三籟》湯藥、（□）「論來湯藥」 《樂府萬象新》五娘侍奉湯藥	
17	千里 尋夫	五娘尋夫	都有	《堯天樂》五娘往京 《吳歈萃雅》尋夫、彈怨、愁訴 《詞林逸響》【月雲高】尋夫、【銷金帳】彈怨、 【二郎神】愁訴	7
18	祝壽	伯皆祝壽	都有	《八能奏錦》伯皆華堂祝壽 《摘錦奇音》伯皆高堂慶壽、五娘琵琶詞調（原 缺） 《歌林拾翠》高堂稱慶 《樂府紅珊》蔡伯皆慶親壽 《月露音》【錦堂月】祝壽 《詞林逸響》【錦堂月】祝壽 《吳歈萃雅》祝壽	7
19	築墳	五娘造墳	都有	《大明春》五娘辭墓 《吳歈萃雅》築墳 《詞林逸響》【二犯五更轉】築墳 《南音三籟》築墳	4
20	規奴	牛氏規奴	都有	《詞林逸響》【祝英臺】規奴 《吳歈萃雅》規奴【越調·祝英臺】 《南音三籟》規奴、勸鬧	4
21	託夢	父母託夢 伯喈	都有	《徽池雅調》爹娘託夢 《玉谷新簧》父母託夢 《樂府玉樹英》書館託夢	3
22	取糧	五娘取糧	都有	《大明春》五娘請糧、李正搶糧（原缺） 《徽池雅調》嘈鬧饑荒 《南音三籟》請糧	3
23	試宴	狀元宴會	都有	《吳歈萃雅》試宴 《詞林逸響》【山花子】試宴	2
24	賢遘	五娘牛氏 相見	都有	《醉怡情》賢遘 《歌林拾翠》兩賢相遘	2
25	拒父	牛氏拒父 問答	都有	《樂府玉樹英》牛氏拒父問答 《樂府萬象新》拒父問答	2
26	其他			《大明春》五娘祭畫（原缺） 《吳歈萃雅》求濟、支曲 《南音三籟》小相逢	各一

　　明人戲曲選集中收錄《琵琶記》折子戲最多的情節，是伯喈、五娘「夫妻分別」的情節。這也是原著《琵琶記》全本戲的主要情節，寫伯喈即將上京趕考，和五娘依依惜別，以生旦爲主場，抒發離情別緒。從明人折子戲對這段情節的選錄數量位居首位，可見其受歡迎程度最高。戲曲選集《怡春錦》選收的《分別》折子戲，選自汲古閣本《琵琶記》第 5 齣《南浦囑別》，基本收錄了原本的全部內容，其選收的曲文多與原本一致，改動個別字句，把上半場尾曲的【餘文】改爲【尾聲】，把下半場首曲的【犯尾引】改爲【本序】，都不改變曲文。本折在曲中多增加生旦的賓白和舞臺動作，可見其表演性加強。例如，汲古閣本《琵琶記》的【沉醉東風】【前腔】曲中原有旦扮五娘和生扮伯喈的對話。本折在原文的基礎上加入一段戲：

　　　　（旦背介）奴家與他才得六十日夫妻，未知他果節孝否，且試
　　　一試，看他如何。（轉介）解元，奴家想將起來，公婆雖則年老，幸
　　　喜雙雙在堂，形尚未隻，影尚未單，你出外去，也是放心得下的了。
　　　〔註10〕

　　這段新增的戲寫五娘試探伯喈是否孝順，塑造了五娘聰慧靈巧的形象，突出演員的做功，其舞臺效果比汲古閣本好。又如【玉交枝】【前腔】曲文內增入伯喈跪拜父母的「（作跪介，旦扶介）」加強生腳的舞臺動作，改編效果比汲古閣本好。本折還在下半場首曲【本序】的唱段後面加入旦送別生的一段戲，寫生行至十里長亭，請五娘等人歸家，增入舞臺提示「旦立住哭介」以及伯喈和五娘的對話，表示五娘的依依惜別之情。本折也刪去汲古閣本的某些片段，如【鷓鴣天】曲前原有一段生旦對話並且提示伯喈拜別五娘，本折戲刪之並且濃縮爲「哭介」。本折對舞臺提示多有增減改易，說明此時《琵琶記》折子戲的編選者比全本《琵琶記》更重視舞臺表演藝術。而戲曲選集《玉谷新簧》選收的《五娘長亭送別》折子戲，也選自汲古閣本，然刪去上半場，選取下半場生旦依依惜別的場面進行改編：刪去下半場開場時生旦的對話，改爲旦以上場詩出場；改變首曲【犯尾引】爲【尾犯】；每句曲文幾乎都要穿插生旦的對白，其篇幅或長或短，其臺詞比《怡春錦》選收的《分別》折子戲要文雅；改變第二支曲子【犯尾序】爲【本序】；在【本序】和第三支【前腔】的曲文中，分別加入旦和生念誦的「滾調」，增強其抒情色彩，這也因爲戲曲選集《玉谷新簧》題名「滾調新詞」，故本折的滾調成爲舊戲新編的

〔註10〕　（明）沖和居士《怡春錦》，王秋桂《善本戲曲叢刊》第二輯，臺灣學生書局
　　　　1984 年 8 月 1 版 1 印，第 817 頁。

標誌，改編以後的舞臺表演效果較好。戲曲選集《時調青昆》選收《長亭分別》也只是保留了汲古閣本的下半場，然把開場的生旦對話改爲改編自前朝詩詞的曲子【引】「頻頻（平林）漠漠煙如織……何日是回程，長亭共短亭。」〔註11〕刪去尾部【鷓鴣天】曲前生旦送別的對話和下場詩，其開場處的改編獨具特色。戲曲選集《珊珊集》選收《囑別》只收錄曲牌和曲文，而且摘取元本《琵琶記》【犯尾序】【前腔】【前腔】【前腔】【鷓鴣天】爲一套，與其他折子戲選收「送別」情節時多採納汲古閣本的情況不同。戲曲選集《歌林拾翠》選收《囑別》折子戲只收錄曲文，其內容基本與汲古閣本一致，僅改動個別曲牌的音樂形式，如在【五供養】的音樂中加入犯調形成【五供養犯】；改變下半場的前兩支曲子曲牌【犯尾引】【犯尾序】爲【尾犯序】【尾犯引】，實與上述其他折子戲的改法相似；改變第一支【前腔】的題名爲【換頭】。

　　其次是數量稍遜於前者的《琵琶記》折子戲，多爲伯喈或五娘「自歎」或「嗟怨」的情節，這些並非主要情節，多傷春悲秋之歎息，抒情性較強，實爲文人趣味的體現。明代戲曲選集《吳歈萃雅》、《詞林逸響》、《南音三籟》等崑腔戲曲選集多收錄這類情節的折子戲，且各折以篇幅較短的曲子爲主，這些折子戲多用於清唱。還有五娘「題詩」、五娘和伯喈「書館悲逢」的情節，是全本戲《琵琶記》的重要關目，描繪五娘和伯喈分別十幾年以後重逢，寫出男女主角的「悲歡離合」之感，其戲劇效果感人至深。以伯喈和五娘《書館悲逢》爲例進行比較。戲曲選集《樂府歌舞臺》收錄《書館相逢》折子戲與汲古閣本第37齣《書館悲逢》一致。戲曲選集《醉怡情》選收《館逢》折子戲與《樂府歌舞臺》所收有差異，在開場處加上一段末的開場白，這段自白取材於汲古閣本第36齣《孝婦題眞》院子的「自報家門」；接下來的劇情多採用汲古閣本的原文，寫伯喈來到書館，發現五娘的題壁詩，牛氏和五娘出現，五娘伯喈相逢；刪去【小桃紅】之後的三支【前腔】，原文寫伯喈詢問五娘如何描畫眞容，本爲次要情節，刪之更簡練；改尾曲【餘文】爲【尾聲】。戲曲選集《摘錦奇音》選收的《書館相逢》折子戲大體依據汲古閣本原文進行改編，曲牌和曲文都沒有變，主要改編賓白科諢；所選內容也有殘缺，從開場至【小桃紅】尾部爲止。戲曲選集《歌林拾翠》收錄的《書館相逢》折子戲亦選自汲古閣本，保留全部曲子和大致的人物對話，然改動對話的具體內容。戲曲選集《時調青昆》收錄《書

館相逢》折子戲，刪去上半場寫伯喈在書館看題詩以及牛氏試探伯喈的情節，僅選取下半場寫伯喈自述不棄糟糠之妻直至伯喈五娘相認的情節，保留了主要的情節，讓折子戲更簡練。

　　第三是數量在 20 折和 10 折之間的《琵琶記》折子戲，分別描寫以伯喈或五娘為主角的故事情節。比如寫伯喈的情節，有伯喈「牛府再婚」、伯喈「賞月」思鄉、伯喈「賞荷」思親、五娘「描畫眞容」等情節。這些也是劇中較為主要的情節，多表達主角思念遠方至親的複雜情緒，能引起觀眾的強烈共鳴，抒情性較強，故戲曲選集選收這類折子戲較多，較受大眾歡迎。以伯喈《賞荷》的情節為例。明人編選的《賞荷》折子戲多選自汲古閣本《琵琶記》第 22 齣《琴訴荷池》。如戲曲選集《玉谷新簧》選收《伯喈彈琴》，僅選錄汲古閣本寫伯喈彈琴時以新弦斷弦比喻新妻舊妻的套曲【桂枝香】【前腔】，只收錄曲文，不錄賓白，這是劇中的精彩部分和主幹情節。戲曲選集《月露音》選收《賞夏》折子戲刪去伯喈彈琴的主幹情節，選收【梁州序】一套的曲牌和曲文，寫牛氏和伯喈暑日賞荷消夏的場面。戲曲選集《珊珊集》選收《賞荷》折子戲也收錄【梁州序】一套的曲牌和曲文，然改變尾曲【餘文】為【尾聲】。戲曲選集《樂府紅珊》選收《荷亭玩賞》折子戲，選自汲古閣本，與原文內容大致相符，僅個別曲牌的標注有誤，如【燒夜香】改為【燒香夜】。戲曲選集《歌林拾翠》選收《琴訴荷池》折子戲也選自汲古閣本，與原文內容大致相符，僅個別曲牌有改動，如把【梁州序】改為【梁州新郎】。戲曲選集《萬錦嬌麗》選收《琴訴荷池》的情況亦與相似，唯有【梁州新郎】曲牌之下又列【梁州序】。戲曲選集《詞林逸響》選收《賞荷》折子戲也僅收錄【梁州序】一套的曲文，且改變尾曲【餘文】為【尾聲】。《南音三籟》所選亦與《詞林逸響》所選內容相似，標注「人籟」，表明編選者把其文辭水平位列第三等。戲曲選集《月露音》、《珊珊集》、《樂府紅珊》、《歌林拾翠》、《萬錦嬌麗》、《萬錦嬌麗》、《詞林逸響》和《南音三籟》都選收【梁州序】一套並且稍加改編，這套曲子的曲辭既融情於景又典雅工整，清唱的效果較好，可見編選者比較喜歡這套曲子。

　　第四是選收折數小於 10 折的《琵琶記》折子戲，包括五娘「臨妝感歎」、五娘「糟糠自厭」、伯喈「丹陛陳情」、牛氏詢問伯喈、五娘「剪髮賣葬」、伯喈等人「掃松」遇張大公、五娘「代嘗湯藥」、五娘千里「尋夫」等。這些折子戲以描寫五娘的故事居多，包括五娘糟糠自厭、代嘗湯藥、剪髮葬公婆、

千里尋夫、臨妝感歎這五種情節，主要突出五娘如何奉養雙親，體現其「孝婦」的高尚品德，可見受歡迎程度尚可。如戲曲選集《醉怡情》選收《剪髮》折子戲選自汲古閣本第 25 齣《祝髮買葬》，選收音樂和賓白科諢等內容，刪去【香羅帶】後面的兩支【前腔】，在【香柳娘】及其三支【前腔】的尾部增加一支【前腔】「我如今算來」寫鄰居張大公資助棺材費，與下文的賓白中五娘感謝張大公的劇情連爲一體。戲曲選集《樂府菁華》選收《剪髮送親》折子戲，也選自汲古閣本，其內容與原本基本相同，僅改動個別曲文和賓白。戲曲選集《詞林逸響》選收的《剪髮》折子戲採取汲古閣本的【香羅帶】一套，只收錄曲文，且刪去末尾處【香柳娘】的兩支【前腔】，這兩支曲子寫五娘受到張大公的資助，屬於這齣戲的次要情節，故刪之較合適。戲曲選集《南音三籟》選收的折子戲《剪髮》亦與《詞林逸響》所收相似，也選自汲古閣本，只收錄曲牌和曲文，然只保留【香羅帶】【前腔】【前腔】這三支曲子，突出描繪五娘對著頭髮訴苦的劇情；刪去原文中的其餘曲子，突出主要情節；編選者標注「天籟」即認爲這套曲子爲一等水平。

　　最少被收錄的《琵琶記》折子戲，其情節多爲次要的情節或場面，如牛氏規奴、新科狀元的宴會、五娘和伯喈的小相逢、團圓稱慶等，從折子戲的數量之少，可見其受歡迎程度較低。

　　從明前中期到明後期的《琵琶記》折子戲的變化軌跡，可見編選者對本記的主幹劇情都有所涉及，分別收錄了 32 齣的主要情節中的曲子，沒有收錄其餘 10 齣的次要情節中的曲子。《風月錦囊》收錄的這些主要情節和明後期各戲曲選集收錄的有共同之處，然後期戲曲選集的收錄能依據折子戲的數量分出高下，突出最重要的情節，如「南浦囑別」、「書館悲逢」、「五娘描容」等，而中期的戲曲選集所選情節較爲勻稱，可見明後期的編者在戲曲鑒賞能力上有所提高。

五、「明改本」《（南）西廂記》折子戲收錄一覽表

序號	折子戲名	內容	出自何本	選錄集名	選錄次數
1	紅娘遞柬	紅娘傳書遞信	李日華本 陸采本 徐奮鵬本	《月露音》傳情【相國行祠】 《玉谷新簧》紅娘遞柬傳情 《詞林逸響》【降黃龍】傳情 《南音三籟》傳情、鬧簡	8

				《吳歈萃雅》傳情 《群音類選》紅娘寄柬 《樂府玉樹英》俏紅娘遞柬傳情	
2	閨思	鶯鶯閨思	都有	《月露音》【綿搭絮】閨怨 《群音類選》鶯鶯憶念 《南音三籟》閨怨 《吳歈萃雅》閨情、閨恨、閨思 《詞林逸響》【綿搭絮】閨怨、【大勝樂】閨思	8
3	聽琴	張生彈琴 鶯鶯聽琴	都有	《玉谷新簧》鶯紅月下聽琴 《樂府菁華》鶯鶯月下聽琴 《珊珊集》【罵玉郎】月下聽琴 《玄雪譜》聽琴 《月露音》【梁州序】聽琴 《南音三籟》聽琴 《群音類選》鶯鶯聽琴 《樂府玉樹英》鶯鶯月夜聽琴	8
4	佛殿奇逢	生初見鶯	都有	《醉怡情》奇逢 《玄雪譜》遊佛殿 《珊珊集》遊殿 《樂府紅珊》鶯鶯佛殿奇逢 《群音類選》佛殿奇逢 《吳歈萃雅》遊殿 《詞林逸響》【忒忒令】遊殿 《南音三籟》遊殿	8
5	長亭送別	鶯生分別	都有	《玄雪譜》送別 《月露音》【普天樂】送別 《珊珊集》【普天樂】送別 《樂府紅珊》崔鶯鶯長亭送別 《群音類選》長亭送別 《吳歈萃雅》送別 《南音三籟》送別 《詞林逸響》【普天樂】送別	8
6	月下佳期	鶯生赴約	都有	《怡春錦》【尾犯序】赴約 《詞林逸響》佳期 《吳歈萃雅》佳期、會合 《玉谷新簧》夜赴佳期	7

				《徽池雅調》月下佳期 《群音類選》西廂幽會 《樂府玉樹英》鶯鶯書齋赴約	
7	報捷	生中狀元報告消息	都有	《月露音》【集賢賓】報捷 《怡春錦》報捷 《樂府紅珊》張君瑞泥金報捷 《群音類選》泥金報喜 《吳歈萃雅》報捷 《南音三籟》【集賢賓】報捷 《詞林逸響》報捷	7
8	驚夢	張生夢鶯	都有	《醉怡情》驚夢 《南音三籟》驚夢 《詞林逸響》【步步嬌】驚夢 《吳歈萃雅》驚夢 《群音類選》草橋驚夢	5
9	請宴	紅娘請生赴宴	都有	《醉怡情》請宴 《珊珊集》【步步嬌】請宴 《詞林逸響》【宜春令】請宴 《群音類選》紅娘請生	4
10	酬和	鶯生隔牆酬和	都有	《月露音》【素帶兒】酬和 《南音三籟》酬和 《吳歈萃雅》酬和 《群音類選》燒香吟句	4
11	巧辯	紅娘巧辯	都有	《醉怡情》拷婢 《詞林一枝》俏紅娘堂前巧辯 《群音類選》夫人拷紅	3
12	對月自歎等	主角抒情	都有	《南音三籟》暗約、自歎、會合 《詞林逸響》【集賢賓】暗約、【普天樂】自歎、【十二紅】會合、【瑣窗郎】對月、【梁州序】寫懷、【榴花泣犯】暗許 《吳歈萃雅》暗約、自歎、寫懷、暗許	各一
15	其他			《吳歈萃雅》請配 《南音三籟》閨怨、「團團皎皎」（注云「古西廂」） 《群音類選》紅娘寄柬、鶯鶯見書、紅娘訂約、紅娘寄詩、訪僧遇紅、張生鬧道場、書遣惠明、夫人背盟、跳牆弈棋、鶯鶯探病	各一

　　明人戲曲選集中收錄明代南曲改本「西廂記」折子戲較多者，其一是紅娘「遞柬傳情」的情節。這段情節是原著中最主要的劇情，寫紅娘爲鶯鶯和張生的感情而屢次傳遞書信，男女主角在這個過程中互相試探、隱瞞、猜測，劇情多有起伏，通過描寫紅娘和張生、或紅娘和鶯鶯的對手戲，分別塑造紅娘、鶯鶯、張生的形象，突出紅娘樂於助人、活潑嬌俏的鮮明個性，具有強烈的喜劇性。因此，這段情節的受歡迎程度在「西廂」折子戲中是最高的。如李日華本《南西廂記》的《遞柬傳情》一齣原有南黃鍾宮【降黃龍】套：【降黃龍】【前腔】【袞】【二袞】【三袞】【四袞】【五袞】【一封書】【皀羅袍】【南郊醉扶歸】【尾聲】，共 11 支曲。其中【袞】即【黃龍袞】，南曲習慣上把【降黃龍】2 支和【黃龍袞】相連爲一套。《南音三籟》所收《傳情》折子戲把曲牌改爲：【降黃龍】【前腔】【黃龍袞】和 4 支【前腔】，最後是【尾聲】，保留了【降黃龍】【前腔】和【黃龍袞】5 支曲和【尾聲】，刪去【一封書】【皀羅袍】【南郊醉扶歸】3 支曲。【袞】和【黃龍袞】有所區別。【黃龍袞】即【降黃龍袞】，出於宋詞大曲。《詞徵》言：「袞與滾同，其聲溜而下⋯⋯又宋時京師尙纏令纏達，中興後逐撰爲賺，取誤賺之意。」〔註 12〕元人燕南芝庵《唱論》列之於黃鍾宮，本宮調之曲以富貴纏綿爲特色，《顧曲塵談》列入南曲黃鍾宮。【降黃龍】套曲以【降黃龍】爲首支曲，它「音調極婉媚，須用贈板慢唱。蓋南詞套式，先用慢曲，入後極快，故首數支皆可聽，後數曲皆不甚美也。」〔註 13〕戲曲選集《南音三籟》刪去的曲子位於【降黃龍】套曲的末尾，既然是極快的曲子，又缺乏美感，於是便不受歡迎。這套曲被編者評爲第三等的「人籟」，說明其水平一般。如此改動，比李日華的改編更合南曲規範。此外戲曲選集《玉谷新簧》、《群英類選》、《詞林逸響》、《月露音》多收錄這齣情節的折子戲，說明這個情節比較受歡迎。

　　其次，被選錄較多的折子戲，是如「聽琴」、「奇逢」、「長亭送別」、「報捷」、「佳期」、「閨思」等。這些戲曲段落都是「西廂」劇中的主要情節，除「閨思」外，主要爲描寫鶯鶯和張生故事的戲，以生旦同場的形式搬演，突出男女主角的「悲歡離合」和「眞情」，故被收錄較多，比較受歡迎。以「聽

〔註 12〕　（宋）沈義父《四庫家藏・樂府指迷・集部・詞徵》卷二，陳曉芬整理，方智範審閱，山東畫報出版社 2004 年 1 月 1 版 1 印，第 216 頁。

〔註 13〕　吳梅《南北詞簡譜》下冊，吳梅《吳梅全集》，河北教育出版社 2002 年 7 月 1 版 1 印，第 264 頁。

琴」為例。戲曲選集《玄雪譜》選收「聽琴」在李日華《南西廂記》第 20 齣《琴心寫恨》的基礎上，新增張生開場撫琴賓白：「事成就了，買一副三牲祭獻你，若不成，就把你碎碎劈了當柴燒。乘此月明，不免撫操……」〔註 14〕這段賓白用擬人手法，具有喜劇色彩，然而沖淡了原文雅致的意境。戲曲選集《玉谷新簧》選收「聽琴」在王實甫《西廂記》的基礎上新增張生撫琴的賓白：「欲將心事傳青瑣，且把閒愁付玉琴。我當初指望退賊成功，請諧秦晉，誰想夫人食言，徒拜為兄妹，小生大失所望。今思紅娘之言，極為有理，著我待小姐來花園燒香之際，把琴音挑動。他月兒早上些呀，卻早些擂鳴鐘也。琴呵，我……都在你身上，正是『莊生曉夢迷蝴蝶，望帝春心託杜鵑。』天頭借一陣順風，」〔註 15〕這段賓白表達了張生既期待又激動的心情，並且能深化戲劇衝突，讓男主角張生的抒情獨白更富有感染力，對刻畫張生的人物形象有較好的效果。戲曲選集《時調青昆》所收折子戲「聽琴」本源於王實甫的雜劇《西廂記》，既縮減了燒香的細節和紅娘的動作，又刪去了張生彈琴、鶯鶯聽琴的戲，重點突出鶯鶯聽琴的感受。這段情節刪去張生彈琴和鶯鶯聽琴的主幹戲，使劇情缺乏連貫性和完整性。又如「佳期」情節，戲曲選集《徽池雅調》所收《月下佳期》折子戲，來自李日華《南西廂記》第 27 齣《月下佳期》，不錄科諢。內容為崔張西廂佳期及前後，《徽池雅調》僅取下半場表現崔張雲雨之曲，即保留雲雨之戲，刪之前戲份；僅保留一套曲，且明確各曲分腳色唱。戲曲選集《玄雪譜》所收的《佛殿奇逢》折子戲有【光光乍】，曲牌與原文一致，然曲詞完全改變，當為民間流傳的唱段。它收錄《佛殿奇逢》的【皀羅袍】曲，明人改本「李西廂」第 5 齣《佛殿奇逢》原為貼唱「笑折花枝自撚，惹狂蜂浪蝶，舞翅翩千，幾番要撲展齊紈，飛向錦香叢裏教我尋不見，被燕銜春去，芳心自斂。怕人隨花老，無人見憐，臨風不覺增長歎。」〔註 16〕《玄雪譜》改為旦貼同唱，由一人唱改為同唱。又如「送別」情節，戲曲選集《玄雪譜》所收《送別》一折是在李日華本的基礎上改編而成，原文有動作提示「旦遞酒介」和演唱【前腔】，《玄雪譜》省略動作，加插旦的

〔註 14〕　（明）鋤蘭忍人《玄雪譜》，王秋桂《善本戲曲叢刊》第四輯，臺灣學生書局
　　　　　1987 年 11 月 1 版 1 印，第 88 頁。

〔註 15〕　（明）吉州景居士《玉谷新簧》，王秋桂《善本戲曲叢刊》第一輯，臺灣學生
　　　　　書局 1984 年 7 月 1 版 1 印，第 72 頁。

〔註 16〕　（明）李景雲、崔時佩《南西廂記》，明末毛晉汲古閣《六十種曲》第 3 冊，
　　　　　中華書局 1958 年 5 月 1 版，1982 年 8 月 2 印，第 11 頁。

口白「（旦）我有句話兒囑咐你。（生）小姐莫不慮小生文齊福不齊，以此放心不下。（紅）姐姐你敢是怕他又惹著閒花野草哩。」〔註17〕這折戲在離情之中增添了調謔的味道，達到悲喜交集的戲劇效果。戲曲選集《群音類選》收錄的《長亭送別》折子戲，刪去生腳的首曲【臨江仙】，從其【普天樂】「碧雲天」開始保留；旦腳的曲子也直被保留下來；把這套曲的【尾聲】合唱改為獨唱。本折刪去老旦、貼和末的送別曲，僅保留老旦【催拍】和眾人合唱曲一支，保留原來生旦的曲子，以突出主角的離別之情。又如戲曲選集《南音三籟》收錄的《報捷》情節，其【尾聲】為李日華本《南西廂記》所無，改編者刪去首曲【折梧桐】、中間的【大聖樂】【前腔】【不是路】【皂角兒】【前腔】【尾聲】，保留前段的【集賢賓】【前腔】、中間的【瑣窗郎】【醉扶歸】【前腔】，改末尾的【紅納襖】【前腔】為【尾聲】，令曲文篇幅縮減一半。〔註18〕這折戲保留的曲子多為旦腳演唱，有利於表現旦腳的心情。這套曲列於二等「地籟」，編選者亦贊其妙，說明其改編效果較好。

　　接著是張生「驚夢」、鶯生「酬和」、紅娘「請宴」、紅娘「巧辯」等，也是劇中較為主要的情節，多以描寫主角張生、鶯鶯和紅娘的故事為主。如戲曲選集《醉怡情》選收李日華本「驚夢」情節的曲文，李日華本第30齣《草橋驚夢》的【香柳娘】【前腔】云：「想人生在世，想人生在世，最苦是離別，關山萬里獨自跋涉。小姐你休道一時，你休道一時，花殘與月缺，瓶墜寶簪折，總春嬌怎惹，總春嬌怎惹。生則願同衾，死則願同穴！」〔註19〕這支曲子在李日華《南西廂記》裏為張生唱，《醉怡情》改為生旦同唱。男女主角同唱「生則願同衾，死則願同穴」，更能達到「悲歡離合」的抒情效果。由此，折子戲的表現形式更好。或者改變場面處理方式，如李日華《南西廂記》在表現「驚夢」的情節時，提示「內鳴鑼，旦下，生抱丑介」〔註20〕提示背景聲音、下場者和做動作者，人物為生、旦和丑，寥寥數語，表現了舞臺時空從喧鬧的夢中轉換為安靜的旅店。戲曲選集《醉怡情》把舞臺提示改為「內扮孫彪、

〔註17〕（明）鋤蘭忍人《玄雪譜》，王秋桂《善本戲曲叢刊》第四輯，臺灣學生書局
　　　　1987年11月1版1印，第106頁。

〔註18〕參見（明）凌濛初《南音三籟》，王秋桂《善本戲曲叢刊》第四輯，臺灣學生
　　　　書局1987年11月1版1印，第742～744頁。

〔註19〕（明）李景雲、崔時佩《南西廂記》，明末毛晉汲古閣《六十種曲》第3冊，
　　　　中華書局1958年5月1版，1982年8月2印，第90頁。

〔註20〕（明）李景雲、崔時佩《南西廂記》，第90頁。

杜確、惠明等上，趕下」〔註21〕摒棄背景聲音，僅提示上場者和下場者，即孫飛虎、杜確、惠明等人走了一個過場，然後迅速下場，反映了改編者對舞臺時空的處理更爲成熟。戲曲選集《群音類選》收錄的《草橋驚夢》折子戲，刪去生、旦上場曲各一支，保留矛盾衝突集中、有利於表現情節和人物的曲子，令戲劇性得到強化。

　　明代戲曲選集收錄最少的情節，亦爲原著的次要情節，如主角對月長歎或自歎等，抒情色彩較濃。如戲曲選集《群音類選》所收折子戲《鶯鶯憶念》，把「李西廂」的【綿搭絮】改爲該折第一支曲子。明代供清唱的戲曲選集《月露音》、《珊珊集》、《詞林逸響》、《吳歈萃雅》和《古今奏雅》所收「鶯鶯憶念」情節也收錄了這支【綿搭絮】。傅惜華《〈西廂記〉說唱集》也收錄了類似內容的說唱單曲四支。可見經過李日華的改編，這首【綿搭絮】廣受歡迎。還有的折子戲寫張生鬧道場的「鬧齋」、張生「借廂」或鄭恒請求鶯鶯履行婚約卻遭到拒絕等，屬於原著的次要情節。故這些情節被收錄極少，受歡迎程度較低。如李日華《南西廂記》刪改「鬧齋」情節。「鬧齋」敘普救寺的和尚爲崔鶯鶯的亡父崔老相國做法事，張生藉此機會在鶯鶯面前留下良好印象。《南西廂記》多保留崔張的感情戲，緊扣劇情主線，削減次要人物的戲份。如其中第 10 齣《鬧攘齋壇》削減做法事細節和眾僧爲鶯鶯傾倒的細節，突出崔張之間的眉目傳情，也突出了主幹劇情和主角。明代折子戲和全本的改法相似，強調主角的感情戲，削減配角的戲份。如戲曲選集《風月錦囊》所收同類情節的折子戲，以摘錄「王西廂」的曲子爲主，刪減次要情節，如做道場和描寫眾僧的狂態之處；除了崔張對話以外，把其餘諢白都刪去。戲曲選集《群音類選》所收《張生鬧道場》折子戲，在「李西廂」的基礎上，刪去次要人物法本和法聰開場的戲，縮減次要人物紅娘、老夫人和眾僧的戲。戲曲選集《萬家合錦》選收《齋堂鬧會》折子戲，多摘錄「王西廂」曲子，刪減次要人物如法本、法聰的開場對話，砍去次要諢科如眾僧做道場的諢白。由此可見，明代「西廂記」全本和折子戲都注重削減次要人物和次要的戲，突出敘述主角崔張的故事。

　　其中戲曲選集《群音類選》收錄的《鶯鶯見書》、《跳牆弈棋》等折子戲的曲文中，多見民間小曲，可見當時的流行小曲對折子戲的編選者有較大的

〔註21〕　（明）青溪菰蘆釣叟《醉怡情》，王秋桂《善本戲曲叢刊》第四輯，臺灣學生書局 1987 年 11 月 1 版 1 印，第 707 頁。

影響。例如，其中有的折子戲吸取單支民間小曲，也吸收整套的民間曲子。如《跳牆弈棋》一折，除了刪去鶯鶯的上場曲【菊花新】和紅娘【前腔】以外，中間部分的曲文順序如下：開場曲出自李日華《南西廂》的【駐馬聽】【前腔】，接著是無名曲【北點絳唇】【前腔】，然後是王實甫《西廂記》【駐馬聽】，接著是宋元南戲李景雲《崔鶯鶯西廂記》【梁州序】【前腔】【玉芙蓉】和3支【前腔】寫鶯紅下棋，〔註22〕還有李日華《南西廂》【皂羅袍】【清江引】，最後為兩支無名曲【前腔】。歸納起來，曲文的出處依次為南西廂、無名戲曲、北西廂、南戲、南西廂、無名戲曲。其曲文雜糅了李景雲《崔鶯鶯西廂記》、《北西廂》、《南西廂》和不知名的曲文。此外，有個別不知名的曲文不可考，一處為【北點絳唇】「淡雲籠月華」和【前腔】「若是怕牆高」，是兼具敘事性和抒情性的曲文，描繪崔張赴約的心情。一處為末尾的【前腔】「俏書生你為什麼不忖度」和【前腔】「默默無言」，也是敘事性的曲文，僅後者的曲辭「妝聲作啞」來自《南西廂》【皂羅袍】，前者的曲辭和後者的曲牌、曲辭和現有題名為「西廂」的劇本迥異，無疑採自民間戲曲。這部曲選增加的無名曲文都是敘事性的曲辭，經過改動後的曲文語詞大膽俚俗，民間氣息濃厚。

明前期的兩部曲選多收錄鶯紅下棋、月夜燒香的場景，收錄的情節較單純；明後期的各部戲曲選集收錄的情節很豐富，囊括了「西廂」故事中的主幹情節，多為描寫主角張生、鶯鶯和紅娘的戲，較少收錄次要人物的戲，層次分明，體現出此期的編選者比明前期的編選者更為細緻、認真的態度。

六、「明改本」《東窗記》、《精忠記》折子戲收錄一覽表

序號	折子戲名	內容	出自何本	選錄集名	選錄次數
1	祭主刺秦	施全祭岳飛一家、刺殺秦檜	《東窗記》《精忠記》《精忠旗》	《群音類選》施全祭主《醉怡情》祭主《樂府遏雲》行刺	6

〔註22〕【梁州序】一句，參見（明）《雍熙樂府》卷16，《盛世新聲》酉集，《詞林摘豔》卷2，崔時佩本《南西廂記》第22齣，俱有【梁州序】「三百六十」一套。《九宮正始》正始冊二，皆有【正宮引子】【梁州令】，注云「元傳奇」。轉引自錢南揚《宋元戲文輯佚》，中華書局2009年11月1版1印，第278頁，可見其曲文取自宋元南戲。

			《樂府歌舞臺》祭主、行刺 《大明天下春》施全祭主行刺	
2	瘋僧 戲秦	神仙變爲 瘋僧戲秦 檜	《東窗記》 《精忠記》 《精忠旗》 無名劇本	《醉怡情》見佛 《萬壑清音》瘋魔化奸 《群音類選》風和尙罵秦檜 《樂府歌舞臺》臨凡	4
3	其他		《精忠旗》 無名劇本	《醉怡情》寫本、回話 《樂府歌舞臺》掃奸 《大明天下春》府人收屍	各一

　　明人戲曲選集收錄「東窗記」和「精忠記」折子戲的數量，比起其他「明改本」而言並不多。其中，這些戲曲選集收錄最多的情節，是施全祭奠岳飛一門忠烈和施全刺殺秦檜的戲。這兩段情節在「明改本」《東窗記》和《精忠記》中本來是連貫的，可以合併，比較受歡迎。如戲曲選集《群音類選》收錄的《施全祭主》折子戲取自明初的改本《東窗記》，只收錄曲文。原文爲南北合套，這折戲除【北沽美酒帶太平令】改爲【北沽美酒】、刪去帶過曲【太平令】外，其餘曲牌、曲文和賓白與原本保持一致。戲曲選集《醉怡情》收錄的《祭主》折子戲選自汲古閣本《精忠記》，合併第 29 齣《告奠》和第 30 齣《行刺》的情節，收錄曲文、賓白、科諢等內容並且進行改編。這折戲在上半場保留第 29 齣《告奠》的主要內容，刪去開端處的【步步嬌】整曲，把施全在此曲前後念誦的賓白進行壓縮；刪去【得勝令】整曲，合併【雁兒落】和【前腔】的曲文爲【雁兒落】的曲文，把原本【得勝令】後面的賓白移於【雁兒落】之後；刪去原齣的尾曲【清江引】整支；保留末尾處施全準備刺秦的自白，增加舞臺提示「虛下」表示施全埋伏於隱蔽之處，也爲秦檜的隊伍增加「內喝道介」的舞臺提示。〔註23〕這折戲在下半場保留第 30 齣《行刺》寫施全刺秦檜的主要內容，首先增加舞臺提示「眾馬不行」表示秦檜的馬踏步不前。接著，原文寫秦檜的手下發現了施全，施全刺殺失敗。這折戲在尾部增加秦檜慮及瘋和尙語言成眞，派遣何立去捉拿瘋和尙的細節。何立作爲秦檜的家僕，曾在明後期馮夢龍改本《精忠旗》的尾部出現，而且佔有一定的戲份，而《東窗記》和《精忠記》查無此人，可見戲曲選集《醉怡情》收錄的這折戲吸取了《精忠旗》的素材。

〔註23〕參見（明）青溪菰蘆釣叟《醉怡情》，王秋桂《善本戲曲叢刊》第四輯，臺灣學生書局 1987 年 11 月 1 版 1 印，第 629 頁。

其次是「瘋僧罵秦」情節，寫神仙化爲和尚下凡並點化姦臣秦檜。這段情節塑造神仙化身爲和尚的瘋態和秦檜的做賊心虛。無獨有偶，戲曲選集《醉怡情》收錄《見佛》折子戲的開端處也出現了何立，他的功能是秦檜的隨從和開路先鋒。戲曲選集《醉怡情》選收的兩折戲《行刺》和《見佛》都出現了何立，以此推算《醉怡情》的成書時間，應與馮夢龍改本《精忠旗》同時或稍晚。折子戲《見佛》的內容頗爲奇特，除主要劇情和人物與《東窗記》第 31 齣、《精忠記》第 28 齣《誅心》基本一致外，從音樂形式到賓白科諢的具體內容都不一樣。馮夢龍改本《精忠旗》也不見這段情節。可見這折戲《見佛》應由《醉怡情》的編選者從當時流行的「明改本」岳飛劇吸收而來，可惜此本目前已經佚失。戲曲選集《群音類選》選收的《風和尚罵秦檜》折子戲選自《東窗記》第 31 齣，把【嘉慶子】和【尹令】的曲辭合併於【嘉慶子】一曲中，把【品令】和【豆葉黃】的曲辭合併爲新的【三臺令】一曲，把【玉交枝】和【江兒水】的曲辭合併於【玉交枝】一曲。戲曲選集《萬壑清音》收錄的《瘋魔化奸》雖然情節梗概與明代各部全本、折子戲的「瘋僧戲秦」相似，然具體內容不同於它本，應爲編選者從其他劇本之中選錄的，而且這部劇本目前已經佚失。

戲曲選集收錄最少的情節有好人們埋葬岳飛遺體的「收屍」、秦檜「寫本」、何立「回話」等，都是劇中的次要情節，故選錄較少。戲曲選集《醉怡情》中的《寫本》選自馮夢龍改本《精忠旗》第 33 折並且有所刪減。《醉怡情》中的《寫本》、《回話》與馮夢龍改本《精忠旗》第 36 折《何立回話》的劇情梗概一致，然而具體內容不同。由此可見，戲曲選集《醉怡情》選收的四折戲《祭主》、《見佛》、《寫本》和《回話》都出自同一部明人改本，其中《祭主》的內容與《精忠記》的相關齣目較接近；其餘三折戲的劇情梗概均與《精忠旗》大體一致，然而具體內容與《精忠旗》存在較大差異，可見這四折戲都選自一部已經佚失的明人改本，而且該本根據馮夢龍《精忠旗》改編。

由此可見，岳飛戲曲的「明改本」多改編施全刺殺秦檜和瘋僧戲秦的情節。大多數的明代戲曲選集從流傳至今的三部岳飛戲改本《東窗記》、《精忠記》和《精忠旗》中取材，也有少數明代戲曲選集的編選者從我們目前無法看到的劇本中取材。

七、「明改本」《破窯記》、《彩樓記》折子戲收錄一覽表

（「彩」指這折戲改編自《彩樓記》）

序號	折子戲名	內容	出自何本	選錄集名	選錄次數
1	歸窯	蒙正乞糧而歸，疑心足跡，詰問妻子	《破窯記》《彩樓記》	《樂府菁華》蒙正冒雪居窯 《滿天春》蒙正冒雪歸窯 《玉谷新簧》邀齋空回、冒雪歸窯 《群音類選》投齋空回 《徽池雅調》蒙正歸窯 《歌林拾翠》邀齋空回、冒雪歸窯 《樂府玉樹英》冒雪回窯 彩——《樂府歌舞臺》雪歸	10
2	報捷	狀元蒙正派人傳訊妻子	都有	《樂府菁華》劉氏破窯問捷 《玉谷新簧》宮花報捷 《大明春》小姐破窯聞捷 《歌林拾翠》宮花報喜 《摘錦奇音》及第差人接妻 《樂府萬象新》宮花捷報 《樂府玉樹英》破窯聞捷 《大明天下春》宮花捷報、破窯聞捷	9
3	破窯居止	蒙正夫婦到達破窯	都有	《樂府菁華》蒙正破窯居止 《大明春》夫妻被逐歸窯 《八能奏錦》蒙正回窯居止 《樂府歌舞臺》居窯 《歌林拾翠》破窯居止 彩——《賽徵歌集》破窯分袂 彩——《樂府遏雲》分袂 《樂府玉樹英》破窯居止 《樂府萬象新》夫妻破窯居止	9
4	團圓	大團圓	都有	《群音類選》夫婦榮諧、相府相迎 《歌林拾翠》夫妻榮會、封贈團圓 《南音三籟》喜慶 彩——《怡春錦》榮會 彩——《珊珊集》完聚 彩——《樂府遏雲》完娶 彩——《詞林逸響》喜慶	9

5	夫妻 祭灶	蒙正夫婦 無米過 年，空祭 灶神	都有	《時調青昆》夫妻祭灶 《樂府菁華》蒙正夫妻祭灶 《摘錦奇音》文穆夫妻祭灶 《玉谷新簧》蒙正夫妻祭灶 《大明春》蒙正夫妻祭灶 《歌林拾翠》蒙正祭灶 《樂府玉樹英》夫妻祭灶	7
6	閨思 閨怨 閨訴	劉千金 閨中感歎	都有	《南音三籟》閨思、愁思 《吳歈萃雅》閨思、愁思、閨訴 彩──《詞林逸響》【山坡羊】閨思	6
7	梅香 送米	丫鬟給劉 千金送米	都有	《玉谷新簧》梅香看問 《摘錦奇音》小姐采芹遇婢 《八能奏錦》小姐采芹遇婢 《樂府玉樹英》勸小姐回歸 彩──《八能奏錦》劉氏采芹遇婢	5
8	榮歸 破窯	狀元蒙正 攜妻子游 破窯	都有	《詞林一枝》呂蒙正遊觀破窯 《徽池雅調》蒙正榮歸 《樂府萬象新》榮歸遊窯 彩──《玄雪譜》歸窯	4
9	蒙正 高中	蒙正狀 元遊街	都有	《時調青昆》狀元遊街 《歌林拾翠》狀元遊街 《樂府萬象新》蒙正遊街自歎	3
10	蒙正 赴試	蒙正赴京	都有	彩──《怡春錦》別試 彩──《珊珊集》別試 彩──《詞林逸響》離情	3
11	選才	選才	都有	《南音三籟》赴選 《吳歈萃雅》選俊 彩──《詞林逸響》【雁過燈】選俊	3
12	破窯 看女	夫人看望 女兒	都有	《樂府萬象新》破窯看女 《大明天下春》破窯勸女	2
13	投宿 旅店	蒙正夫婦 宿旅店	都有	《玉谷新簧》蒙正投店 《時調青昆》旅邸成親	2
14	逐婿	劉相逐婿	都有	《群音類選》相門逐婿 彩──《時調青昆》劉茂逐婿	2
15	離情	夫妻分別	都有	《吳歈萃雅》離情 彩──《詞林逸響》【漁家傲】離情	2

| 16 | 喜慶 | 喜慶 | 都有 | 《吳歙萃雅》喜慶
彩──《詞林逸響》【泣顏回】喜慶 | 2 |
| 17 | 其他 | | 都有 | 《群音類選》彩樓擇婿
《歌林拾翠》劉相賞雪
《大明天下春》夫妻遊寺
彩──《樂府遏雲》共歡 | 各一 |

　　明人折子戲最喜歡《破窯記》和《彩樓記》的情節是描寫蒙正和劉千金的「歸窯」。這段情節寫蒙正乞糧，遭到和尚的戲弄，失敗而歸。他看到窯門前雪地上的男女足跡，對妻子起疑，遂詰問妻子，被妻子取笑他疑心太重。這段戲非常有趣，把蒙正要面子的形象表現得活靈活現。主要改編自明人改本《破窯記》的這折戲，不僅多為明代戲曲選集收錄較多，而且流傳廣泛，被清代折子戲及地方戲改編為「評雪辨蹤」一齣，可見從《破窯記》中改編而來的這折戲受歡迎程度之高。此外，明代戲曲選集的編選者，對於改編自《破窯記》的明人改本《彩樓記》，只選收了一折「雪歸」。可見在描寫這段情節時，《破窯記》的改編比《彩樓記》受歡迎。

　　比如，戲曲選集《玉谷新簧》所選《邐齋空回》折子戲，其具體內容由【駐雲飛】和【前腔】組成，與全本《李九我批評破窯記》（簡稱「李評本」）第13齣《乞寺被侮》的內容不同，然情節梗概一致，寫蒙正雪天去寺中乞齋飯，和尚把飯前鐘改為飯後鐘以作弄蒙正，蒙正感歎世態炎涼，當選自不同與李評本、富春堂本的民間小曲或已失傳的全本。戲曲選集《樂府菁華》選收的《冒雪居窯》折子戲，收錄音樂、賓白和科諢，選自「李評本」第13齣《邐齋空回》，其內容基本與原本一致。戲曲選集《群音類選》所收《投齋空回》折子戲，選自李評本第15齣，但是刪去妻子等候丈夫回家、蒙正在窯門雪地發現足跡的情節，只從蒙正冒雪進窯門開始敘述劇情，即從【步步嬌】曲子開始採納原文劇情並且進行改編：把【步步嬌】曲牌改為【金瓏璁】，把原本曲文換為新曲文，梗概仍與原本保持一致，寫蒙正看到妻子熟睡，獨自歎息；接著刪去【前腔】曲後妻子讓蒙正喝粥、蒙正潑粥的一段戲；刪去【江兒水】和其後的兩支【前腔】之間的一段戲，寫蒙正和妻子評論雪景，蒙正質疑妻子不守婦道，妻子辯解，蒙正釋然並且道歉，這段戲是本齣的主要情節，刪之較為可惜；刪去【香柳娘】曲後蒙正和妻子談起夢見「窮」字和斬斷窮根的一段話，刪去岳父命人為蒙正送盤纏的一段對話，保留蒙正向妻子表示他想上京參加科舉考試、妻子鼓勵和支持丈夫的主要情節。然這折戲【香

柳娘】以後的曲子皆與「李評本」不同，僅情節梗概與原本一致，寫蒙正準備上京、妻子爲他送行，原文曲子爲【七賢過關】【前腔】【駐雲飛】三支，這折戲改爲五支曲子：【賽紅娘】寫妻子願意獨自在家守候丈夫歸來，【漁家傲】【前腔】寫蒙正躊躇滿志、妻子送行，【麻錦花】【麻婆子】寫夫妻依依惜別，其中尾曲【麻婆子】穿插新的賓白科諢，寫蒙正遠行，妻子仍在原地眺望。

其次是蒙正「報捷」、大團圓、夫妻「祭灶」、「破窯居止」和梅香「送米」等情節，都是原著的主要情節，數量僅次於前者，可見這些情節比較受歡迎。其中，蒙正「報捷」和夫婦「祭灶」這兩個情節，僅取自明人改本《破窯記》，卻不取自《彩樓記》，說明前者的改編效果較好，比較受歡迎。而「梅香送米」和「破窯居止」的折子戲，多出自明人改本《破窯記》，較少出自《彩樓記》，可見《破窯記》的改編效果較好。還有描述大團圓結局的折子戲，則多出自明人改本《彩樓記》，可見《彩樓記》對大團圓結局的改編較好。

以夫婦「破窯居止」的情節爲例。戲曲選集《樂府菁華》選收折子戲《夫妻破窯居止》取自「李評本」第 9 齣《破窯居止》，稍加改易。如原本【啄木兒】曲中生唱「只有一里又一里。」，接著描寫旦以賓白詢問生「破窯還在哪裏？」折子戲刪去這句賓白，改爲旦詢問「秀才，你家此去還有多少路？」〔註24〕在曲文後面又增加旦的詢問「秀才，你乃是讀書君子，說什麼一里又一里。」又在下一句生的唱詞「前途便是，前途便是」之前加入賓白「小姐，不遠了」。【啄木兒】曲後原有一段生旦對白，生旦分別描繪秋景，折子戲在原本的基礎上增加了生旦的對白，旦詢問生「秀才，說什麼破窯中？」生云「小姐，你聽錯了。」〔註25〕下文寫夫妻回到破窯，劉千金對破窯的簡陋感到很失落，原文的生旦原有頗精彩的大段對話，然而本折僅保留這段對話前面的少量賓白：

> （生）小姐，如今來到我家了。（旦）怎的不見房子？（生）這
> 裏頭不是房子？（旦）這個門怎麼這等低小？（生）外面雖小，裏
> 面極是寬大。（旦）這等，我進去。呀，原來是所破窯。〔註26〕

改編者把描繪窯內景物的人物對話都刪去了，而且在【前腔】「休得淚偷垂」

〔註24〕 （明）劉君錫《樂府菁華》，王秋桂《善本戲曲叢刊》第一輯，臺灣學生書局
1984 年 7 月 1 版 1 印，第 120 頁。

〔註25〕 （明）劉君錫《樂府菁華》，第 121 頁。

〔註26〕 （明）劉君錫《樂府菁華》，第 121 頁。

曲後加入蒙正向妻子坦白並好言安慰的賓白，緊接著保留原文劉千金唱【前腔】「嫁雞隨雞」以抒發自己的無奈，後面的戲和原文一致。戲曲選集《樂府菁華》選收的折子戲通過增改蒙正和劉千金的賓白，讓蒙正安慰哄勸妻子，沒有事先讓妻子知道自己居住在簡陋的破窯中，為夫妻來到破窯時劉千金因失望而不禁「背哭介」的哭戲做鋪墊，讓劇情更曲折，更有戲劇性的張力。戲曲選集《大明春》收錄的折子戲《夫妻被逐歸窯》與《樂府菁華》收錄的基本一致。戲曲選集《八能奏錦》選收的折子戲《蒙正回窯居止》主要在「李評本」的基礎上改編其曲牌，把【啄木兒】改為【憶多嬌】，把【前腔】「休得淚偷垂」改為【雁過沙】，其餘部分的改法與《樂府菁華》和《大明春》一致。

第三是描寫蒙正中狀元前後的情節，其中有蒙正「赴京」趕考、梅香送米、狀元蒙正騎馬「遊街」、蒙正和劉千金「重歸破窯」等劇情，尤以後面的兩段情節為主，可見折子戲的編選者和接受者都比較關注蒙正博取功名以後「意氣風發」的情節。

較少被明人戲曲選集收錄的折子戲，多為原著的次要情節，如蒙正和劉千金投宿旅店、老夫人賞雪憶女、老夫人探望女兒、科舉考試等。

以「榮歸破窯」的情節為例，「李評本」的這齣戲寫蒙正高中狀元以後，夫婦回歸昔日居住的破窯，今昔對比，感慨萬千。戲曲選集《詞林一枝》選收折子戲《呂蒙正遊觀破窯》來自「李評本」第 27 齣《遊觀破窯》，其改編情況較為複雜：刪去生的上場曲【菊花新】、旦的上場曲【鶴衝天】和生旦、隨從的賓白，從原文的【仙呂・點絳唇】開始收錄以這支曲子為首的套曲；【天下樂】曲文中原有一段對話，寫劉氏與蒙正重遊故地，來到當初的獨木橋上，在新建的亭子上休息片刻，本折刪去這段次要情節。原文在【節節高】和【上馬嬌】之間，有一段生旦對話，寫蒙正在破窯中題詩一首，劉千金回憶自己孤身遇到虎撞窯門時，猶膽顫心驚，遂和詩一首，這折刪去這段戲。原文在【上馬嬌】曲後有一句蒙正的賓白，此處刪去。原文在【後庭花】曲文中穿插一段生旦的對話，寫劉氏回憶當年彩樓招親時如何把繡球拋給蒙正，此處把對話刪去，改為旦的賓白「相公那日把雞題詩一首，奴家便奇你了。」〔註27〕把原文末曲【賺煞】的曲文合併於上一支【寄生草】中，刪去曲牌【賺煞】。

〔註27〕（明）黃文華《詞林一枝》，王秋桂《善本戲曲叢刊》第一輯，臺灣學生書局
　　　　1984 年 7 月 1 版 1 印，第 102 頁。

戲曲選集《詞林一枝》選收的這折戲，大幅度刪削人物賓白和對話，突出了曲文的重要性。

　　考察從明中期到明後期的戲曲選集收錄本記的變化軌跡，可見明中期的編者比明前期的編者更重視本記。但是，明後期的編者選收最多的情節是蒙正冒雪歸窯的折子戲，明中期的編者卻不收錄這段情節，這是由於隨著明人逐步提高他們對戲文、傳奇的鑒賞能力，開始細細品味明傳奇的具體內容。「蒙正歸窯」的情節描繪蒙正和劉千金的互動，情節曲折，表演很能出彩，故明後期的編者多選錄此折，體現了編選者們的戲曲鑒賞能力有所提高。

八、「明改本」《蘇秦》、《金印記》折子戲收錄一覽表

　　（標注「蘇」指這折戲改編自宋元南戲舊本《凍蘇秦》，其餘改自明改本《金印記》）

序號	折子戲名	內容	出自何本	選錄集名	選錄次數
1	當釵或梳妝	周氏當釵遭譏、對鏡梳妝	《蘇秦》《金印記》	蘇——《大明春》周氏當釵見誚 《樂府菁華》周氏對鏡 《八能奏錦》周氏臨妝感歎、周氏當釵見誚（皆原缺） 《賽徵歌集》當釵遭誚 《萬錦嬌麗》周氏鬻釵 《大明春》周氏對鏡梳妝（原缺） 《堯天樂》周氏當釵 《詞林逸響》【瑣窗寒】鬻釵 《歌林拾翠》當釵被誚 《吳歈萃雅》鬻釵 《南音三籟》當釵 《樂府遏雲》當釵 《大明天下春》周氏當釵 《樂府玉樹英》當釵見誚 《樂府萬象新》當釵被誚	13
2	對月	周氏燒香拜月思夫	都有	蘇——《玉谷新簧》對月思夫 《摘錦奇音》周氏對月思夫 《八能奏錦》周氏對月思夫 《樂府紅珊》對月思夫	11

			《時調青昆》周氏拜月 《堯天樂》周氏焚香拜月 《怡春錦》對月 《歌林拾翠》拜月思夫 《大明天下春》周氏對月思夫《樂府玉樹英》對月思夫 《樂府萬象新》對月憶夫	
3	旅歎	蘇秦歎息不遇	《金印記》	《詞林一枝》蘇季子途中自歎 《堯天樂》蘇季子途中自歎《八能奏錦》蘇秦途中自歎 《吳歈萃雅》旅歎 《珊珊集》【武陵花】旅歎 《詞林逸響》【武陵花】旅歎 《南音三籟》旅歎	7
4	賣釵	蘇秦逼妻子賣釵以資盤纏	《金印記》	《詞林一枝》蘇季子逼妻賣釵 《摘錦奇音》季子逼妻賣釵 《賽徵歌集》從夫賣釵 《怡春錦》逼釵 《樂府遏雲》賣釵 《歌林拾翠》逼妻賣釵 《南音三籟》逼釵 《萬錦嬌麗》季子逼釵	8
5	團圓	大團圓	都有	《時調青昆》蘇秦團圓 《摘錦奇音》季子榮歸團圓 《八能奏錦》一家封贈團圓 蘇——《歌林拾翠》封贈團圓 《樂府紅珊》蘇秦衣錦還鄉 《大明天下春》蘇秦爲相團圓	6
6	尋夫	周氏尋夫	《金印記》	《群音類選》月夜尋夫 《賽徵歌集》月夜尋夫 《詞林逸響》【古梁州】尋夫 《南音三籟》尋夫 《樂府遏雲》尋夫	5
7	投魏	蘇秦去魏國	《金印記》	《摘錦奇音》季子負劍西遊 《樂府遏雲》投魏 《賽徵歌集》從說魏邦 《歌林拾翠》負劍西遊	4

8	議試	蘇秦備考	《金印記》	《吳歈萃雅》議試 《詞林逸響》【集賢賓】議試 《珊珊集》【集賢賓】議試	3
9	餞別	夫妻送別	《金印記》	《時調青昆》陽關餞別 《八能奏錦》三叔陽關餞別 《玉谷新簧》蘇秦別妻	3
10	回家	蘇秦回家	《金印記》	《歌林拾翠》周氏回家 《群音類選》求官空回	2
11	宴席	蘇家宴席	《金印記》	《八能奏錦》壽觴稱慶、父母華堂飲宴（原缺） 《歌林拾翠》花亭開宴	2
12	其他		《金印記》	《玉谷新簧》叔嬸泥金報捷 《八能奏錦》命婢灑掃花亭 《大明春》泥金報捷、叔婆傳書（原缺） 《樂府萬象新》走回娘家 《歌林拾翠》造化預占、辭親求官、唐二分別、不第空回、踏雪空歸 《群音類選》婆婆奪絹、中秋苦歡、微服歸家	各一

　　明代戲曲選集收錄宋元南戲舊本《凍蘇秦》的折子戲主要有三齣，包括周氏「當釵」、周氏「對月思夫」和大團圓，其餘皆收錄自明人改本《金印記》。

　　明人戲曲選集中收錄「蘇秦」和《金印記》折子戲最多的情節，是描寫蘇秦的妻子周氏典當荊釵的劇情「當釵」，選自原本「金釵典賣」情節，突出塑造周氏忍痛典賣金釵以便給公婆買糧食，卻遭受姒娌譏誚，突出周氏的賢惠形象。

　　如戲曲選集《大明春》收錄折子戲《周氏當釵見誚》，選自《全元戲曲‧金印記》第12齣《金釵典賣》，在【水仙子半插玉芙蓉】曲後增加滾調一段，寫周氏埋怨丈夫拋下自己，前往他國求取功名。戲曲選集《八能奏錦》選收《當釵見誚》的出處與之相同，改動不大。戲曲選集《歌林拾翠》收錄《當釵見誚》折子戲，在周氏的開場曲【憶秦娥】及其吟誦的上場詩後面加入舞臺動作「作悶坐介」，突出周氏的愁悶之情，對她的性格進行潤色。戲曲選集《堯天樂》選收《周氏當釵》，刪去周氏上場曲【憶秦娥】及其吟誦的上場詩【古風】；對【水仙子半插玉芙蓉】的改編不似《萬錦嬌麗》，而是保留了原

文；接著的【前腔】曲牌和曲辭皆與原文相近，然賓白多縮減，且比原文更口語化；又接著【前腔】曲牌改爲【水仙子】，實際在音樂上與原文保持一致，然曲文完全不同，原文寫周氏準備把金釵拿給妯娌典當，又猶豫不決，此曲改爲周氏回憶算命先生說蘇秦命中富貴，妻子又對丈夫燃起希望；原文有一曲【終滾】，此處未留曲牌而保留曲文。戲曲選集《萬錦嬌麗》選收的《周氏鬻釵》折子戲僅選錄了原文的一小部分，即故事開端處的兩支曲子【憶秦娥】和【水仙子半插玉芙蓉】，且刪去後者曲中周氏的全部賓白，改以在末尾加入一句自白「君情如妾意，妾意似君情，君似風中絮，妾如水上萍。」下文的情節梗概和原文大致相同，都寫周氏當釵被妯娌譏諷的經過，然具體內容與原文完全不同，當選自其他改本《金印記》，但目前已經佚失。戲曲選集《南音三籟》收錄的《當釵》收錄【鎖窗寒】一套曲，曲辭大意與原文一致，具體內容卻不同，可以看出它們分別爲周氏和妯娌所唱。戲曲選集《賽徵歌集》收錄《當釵遭誚》折子戲，首先照搬《萬錦嬌麗》收錄的同類情節的前兩支曲子的改編方法，下文的情節梗概與原本一致而內容完全不同，也包括《南音三籟》收錄的【鎖窗寒】一套且加入少量賓白。可見《萬錦嬌麗》、《南音三籟》、《賽徵歌集》選收的「當釵」情節出自同一部劇本，然此本已佚。此外，個別折子戲只有原本第 12 齣《金釵典賣》的開端處周氏梳妝的情節，題名「周氏梳妝」，如戲曲選集《樂府菁華》收錄《周氏對鏡》折子戲，保留開端處的四支曲子【憶秦娥】【水仙插芙蓉】及其兩支【前腔】，在曲文中加入滾調來演唱，刪削自白，以更新演唱方式加強周氏對月抒懷的感染力，這折「梳妝」戲突出了周氏攬鏡歎息的場面。

　　其次爲明人戲曲選集收錄《金印記》的主要情節，包括周氏「對月思夫」、周氏「尋夫」、蘇秦「途歎」、蘇秦逼妻「賣釵」和大團圓結局。其中，描寫周氏的情節有「思夫」、「尋夫」，只寫蘇秦的情節有「途歎」，描寫周氏和蘇秦的情節有「賣釵」，描繪了蘇家人的情節有結局，可見其較受歡迎。以「對月」情節爲例。這段情節改編自《金印記》第 29 齣《焚香保夫》，寫周氏焚香拜月，在套數中以纏令【清江引】和【二犯朝天子】重疊四次，【二犯朝天子】曲中穿插大量周氏的自白，以營造天上人間、人月合一的戲曲意境，具有較強的抒情性。戲曲選集《玉谷新簧》收錄折子戲《對月思夫》，主要在【二犯朝天子】的曲文中加入以「滾」爲標誌的大段滾白，以此抒發周氏強烈的情緒。戲曲選集《樂府紅珊》選收《周氏對月思夫》折子戲在原文基礎上砍

削賓白，如第二次出現的【二犯朝天子】「金井梧桐」曲內刪去寫周氏用三炷香祈禱朝廷有道、公婆健康和丈夫平安的賓白，保留曲內「思夫」的賓白，緊扣這折戲的題目「對月思夫」，改編效果好；又大幅度刪削第三支和第四支【二犯朝天子】曲中的賓白，僅保留第三支曲的最後兩句詩「兩地相思淚湧泉，月移桐影到身邊，金瓶線斷天涯遠，教人無語倚闌干。」〔註28〕和第四支曲開始處的感歎「季子夫，你一去不回呵」。〔註29〕《歌林拾翠》收錄《拜月思夫》折子戲首先保留開場曲【似娘兒】；接著打破原本的纏令形式，保留四支【二犯朝天子】，把後面三支曲的曲牌換為【前腔】，實與原文一致，多刪削曲文和曲內的賓白，如「共嬋娟」和「阻關山」後面的賓白皆與原文不同，又刪去四支【清江引】曲；四支【二犯】以後的曲子與原文不同，原文在纏令以後便是尾曲【尾聲】，此處新增為【駐馬聽】【前腔】【尾聲】，內容仍為周氏嗟歎丈夫遠行，【尾聲】的曲文亦與原文迥異。戲曲選集《時調青昆》收錄的《周氏拜月》折子戲，在音樂形式的改編上與《歌林拾翠》相似，然沒有收錄《歌林拾翠》新增的【駐馬聽】【前腔】【尾聲】，保持更多的原文面貌，尤其多保留曲內自白。戲曲選集《堯天樂》收錄的《周氏焚香拜月》折子戲，刪去周氏的開場曲【似娘兒】及後面的賓白，僅摘取前兩支【二犯朝天子】，也比較接近原本面貌。《怡春錦》收錄《對月》折子戲的改編方式與《歌林拾翠》相似，然精簡賓白，改以更多滑稽有趣的舞臺提示，如在【二犯朝天子】【前腔】「玉漏迢迢」曲文內加入五處舞臺提示，一是提示戲班在幕後發出聲音的「內作蟲叫介」、「內作鐵馬響介」、「內又叫又響介」，〔註30〕二是提示周氏的表演身段「進房收拾床帳」、「坐介」。〔註31〕從【二犯朝天子】被選錄的頻率之高，可見它的受歡迎程度高。在這些折子戲中，【駐馬聽】等三支曲子可以作為區分折子戲取材於何處的標誌：有【駐馬聽】三支的《怡春錦》、《歌林拾翠》屬於一個系統，與原著相距甚遠，應取材於已經佚失的《金印記》改本；沒有【駐馬聽】三支的《玉谷新簧》、《樂府紅珊》、《時調

〔註28〕 （明）秦淮墨客《樂府紅珊》，王秋桂《善本戲曲叢刊》第二輯，臺灣學生書局 1984 年 8 月 1 版 1 印，第 376 頁。

〔註29〕 （明）秦淮墨客《樂府紅珊》，第 377 頁。

〔註30〕 （明）沖和居士《怡春錦》，王秋桂《善本戲曲叢刊》第二輯，臺灣學生書局 1984 年 8 月 1 版 1 印，第 865 頁。

〔註31〕 （明）沖和居士《怡春錦》，第 865～866 頁。

青昆》和《堯天樂》又屬於一個系統，取材於現存的《金印記》原文，這幾折戲的改編幅度雖然不同，然能明顯看出原文面貌。

第三為明人戲曲選集收錄《金印記》折子戲的次要情節，包括「議試」、「餞別」、「投魏」、「回家」、「宴席」、「報捷」、「預占」等，較少被戲曲選集收錄，可見其受歡迎程度一般。

考察從明中期到後期戲曲選集收錄本記的變化軌跡，首先，《風月錦囊》選收了本記的一些主要劇情，包括蘇秦逼周氏賣釵、蘇秦被家人恥笑等核心劇情，這與明後期的曲選收錄折子戲的情況一致，如明後期的曲選多選錄周氏「當釵」、「拜月」、「賣釵」、「尋夫」這四段情節，它們在蘇秦戲曲中名列前茅的五段情節中佔據絕對優勢，可見編選者對女主角的戲十分重視，這些戲也突出了「賢妻」周氏的真情。其次，明後期的編者選收的劇情也比明中期的更細緻，如編者在選收周氏的相關情節時增加「梳妝」、「餞別」等情節，曲子性質以抒情為主，更注重描寫女性人物的內心活動。

九、「明改本」《三元記》、《四德記》折子戲收錄一覽表

（「四」指《四德記》）

序號	折子戲名	內容	出自何本	選錄集名	選錄次數
1	拾金	馮商拾金不昧、歸還失主	《三元記》《四德記》	《玉谷新簧》客邸歡金、投店拾金（原缺）《樂府歌舞臺》馮商歡銀、旅店還金 四——《堯天樂》投宿還金 四——《群音類選》假宿拾遺、侍主償金	6
2	納妾還妾	馮商納妾還妾	都有	《徽池雅調》愛玉成婚 四——《樂府菁華》馮商還妾 四——《大明春》馮商娶妾（原缺） 四——《樂府紅珊》馮商旅邸還妾 四——《群音類選》納妾成婚 四——《樂府萬象新》旅邸還妻 四——《樂府玉樹英》馮商還妾	6
3	三元報捷	馮京捷報	《四德記》	四——《群音類選》三元報捷 四——《樂府菁華》三元捷報 四——《樂府紅珊》馮京報捷三元 四——《樂府玉樹英》三元捷取	4

4	滿月	馮京 滿月	《四德記》	四——《群音類選》賀子滿月	2
				四——《樂府紅珊》金氏生子彌月	
5	賞花	眾人賞花	《四德記》	四——《月露音》【惜奴嬌】賞花	2
				四——《群音類選》牡丹嘉賞	
6	其他		都有	《摘錦奇音》商門弔孝、立志守節（原缺）	各一
				《徽池雅調》愛玉成婚	
				《八能奏錦》餞別娶妻	
				四——《群音類選》見色不淫、友餞馮商	
				四——《吳歈萃雅》訓倫	

　　明人戲曲選集收錄《（馮京）三元記》的折子戲較少，僅見 6 折。明人戲曲選集多收錄《四德記》的折子戲，共 19 折。其中來自《三元記》的折子戲，只有「拾金」、「還妾」和「弔孝」三折，前兩折是劇中的主要情節。編選者在收錄改編自《四德記》的折子戲時，多收錄主要情節，如「拾金」、「納妾還妾」、三元「捷報」，也有一些次要情節如「滿月」、「賞花」等。明人戲曲選集收錄《三元記》和《四德記》並改編為折子戲的共同情節，寫男主角拾金不昧、歸還失主和納妾、還妾的故事，也是主要情節，突出塑造其樂善好施和拒絕女色的品德。如戲曲選集《堯天樂》所收《投宿還金》折子戲雖然標明選自《四德記》，然選取汲古閣本《三元記》第 15 齣《斷金》的【紅衲襖】及其三支【前腔】一套曲子，只收錄曲文，寫男主角拾得銀子以後對著銀子感歎，歎息如果是別人拾得這些銀子便不會如此這般歸還失主。這段戲刪去首尾的次要情節：開端處寫馮商投宿客店，發現了床下的包袱和銀子；結尾處寫馮商決定多住幾日以等待失主。這折戲被選收的數量較多，說明其編選者對這段戲頗為欣賞，受歡迎程度較高。戲曲選集《樂府歌舞臺》選收的《馮商歎銀》折子戲，多收錄曲文、賓白和科諢等內容，與《三元記》第 15 齣《斷金》差異不大，全部採納了原文的曲子，僅對賓白科諢進行小幅度的增減，多在馮商感歎銀子的套曲【紅衲襖】及【前腔】之中增加馮商的賓白，其內容與曲文呼應，亦為對著銀子感歎世態炎涼，如增加馮商在【紅衲襖】麴末的自白「常言道人為財死，鳥為食亡，我想那失銀物之人，此時生死存亡，吉凶安保噯。」改編以後，這幾支曲子變為曲白相間，比原本馮商連唱四曲、一唱到底的演唱方式要靈活得多，改編效果較好。戲曲選集《群音類選》所收折子戲《假宿拾遺》選收的曲文和《堯天樂》選收的也很相似，只選收【紅衲襖】一套的曲文，然而都刪去這四支曲子頭部的襯字「銀子」。

　　明人戲曲選集中收錄《四德記》折子戲最多的情節，是馮商「納妾」和「還妾」的情節，其次是寫馮商之子馮京「連中三元」、捷報頻傳的情節。這些都是早期的明人改本《三元記》的主要情節，後來的明人改本《四德記》據此改編，明人戲曲選集又加以吸收和改造爲相關折子戲。以馮商還妾情節的改編爲例，戲曲選集《群音類選》所收《四德記》的折子戲《納妾成婚》，只保留汲古閣本《三元記》的兩套曲文【桂枝香】和【憶鶯兒】，刪去開端處交代馮商在媒人的幫助下即將與妾成親的兩支曲子【如夢令】和【洞房春】，讓劇情更緊湊。戲曲選集《樂府菁華》收錄《四德記》的折子戲《馮商還妾》，在吸取汲古閣本《三元記》大部分內容的基礎上，改變【憶鶯兒】的曲牌爲【憶多嬌】，在末尾處增加一段對話，內容爲馮商吩咐媒人把妾送還故鄉，突出他的「拒色」美德。

　　這些明代戲曲選集收錄的折子戲多標注《四德記》，即根據《四德記》全本改編和選收而成，然具體內容多源於汲古閣本《三元記》的相關齣目。雖然《四德記》目前已經失傳，然而我們可以根據明代戲曲選集收錄的折子戲，推測原本的「納妾」、「還妾」、「拾金」、「還金」、「報捷」等主要情節與汲古閣本《三元記》相差無幾，但是戲曲選集收錄的「賞花」情節不見於《三元記》，應爲《四德記》獨有。

十、「明改本」《八義記》（《孤兒記》）折子戲收錄一覽表

序號	折子戲名	內容	出自何本	選錄集名	選錄次數
1	賞燈	趙朔和公主遊覽、賞燈	《八義記》	《醉怡情》賞燈 《詞林逸響》【畫眉序】燈宴 《吳歈萃雅》遊覽 《南音三籟》遊覽 《群音類選》公主賞燈、駙馬賞燈	6
2	孤兒	程嬰和公孫杵臼救孤 孤兒報仇	《八義記》	《群音類選》藏出孤兒、程英寄孤、杵臼自歎 《大明天下春》孤兒觀畫	4
3	鬧朝	趙盾和屠岸賈爭辯	《八義記》	《醉怡情》鬧朝 《萬壑清音》趙盾挺奸	2
5	其他	義士周堅張維故事	《八義記》	《醉怡情》賒飲、評話	2

　　明人戲曲選集的編選者不選收時代較早的「明改本」《趙氏孤兒》爲折子戲，卻喜歡選收根據《趙氏孤兒》改編的「明改本」《八義記》中的折子戲，可見後者的改編效果較好，比前者受歡迎。

　　明代戲曲選集的編選者收錄最多的《八義記》折子戲，爲描繪元宵節時公主和駙馬賞燈和春日遊園的情節，可見其受歡迎程度較高。比如戲曲選集《醉怡情》選收的《賞燈》折子戲，選自全本汲古閣本《八義記》第 5 齣《宴賞元宵》，敍述駙馬趙朔和公主在元宵節共賞花燈，打賞戲班伶人，遇到被追討酒債的周堅並解救之，隨後繼續賞燈。這折《賞燈》在保留原本主要劇情的基礎上，把原本的上場詩改爲一段賓白以交代故事的開端是駙馬和公主賞燈，其語言從雅潔改爲通俗，還把出場腳色從貼扮的丫鬟改爲末扮的程嬰，符合南戲以來「末上開場」的表演傳統。這折戲還在下半場刪去【滴溜子】和【鮑老催】【前腔】三支曲，其中【滴溜子】爲生旦合唱，寫趙朔和公主感歎應該抓緊光陰共賞歡樂；【鮑老催】【前腔】亦爲生旦合唱，詳細描述各種花燈的美麗。這三支曲子的內容都是次要情節，而且與上文生旦所唱曲文的內容有所重複，刪去更好。戲曲選集《醉怡情》的改編，讓這折戲首尾完整，劇情緊湊，符合傳統的表演規範，改編效果好。戲曲選集《詞林逸響》收錄的《燈宴》折子戲也選自汲古閣本，然與《醉怡情》選收的《賞燈》折子戲有差異。首先，《燈宴》折子戲只選收套曲，不收錄科諢賓白，即只保留駙馬和公主的戲份，而刪去伶人戲班和周堅的戲份。其次，它刪去開端處的【傳言玉女】，這支曲原本寫公主和駙馬兩情相悅，刪之則直接進入這對夫婦賞燈的主要劇情。在結尾處，它把【鮑老催】【前腔】調換於【雙聲子】之後和【尾聲】之前，把曲牌【鮑老催】改爲犯調【鮑老催犯】，也不標注【前腔】。編選者在【鮑老催犯】的末尾處注明彈唱時要注意「『滾繡』八句犯【滴滴金】」，〔註32〕使它在音樂形式上推陳出新。戲曲選集《南音三籟》選收《遊覽》折子戲，選自汲古閣本《八義記》第 11 齣《宣子見主》，描寫公主和駙馬春日遊花園，僅選錄兩支曲子【金井水紅花】【前腔】，且改變【金井水紅花】的曲牌爲【梧寥金蘿】；不收錄科諢賓白，只收錄曲文；刪去生旦的分唱的開場曲【珍珠廉】，也刪去生旦分唱的尾曲【前腔】以及下文父親趙盾請求公主勸諫趙朔勿沉溺於享樂的劇情。這折戲如此刪削，只留下生主唱的第一支曲【梧

─────────────────────

〔註32〕（明）許宇《詞林逸響》，王秋桂《善本戲曲叢刊》第二輯，臺灣學生書局 1984
　　　年 8 月 1 版 1 印，第 696 頁。

寥金蘿】，且唱的第二支曲【前腔】，突出了生旦的感情故事。

　　明人戲曲選集的編選者在《八義記》折子戲中，選收的一些情節不及前者。但是這些情節才眞正與劇情具有緊密的聯繫。這些折子戲多爲《八義記》故事中最震撼人心的場面，包括義士程嬰和公孫杵臼商量如何救孤，公孫杵臼選擇犧牲自己、程嬰選擇假意背叛主人，最後程嬰親自把孤兒的身世繪爲畫卷並告訴孤兒，這些情節的受歡迎程度尚可。如汲古閣本《八義記》第 31 齣《孤兒出宮》，原本劇情敍述程嬰假扮草澤醫人進宮觀見產後患病的公主。戲曲選集《群音類選》選收的《藏出孤兒》折子戲只收錄曲文，開場曲採取原本的【宮娥泣】並改變曲牌爲【金娥曲】，刪去尾曲【哭相思】，對公主和程嬰對話的相關曲文進行壓縮，使之在音樂上更精練。這折戲也不收錄科諢賓白，然而刪去原本開端處公主憂思和末丑打諢的一段戲、離別時公主叮囑程嬰保護孤兒的一段戲、程嬰拜託公主安慰孤兒不哭的賓白以及舞臺提示，如此突出了主要人物和主要劇情。戲曲選集《群音類選》選收的《杵臼自歎》折子戲亦只收錄曲子，改編自汲古閣本《八義記》第 36 齣《公孫赴義》，只保留公孫杵臼所唱的部分曲子，刪去他所唱的上場曲【海棠春】，保留原本他唱的第二支曲子【駐雲飛】及其後的三支【前腔】，不收錄其餘劇中人物的唱段和戲。這折戲保留了上半場寫杵臼面對屠賊的手下臨危不懼的戲，刪去下半場寫杵臼痛罵屠賊、壯烈犧牲和程嬰暗自滴淚的劇情，突出了公孫杵臼這位義士的高尚品德。

　　明人編選時較少選收的一些情節，包括朝堂上趙盾和屠岸賈激烈的爭辯、「八義」中的兩位義士周堅和張維的故事等，都是次要情節，故選錄較少，可見受歡迎程度一般。

　　從明人戲曲選集選錄「明改本」《八義記》故事的折子戲改本中，可見選收者關注描寫公主和駙馬觀燈遊賞的情節，而較少收錄劇中主角程嬰、公孫杵臼和孤兒等人的故事。因爲「明改本」《八義記》處於從宋元南戲過渡爲明傳奇的中間階段。從南曲發展而來的崑腔在演唱時使用「水磨調」，一詠三歎，多適合表現人物細膩的感情，不適合表現人物激越鏗鏘的豪邁之情。而主要收錄《八義記》折子戲的戲曲選集，如《吳歈萃雅》、《南音三籟》和《群音類選》都是清唱本，編者也是文人。文人編選者的趣味多在賞花、觀燈等文戲上，故較少選收表現義士激情澎湃、英勇就義的折子戲。

　　明中期的編者選收早期改本「孤兒」時，選收的情節反而比後期的編者

所選的改本「八義記」豐富，除核心的搜孤救孤和孤兒復仇兩類情節以外，還包括主角趙朔、趙盾與義士周堅、靈輒、鉏霓等人的故事，比後者更突出義士的「義」。明改本《八義記》被後期的編者選收時，雖然收錄這個故事的主要情節，如「搜孤救孤」、「孤兒復仇」等，但收錄的數量不如中期，而且收錄的「賞燈」、「趙屠爭辯」等次要情節，以「賞燈」最多，可見此期編者的雅趣。

十一、「明改本」《牧羊記》折子戲收錄一覽表

序號	折子戲名	內容	出自何本	選錄集名	選錄次數
1	說降	蘇武受到威逼利誘	《牧羊記》	《醉怡情》小逼、大逼 《群音類選》衛律說降 《歌林拾翠》蘇武忠貞、衛律勸降、牧羊全節	6
2	勸親	蘇氏勸慰公婆	《牧羊記》	《詞林逸響》一秤金勸親 《南音三籟》勸親 《吳歈萃雅》勸親	3
3	寄雁	蘇武思鄉	《牧羊記》	《詞林逸響》【宜春令】寄雁 《吳歈萃雅》寄雁 《南音三籟》寄雁	3
4	牧羊	蘇武牧羊	《牧羊記》	《醉怡情》守羝 《群音類選》北海牧羝 《歌林拾翠》牧羊	3
5	拒奸	蘇武拒降	《牧羊記》	《樂府遏雲》拒奸 《珊珊集》【桂枝香】挺奸	2
6	其他		《牧羊記》	《醉怡情》望鄉 《南音三籟》(□)「風姿標緻」 《群音類選》持觴祝壽、齧雪吞氈、女德不惑	各一

明人戲曲選集中收錄「牧羊記」折子戲的數量不多，收錄的情節主要為蘇武受到威逼利誘但拒絕投降、蘇武妻子勸慰公婆、蘇武牧羊、蘇武思鄉等情節，這些也是全本戲《牧羊記》的主要情節。

其中的「牧羊」情節改編自「明改本」全本《牧羊記》第 16 齣《牧羊》。

本齣內容緊扣題目，是劇中的核心情節，寫蘇武在匈奴領袖狼主百般威逼利誘之下仍不屈服，狼主下令讓蘇武牧羊，等待雄羊生子才能回鄉，蘇武在途中獲得神仙道士相助，道士指引蘇武覓食以活命。戲曲選集《群音類選》收錄的《北海牧羝》折子戲亦源於此齣，僅收錄曲牌和曲文，不錄賓白對話等內容，僅保留蘇武所唱的四支曲子：刪去副所扮匈奴副官的開場曲【字字雙】，保留蘇武所唱【山坡羊】【前腔】，刪去外扮道士的曲子【梨花兒】【雁兒落】，保留蘇武所唱【山坡羊】【前腔】，同時把曲牌都改易為【前腔】，把下文蘇武所唱的其餘曲子都刪去。戲曲選集《歌林拾翠》收錄的《牧羊全節》折子戲改編情況較複雜：保留副末扮副官的開場曲，然改變副末的腳色為丑，原文在開場處有一段副官奉命讓蘇武牧羊的對話，此處精簡原話；保留蘇武【山坡羊】，刪去接著的曲子【前腔】且壓縮曲後的賓白；改易【梨花兒】曲牌為【花叢海會】而曲文不變，演唱者從外所扮的道士師父改為末扮的徒弟；原本在【雁兒落】曲中有道士的唱詞和徒弟的賓白，此處刪削徒弟的賓白，改以分別為寫荊軻、伍子胥、楚漢之爭各述一句；改易【山坡羊】為【前腔】，且刪去原本曲中穿插的道士的前兩句賓白，刪去曲後道士說蘇武「忠臣不怕死，怕死不忠臣」的一句賓白；刪去原本接著的曲子【前腔】；保留道士讓蘇武服藥的一段戲。原文寫蘇武在沙漠中遇見兩隻猩猩（野人）助他發現食物並且協助他牧羊，此處的舞臺提示把猩猩改為野人，把蘇武所唱【夜行船】改曲牌為【惜奴嬌】，刪去接著的曲子【黑麻序】的一部分曲文，把【夜行船序】末尾的曲文「羞恥，看兩兩向人前蹺跳」改為【黑麻序】末尾的曲文「看他各各一似野人行止」〔註33〕；保留【錦衣香】寫蘇武感謝天地讓他活命；原本接著的【漿水令】曲文寫蘇武吩咐野人協助他牧羊，曲內有四處舞臺提示表示野人被蘇武馴服並遵命牧羊，此處都刪去，僅保留曲文；最後保留【尾聲】和下場詩。

　　又如「寄雁」情節，選自全本第20齣《告雁》，寫蘇武牧羊十九年以後，極度思念故鄉，把血書交付鴻雁。戲曲選集《詞林逸響》選收的《寄雁》僅收錄曲牌和曲文，刪去蘇武的開場曲【一翦梅】，保留從【宜春令】到【尾聲】的一套曲子。戲曲選集《南音三籟》收錄的《寄雁》僅收錄曲牌和曲文，也保留了【宜春令】一套，但個別曲牌有改動，把【亭前柳】改為【亭前送別】。

〔註33〕（明）《歌林拾翠》，王秋桂《善本戲曲叢刊》第二輯，臺灣學生書局1984年8月1版1印，第352頁。

這套曲子被編選者評為「地籟」，可見它具有一定的藝術價值。

考察從明中期到後期的戲曲選集收錄本記的軌跡。可見它們的共同之處在於都收錄了本記的核心情節「牧羊」。不同之處在於，明中期收錄的情節多為蘇武的戲，多為慶壽、送別、燒香等次要情節；明後期收錄的情節也以蘇武的戲居多，向主要劇情靠攏，如增加了蘇武被逼、勸親、寄雁、拒奸等情節，加深塑造蘇武雖然在匈奴受到各種威逼利誘仍然意志堅定的高尚品格，突出了蘇武作為男主角的主要情節。

十二、「明改本」《周羽教子尋親記》折子戲收錄一覽表

序號	摺子戲名	內容	出自何本	選錄集名	選錄次數
1	教子	周娘教子	《尋親記》	《南音三籟》教子 《歌林拾翠》周娘教子 《萬錦嬌麗》周娘教子 《珊珊集》【紅衫兒】教子 《怡春錦》訓子 《樂府遏雲》教子 《詞林逸響》【紅衫兒】教子 《吳歈萃雅》教子、訓子	9
2	逢親	父子重逢	《尋親記》	《歌林拾翠》旅店逢親 《摘錦奇音》瑞龍旅邸逢親 《樂府歌舞臺》逢親 《萬錦嬌麗》飯店相會	4
3	榮歸	周瑞隆還鄉	《尋親記》 《教子記》	《歌林拾翠》瑞隆榮歸 《醉怡情》榮歸、邸會	3
4	別妻	周羽別妻	《尋親記》	《詞林一枝》周羽別妻 《摘錦奇音》周羽別妻從軍 《徽池雅調》周翰別妻	3
5	茶肆	在茶肆	《尋親記》 《教子記》	《歌林拾翠》茶坊博士 《醉怡情》茶肆	2
6	郭氏	周娘受苦	《尋親記》	《時調青昆》郭氏詞冤 《大明天下春》郭氏受戒毀容	2
7	其他		《尋親記》 《教子記》	《詞林一枝》孝悌忠信 《醉怡情》金山 《南音三籟》（□）「何須歎息」	各一

　　明代折子戲最喜歡改編《周羽尋親記》的「教子」情節，即教育兒子遵守綱常倫理。以改編自汲古閣《六十種曲》本《周羽尋親記》第25齣《訓子》的折子戲《教子》為例。戲曲選集《南音三籟》選收的《教子》只收錄曲文，分別刪去周羽妻子和周瑞隆的上場曲各一曲，保留後面的【紅杉兒】【前腔】【獅子序】【前腔】【東甌令】【前腔】一套，即選錄了原文寫周羽的兒子周瑞隆被同學欺負以後回家，周娘教育兒子好好讀書的情節。這段戲是主要情節，編選者標注「天籟」，可見他對這套曲的評價頗高。戲曲選集《珊珊集》收錄《教子》僅收錄曲牌和曲文，收錄【紅杉兒】一套曲，它與《南音三籟》的區別僅為不標注【前腔】而已。《怡春錦》收錄的《訓子》又與前面兩折不同，摘取了這齣戲的原文。《詞林逸響》收錄的《尋親記》之《教子》僅收錄曲牌和曲文，也選錄了【紅杉兒】一套。從眾多「教子」折子戲都選錄【紅杉兒】一套的情況來看，可見這套曲子廣受歡迎。戲曲選集《歌林拾翠》收錄《周娘教子》折子戲，原文為旦扮周娘、小生扮兒子周瑞隆，此處把小生扮周瑞隆改為小旦扮；增加「旦驚科」、「小旦不語背哭科」、「小旦哭跪介」、「旦作悲撫小旦介」、「小旦跌足哭介」、「扶小旦行，小旦哭、不走介」、「旦悲介」、「小旦哭介」〔註34〕等舞臺表演提示。尤其在「母親打兒子」的主要情節裏，原有本齣戲唯一的提示「旦打介」，此處加入更多舞臺提示，如「小旦哭介」、「旦扯小旦不走介」、「旦怒介」、「小旦哭」、「小旦丟書包介」、「旦怒介」、「打介」〔註35〕。末尾以新增的一系列的表演提示作結，寫周娘繼續打罵逼迫兒子使之去學校，刪去下場詩。這些舞臺提示大大增強這折戲的表演性。這折戲經改編以後，只使用女演員登場，保留了南曲音樂形式和曲文，還融合了北曲的舞臺提示標誌語「科」和南曲的舞臺提示標誌語「介」，豐富了舞臺表演形式，改編效果好，頗能吸引觀眾。

　　其次，是「逢親」情節，寫久別的親人重逢，場面以抒情為主，感人至深，故廣受歡迎。以《周羽教子尋親記》的「逢親」情節為例，戲曲選集收錄這折戲時，或選自全本戲第29齣《報捷》寫張文報捷，告訴周娘其子高中狀元和丈夫在何處的消息，或選自32齣《相逢》寫周瑞隆在尋父親的途中住宿旅店，遇到失散二十年的父親周羽，父子重逢。如戲曲選集《摘錦奇音》

〔註34〕　（明）《歌林拾翠》，王秋桂《善本戲曲叢刊》第二輯，臺灣學生書局1984年
　　　　8月1版1印，第33～35頁。
〔註35〕　（明）《歌林拾翠》，第36頁。

收錄的《瑞隆旅邸逢父》折子戲選自原本第 32 齣《相逢》，寫周羽父子偶然同住一間客房，周瑞隆念誦周羽的詩集而令周羽疑惑，遂詢問瑞隆籍貫家世，父子重逢。此處基本照搬原文，只是末尾處原有一段對話寫店小二詢問他們為何一夜無眠，煩擾其他客人，父子告知了事情的來龍去脈，並且讓小二給恩人李員外傳喜訊。

位居第三的是「榮歸」、「別妻」和「茶坊」情節，除寫大團圓結局的「榮歸」以外，都是一些具有戲劇性的情節。還有一些次要情節，如「遇虎」、「占夢」、「解夢」等，被收錄次數較少，受歡迎程度一般。

考察從明中期到明後期的戲曲選集收錄本記的變化軌跡，可見其共同點在於明中期和後期的折子戲都選收了「相逢」或「逢親」和「報捷」或「榮歸」情節，編者較重視吸收表現人們的「孝」以及考上狀元「金榜題名」的故事。然而明後期的折子戲選收情節比中期的更豐富，而且「教子」在各類情節中居於首位，可見此時的編選者重視「孝」的程度比明中期有所提高。

從明後期戲曲選集收錄宋元南戲「明改本」折子戲的情況，可見編選者主要收錄喜劇性、戲劇性和抒情性較強，以及易引起觀眾情感共鳴的主要情節。編選者刪削次要情節及其人物戲份，突出主要人物及其戲份，突出主要人物的形象和品格。文人編選的戲曲選集多收錄崑腔，注重折子戲的音樂美和文辭美，而以弋陽腔、青陽腔為主的戲曲選集多增加通俗性強的賓白科諢，比文人編選的折子戲更注重表演性。折子戲的改編者通過增刪賓白、增加滾調、改變曲文、更易曲牌、增改舞臺提示等方式，豐富了戲曲表現手段，拓寬了折子戲的表現形式，提高了南曲的表演性，受到廣大觀眾和讀者的歡迎。

第三節　「明改本」折子戲的改編規律

從這些折子戲的編選中，可見宋元南戲向「明改本」文人傳奇轉變時，在劇情、腳色、體制、文辭、音樂等方面的發展變化。

從宋元南戲「明改本」的題材類型來看，明前中期的戲曲選集收錄了大部分的宋元南戲及其「明改本」。除《白袍記》僅被收錄一套曲子外，少數「明改本」如《精忠記》和《黃孝子尋親記》均不見收錄。又《風月錦囊》收錄的《三元記》，是《商輅三元記》，並非本加以文論述的宋元南戲《馮京三元

記》，茲不贅述。

從所收曲子的數量來看，明前期的三家曲選《雍熙樂府》、《詞林摘豔》和《盛世新聲》選收的曲子較少而且零亂。明中期的曲選《風月錦囊》收錄的曲子較多而且系統，套曲大多劇情完整，其形式和內容對明後期的折子戲產生了深遠影響。

從明代戲曲選集收錄的宋元南戲「明改本」折子戲中，可見明代各時期折子戲的發展軌跡。明前中期的曲選只選收少數南戲的片段，或較雜亂；明後期的折子戲普遍比前中期的折子戲數量多、層次豐富，改編效果高下立辨，可見此時的編者在審美能力、戲曲鑑賞能力和戲曲史觀念上，比前中期有了大幅度的提高。

從腳色來看，《風月錦囊》收錄的曲子不僅有生旦所唱，也有許多其他角色所唱，腳色分佈較均勻，可見生旦的地位不突出。明後期的折子戲也多選收生旦的戲，然在其餘戲中多為本劇或本齣的主角，可見這時明人改本的腳色分工已非常細緻。

明後期戲曲選集中名列前茅的情節，多為生旦以獨唱、分唱或合唱的形式表演，令折子戲中生旦的戲份增加。可見明後期逐漸成熟起來的明傳奇，既繼承了宋元南戲的腳色體制，又逐步細化，形成了以表現生旦「悲歡離合」為主的表演形式。

從文辭內容來看，明前期的戲曲選集對宋元南戲的選錄較少，可見編者不是十分重視從民間發展而來的宋元南戲。明中期的曲選多摘錄故事的片段，注重敘事。明後期以清唱為主的戲曲選集多選收極具抒情意味的曲文，而以舞臺為中心的戲曲選集多選收俚俗直白的折子戲。這說明，編選者在選收這些曲子時，或為清唱，或為舞臺表演。明後期，崑腔發展起來以後，明人採用崑曲形式把宋元南戲改編為明傳奇，因此這些折子戲多有遊賞、閨情、憶別、歎息等情節，體現了文人的雅趣。

就整體而言，這些折子戲的變化，體現了人們從重視戲曲音樂和抒情性到重視敘事性，並且逐步向表演性和文學性過渡的過程。明前期，人們對待戲曲的態度受「詩樂舞」一體的文學觀念影響，編選者持「曲本位」的態度，賦予戲曲音樂至高無上的地位。因此明前期的摘匯本只收錄曲牌、套數和曲文，甚少注意賓白、科諢、腳色等戲曲音樂以外的內容。明中後期的折子戲，逐漸從重視戲曲音樂轉向戲曲的表演和敘事的曲折，反映了人們的戲曲觀念

從「曲」向「劇」轉變，以及人們對南曲的審美趣味和藝術判斷能力的提高。這是人們長期浸潤於南曲之中，並且對南曲耳熟能詳以後的必然結果。正如學者康保成所指出，「表演藝術的成熟，從根本上改變了劇本的敘事方式。」〔註36〕這些折子戲表演性的增強和劇情容量的增加，給演員賦予了更多發揮才華的空間，也從改編者和觀眾的角度對演員提出了更高的「審美期待」，又推動了晚明折子戲文學性的增強。

〔註36〕康保成《中國戲劇史研究入門》，復旦大學出版社 2009 年 5 月 1 版 1 印，第86 頁。

第八章　宋元南戲「明改本」的改編原因

　　前修時賢或從改編者所處的時代環境和文化精神，聯繫改編者的審美追求，或從戲曲文體和傳播接受的角度分析和闡釋宋元南戲「明改本」的改編原因，取得了豐碩的成果。然尚未結合藝術生產和消費的關係去考察「明改本」「何以如此改」。在藝術生產和消費鏈中，藝術生產對觀眾的消費產生決定性的影響，而觀眾藝術消費的需求又引導藝術生產的路向。「明改本」的改編目的，主要是爲了適應明清觀眾審美接受、演員的舞臺演出和文本傳播的需要。明初文人多對「明改本」全本進行潤色，戲曲選集較少摘匯曲子；明中葉的人們對或對「明改本」全本加以改編，或以折子戲的形式改寫；明後期，「明改本」的折子戲廣泛流行，與全本改本形成雙峰並峙的局面。本章將「明改本」置於明代社會文化生態環境之中，考察其「何以如此改」。

第一節　「明改本」與明代宮廷、文人的關係

　　根據明人徐渭《南詞敘錄》記載，洪武時，朱元璋命教坊司官員把《琵琶記》譜入絃索，修改音樂上的問題，使之更適應演唱的需要，又命教坊司或民間藝人入宮演出此記。《琵琶記》在明代宮廷的演出傳播，成爲宋元南戲進入明代上層社會的標誌。《琵琶記》的出現，爲「俚俗妄作」的宋元南戲劃上了句號，開啓了文人改編南戲、寫作傳奇的時代。從此，以南曲爲音樂形式的宋元南戲經過明人的改編，開始從宮廷向民間流播。永樂皇帝朱棣即位之初，通過更定樂制，整理劇本，讓自己名正言順。朱棣下令編修《永樂大典》，書中所列劇目皆爲宮廷演劇，其中包括《永樂大典戲文三種》。明初的

王府雜劇創作頗具特色。藩王朱權、朱有燉，受寵於燕王府的雜劇作家楊景賢、賈仲明、湯舜民等人，都參與到雜劇的創作中，可見此時北曲雜劇的社會地位仍然很高。宣德、正統間，統治者禁止官妓和裁減教坊樂工，宮廷戲曲曾一度沈寂，後來借助南曲的興盛而重燃宮廷戲的火苗。明代的宮廷樂制也歷經多次改變，教坊藝人也因為宮廷的裁員、戰亂或其他原因，從宮廷到民間演出或謀生。從現存的宋元南戲「明改本」中，仍可見南曲從教坊走向民間的痕跡。如明人改本根據宋元南戲舊本「趙氏孤兒」改編的《趙氏孤兒記》，以及明人據此改編的《八義記》中都有一段戲，寫駙馬趙朔和公主莊姬在元宵燈節遊玩的情形。其中《八義記》第 5 齣《宴賞元宵》有駙馬趙朔和戲班藝人的一段對話「（末）敢是樂人？（丑）樂人聞知駙馬與公主飲宴，特來承應。（生）那裡來的？（丑）本司樂人。」〔註1〕表示這段戲在劇中的表演對象是晉國趙家駙馬趙朔和晉靈公的公主莊姬，所以說是「承應」。但是時代較早的《趙氏孤兒記》在相同情節沒有出現這些提示演戲者為宮廷藝人的字眼。《八義記》雖然託名為文人徐元所作，但有學者指出徐元是輯刻《六十種曲》的毛晉的訛誤造成的。既然作者並非徐元，而是另有其人，那麼這個人很可能是明代宮廷中流散出來的樂人，所以演傀儡戲之前還要禮節性地向王公貴族請安說「樂人」、「承應」。這體現了教坊藝人從宮廷流散到民間的過程。

正統、弘治年間，教坊中雅樂廢弛而俗樂大興。成化間，宮廷戲曲真正開始復蘇，藝人在宮內演唱南曲。至明代正德、嘉靖、隆慶時期，正值北曲漸衰而南曲日興之際。正德間的戲曲選集《盛世新聲》收錄南曲 46 套，分別收錄宋元南戲《崔鶯鶯西廂記》和明人改本《南西廂記》的兩套曲子；嘉靖間的戲曲選集《雍熙樂府》收錄南曲 76 套，接近前者的兩倍，其中收錄明人改編宋元南戲的六套曲子。此時，南曲經文人的接受和傳播而逐漸提高地位。如文人祝允明生活於正德年間，他大力提倡南曲。萬曆年間，萬曆皇帝對俗樂具有高度的熱情。他在宮廷中新設立「四齋」和「玉熙宮」，後者尤注意演習「四大聲腔」的劇目，讓宮廷演劇從此成為單純的娛樂活動，與以往的禮樂活動徹底分離。此舉促使當時的宮廷演劇活動空前興盛，以北曲為代表的衰落，南曲佔據壓倒性地位，也導致宮廷戲曲從北曲雜劇向南曲傳奇轉型。

〔註1〕（明）《繡刻八義記定本》，明末毛晉汲古閣《六十種曲》第 2 冊，中華書局
1958 年 5 月 1 版，1982 年 8 月 2 印，第 8 頁。

上層社會的樂制之變，也帶動了民間戲曲的發展，導致民間的俗樂繁榮，眾多的傳奇改本、折子戲改本遂流行於世。如萬曆間教坊司官員程萬里編選的戲曲選集《大明春》題名為「官腔樂府」，收錄諸種「明改本」的折子戲，如《琵琶記》十折、《破窯記》三折、《金印記》兩折和《南西廂記》兩折。萬曆年間這種禮樂制度的變化，使南曲戲文脫胎換骨為南曲傳奇，是自上而下的根本性的轉變。萬曆以後的皇帝也多喜好南曲。例如，天啓年間，皇帝便喜好欣賞武戲，故這段時期的「明改本」多取材於歷史上的武將故事。據明人蔣之翹《天啓宮詞》記載，天啓皇帝喜看岳飛戲：「帝好閱武戲，於懋勤殿設宴，多演岳忠武傳奇。至《風魔罵秦檜》，忠賢時避之。」〔註2〕又清人饒智元記載明朝宮廷中「嘗演《金牌記》至風魔和尚罵秦檜，魏忠賢趨匿屏後，不欲正視。」〔註3〕劉若愚《酌中志》云天啓皇帝觀劇「多點岳武穆戲文」。〔註4〕這部描寫岳飛故事的改本《金牌記》今已佚失，然此期描寫岳飛故事的《精忠記》和《精忠旗》等劇目亦有明人改本和折子戲，與史料相符。這時期類似的武戲還有描寫薛家將故事的劇目，如《白袍記》、《金貂記》等。

　　明代宮廷制度的改變，也促使明代文人的態度發生轉變。明初以來，文人多以北曲為雅樂正統。明中後期，文人受到皇帝、宮廷和民間的影響，其態度從鄙視南曲轉變為自覺根據南曲進行創作。因此宋元南戲「明改本」多出於萬曆間，此時也正值明傳奇異常繁榮的時期。從明正德到萬曆間，文人學習、改編、新創、演唱和演出戲曲的風潮大盛。如祝允明「為人好酒色六博，不修行檢，常敷粉黛，從優伶間度新聲。俠少年好慕之，多齎金從遊，允明甚洽。舉鄉薦，從春官試，下第。是時海內漸熟允明名，索其文及書者，接踵或輦金幣至門，允明輒以疾辭不見。然允明多醉妓館中，掩之，雖累紙可得。」〔註5〕其他文人如梁辰魚、李開先、王世貞、屠隆、康海、馮夢龍、凌濛初等，也大多改作或新編明傳奇，使之流播更廣泛。

〔註2〕（明）蔣之翹《天啓宮詞・一百三十六首》其112，（明）朱權等《明宮詞》，北京古籍出版社1987年5月1版1印，第60頁。

〔註3〕（清）饒智元《明宮雜詠・四百七十三首》其12引《天啓宮詞注》，（明）朱權等《明宮詞》，第280頁。

〔註4〕（明）劉若愚《酌中志》卷16，轉引自李真瑜《明代宮廷戲曲史》，紫禁城出版社2010年9月1版1印，第300頁。

〔註5〕（明）徐復祚《花當閣叢談》，《中國古典戲曲論著集成》第四集，中國戲劇出版社1959年7月1版，1982年11月2印，第243頁；吳晟《明人筆記中的戲曲史料》，江西人民出版社2007年5月1版1印，第243頁。

　　此時，文人和藝人的交往也十分頻繁。明代皇帝懲罰官員時，曾把罪臣家族的女眷打入樂戶，淪為賤民。如永樂皇帝處罰反對他的大臣時，就採用這種方法。大明律令還規定把樂妓納入賤籍，不得與官員及其子弟通婚，使其永無翻身之日。這使樂妓藝人的地位比一般女性更低下。文人對樂人的態度相對朝廷而言卻比較寬容。文人對樂戶的欣賞和娛樂態度推動了南曲傳奇的發展。藝人的低吟淺唱、奏樂伴舞也受到文人的推動。文人與藝人之間的交往酬唱之密切，促進了南曲和明傳奇的發展，使音樂文化的發展加速，也促進了「明改本」全本和折子戲的繁榮。李舜華《禮樂與明前中期演劇》指出這反映了社會接受層的變遷，也意味著庶民力量的大增、文人的參與、歌曲的盛行與個體抒情的發展。〔註6〕明中後期文人與藝人之間的交遊、酬唱、宴樂等現象，反映了文人對音樂從欣賞到主動參與製作的過程，加速了文體轉型時的文人化步伐，促進了明傳奇的定型和發展。

第二節　「明改本」的刊刻和收錄

一、「明改本」的三個階段

　　按宋元南戲「明改本」出現的時間順序，可以分為如下三個階段：

　　明初至明前期，指明太祖朱元璋建國之初至明憲宗統治期間，歷經洪武、建文、永樂、洪熙、宣德、正統、天順、景泰、成化這九個階段。此時，高明《琵琶記》在朱元璋的倡導下開始流行；戲曲選集《雍熙樂府》、《詞林摘豔》和《盛世新聲》對宋元南戲全本或明改本的摘錄；永樂年間，明成祖朱棣下令編修《永樂大典》，其中收錄了現存最早的三部宋元南戲《永樂大典戲文三種》；〔註7〕明成化本《白兔記》出現。這段時期的「明改本」（包括全本和摘匯）由於在時間上與宋元時期較為接近，可見宋元南戲舊本的大部分面貌，對我們研究宋元南戲轉變為明傳奇的過程也頗具參考價值。正如前人錢南揚評價道：「自《戲文三種》、《元本琵琶記》、《成化本白兔記》等相繼發現，

〔註6〕李舜華《禮樂與明前中期演劇》，上海古籍出版社 2006 年 8 月第 1 版第 1 次印刷，第 423、428 頁。

〔註7〕錢南揚指出其校注的《戲文三種》並非永樂初寫本，而是嘉靖重寫本，此處為了論述需要，把它歸入明前期，錢南揚《永樂大典戲文三種校注》，中華書局 1979 年 10 月 1 版，2009 年 11 月 2 版，2009 年 11 月 2 印，《前言》第 1～3 頁。

我們才認識了戲文的眞面目，和明清傳奇有那些不同，知道了它的發展過程。」
〔註8〕

　　明中期，指明孝宗至隆慶皇帝統治期間，歷經弘治、正德、嘉靖、隆慶四個時期。此時，現存最早的《琵琶記》即陸抄本《元本琵琶記》，較早的巾箱本《新刊巾廂蔡伯喈琵琶記》、凌騰仙刻本以及潮州出土的演出本《蔡伯喈》出現；現存最早的《西廂記》弘治本《新刊大字魁本西廂記》出現，題爲朱權改作的嘉靖本《荊釵記》出現；戲曲選集《風月錦囊》對宋元南戲「荊劉拜殺」、《琵琶記》、《蘇秦》等劇進行編選。李舜華指出「明代嘉靖前後，是南曲戲文活動與變化最爲激烈的時候。宋元戲文被紛紛改竄，搬上舞臺。」〔註9〕她以當時《琵琶記》的版本變遷爲例，指出嘉靖年間《琵琶記》的「時本」即通行本大量湧現，而「古本」即接近南戲原貌的劇本卻逐漸從舞臺和戲曲選本中消隱。這種現象說明，當時的文人對《琵琶記》的改編具有高度的熱情並且樂於付諸實踐。他們把「古本」改編爲通俗易懂、易於接受和演出的「通行本」，也推動了這部作品的廣泛流行。這段時期，除《琵琶記》外，「四大南戲」及其他的宋元南戲舊本也紛紛被明人改編爲「明改本」，改編者中不乏文人士大夫。因此，這個階段是宋元南戲演變爲明傳奇的重要過渡階段。

　　明後期，從明神宗統治期間直至明朝滅亡，歷經萬曆、泰昌、天啓、崇禎四個階段。此期，「明改本」的發展伴隨著書坊刊刻的昌盛，如毛晉的汲古閣便刊刻了多種「明改本」。現存的全本「明改本」多在萬曆間刊刻，包括影響巨大的「四大南戲」、《琵琶記》和南曲系統的《西廂記》等。在《琵琶記》現存的版本中，明確標明在萬曆時期出版的就有六種。不僅如此，明代戲曲選集收錄宋元南戲舊本和「明改本」，並且改編爲折子戲的現象也非常廣泛。明人還喜歡把這些戲曲故事搬上舞臺，促進了明傳奇的繁榮，筆記史料相關記載頗多。這段時期，「明改本」全本和折子戲的數量都比較豐富，從它們受

〔註8〕　錢氏《元本琵琶記》即清人陸貽典以明代嘉靖本爲底本的抄本《新刊元本蔡伯喈琵琶記》。1936 年鄭振鐸把此劇收入《古本戲曲叢刊初集》，由文學古籍刊行社 1954 年 2 月出版。學術界一般認爲陸貽典抄本是迄今所見最接近《琵琶記》早期面目的本子。本文把此劇歸入明中期，引文出自錢南揚《永樂大典戲文三種校注》之《前言》第 3 頁，並參考錢南揚《元本琵琶記校注》，上海古籍出版社 1980 年 12 月 1 版 1 印，第 1～5 頁。
〔註9〕　李舜華《紛紛琵琶誰是主——「元本」〈琵琶記〉的發現與研究》，《文獻》1999（3）。

改編的情況可見當時戲曲舞臺演出的大致情況。「明改本」折子戲是考察當時演劇情況的第一手材料，從它們的改編可見戲曲史、聲腔、傳奇體制、表演形式流變的情況，亦可見文人改編者和藝人改編者在價值趣味上的異同。

二、全本戲的刊刻

宋元南戲「明改本」由明代書坊刊刻或明人傳抄。「明改本」的刊刻傳抄與觀眾消費的需求是相輔相成的。通過書坊刊刻、文人校點音釋、藝人傳抄等方式，宋元南戲「明改本」傳播更廣泛，這又進一步促進了出版業的繁榮。俞為民指出，明代中葉是中國古代書籍刊刻印行的一個重要轉折時期，即隨著資本主義生產關係萌芽的出現和城市經濟的繁榮，刊刻出版書籍的中心逐漸轉移到經濟發達地區，並且由官府轉向民間，在一些城市中出現了許多由書商經營、以營利為目的的書坊。〔註 10〕明代出版業的繁榮，對「明改本」全本和折子戲的刊刻、編撰和流行做出了貢獻。

從本文附錄 1《宋元南戲「明改本」全本敘錄》來看，宋元南戲「明改本」的全本可以按書坊來進行分類，包括：

1. 萬曆間金陵世德堂刊刻《新刊重訂出相附釋標注拜月亭記》、《新刊重訂出像附釋標注音釋趙氏孤兒記》、《新刊重訂出相附釋標注節義荊釵記》和《岳飛破虜東窗記》。

2. 萬曆間金陵富春堂刊刻《新刻出像音注增補劉智遠白兔記》、《新刻出像音注岳飛破虜東窗記》、《校梓注釋圈證蔡伯喈大全》、《新刻出像音注呂蒙正破窯記》、《新刻出像音注趙氏孤兒記》、《薛仁貴跨海征東白袍記》、《新鐫圖像音注周羽教子尋親記》、崔時佩李日華《南調西廂記》和《金貂記》。

3. 萬曆間容與堂刊刻《李卓吾先生批評幽閨記》、《李卓吾先生批評琵琶記》、《李卓吾先生批評古本荊釵記》和《李卓吾先生批評琵琶》。

4. 明末汲古閣刊刻的《六十種曲》系列改本：《琵琶記》、《荊釵記》、《幽閨記》、《白兔記》、《精忠記》、《八義記》、《殺狗記》、《馮京三元記》和《尋親記》。

5. 萬曆間金陵繼志齋刊刻《重校蘇季子金印記》、《重校荊釵記》和《重校琵琶記》。

6. 其他書坊如文林閣、環翠堂和師儉堂等。

〔註10〕俞為民《明代南京書坊刊刻戲曲考述》，《藝術百家》1997（4）。

　　這些刊刻了宋元南戲「明改本」的書坊以萬曆年間居多，如富春堂、世德堂、文林閣、繼志齋、師儉堂等。萬曆期間刊刻的宋元南戲「明改本」也最多。這個現象受到萬曆年間皇帝熱愛戲曲、上行下效的文化生態環境影響。萬曆年間，是戲曲史上自元雜劇繁榮以來的又一個黃金時期，戲曲創作繁榮，名家輩出。宋元南戲「明改本」與戲曲演出的興盛，刺激了書坊以經濟利益為目的刊刻戲曲，同時又為書坊提供了大量戲曲劇本，於是出現了刊刻「明改本」的熱潮。

　　明代文人士夫也積極參與宋元南戲「明改本」的刊刻、抄校、評點、校注、音注和釋義，或直接投身於改編創作之中。一是刊刻，如蕭騰鴻的師儉堂刊刻的《六合同春》陳繼儒評點本，包括陳繼儒評點《琵琶記》、《西廂記》、《幽閨記》等劇目，還有凌濛初翻刻本《琵琶記》。二是抄校，如陸貽典抄校本《新刊元本蔡伯喈琵琶記》。三是評點，如《湯海若先生批評琵琶記》、《李九我先生批評破窰記》、《新刻魏仲雪先生批評琵琶記》、《袁了凡釋義琵琶記》、閔遇五《六幻西廂》，以及李卓吾評本和屠赤水評本。四是校注，如羅懋登釋義《重校金印記》、高一葦訂正《金印合縱記》等。五是改編，如徐奮鵬《詞壇清玩槃薖碩人增改定本西廂記》、陸采《陸天池西廂記》、周公魯《錦西廂》、黃粹吾《續西廂升仙記》、馮夢龍《精忠旗》和徐元《八義記》。

　　明代的藝人也參與到宋元南戲「明改本」的改編和加工之中，如《破窰記》明抄本、潮州戲文《蔡伯喈》手抄本等。

　　明人通過書坊刊刻、文人校點音釋、藝人傳抄等方式，加速了宋元南戲「明改本」的傳播。與元雜劇相比，「明改本」傳播的方式與途徑產生變革，「明改本」傳播中書坊、書坊主、市場、讀者諸因素較為突出，文人與書坊合作的模式逐漸形成、成熟。「明改本」折子戲選本的編撰、文人對全本的評點形式以及「明改本」體制的演進等，均與書坊關係密切。如毛晉輯刻《六十種曲》汲古閣本系列的宋元南戲「明改本」刊刻於明代後期。當時崑曲已非常繁榮，其聲腔體制也已成熟。汲古閣本「明改本」多按崑曲排場、格律、音韻、或其過渡形式的體制而剏定。而「明改本」中的一些劇本，如成化本、世德堂本則多保留宋元南戲的真實面目，刊刻於萬曆間的富春堂本也保留了當時青陽腔和弋陽腔的情況。〔註11〕

〔註11〕　「成化本、世德堂本則多保留宋元南戲的真實面目」「富春堂本也保留了當時青陽腔和弋陽腔的情況」，參見孫崇濤《明人改本戲文通論》，《文學遺產》1998（5）。

按時間順序來看，現存明人改寫宋元南戲的「明改本」約有四類題材的 66 本全本。其中出現於明前中期的改本，多爲明人初次改寫的劇本，包括成化本《白兔記》、嘉靖本《荊釵記》、陸抄本《琵琶記》和崔時佩本《南西廂記》等；出現於明後期的全本改本占大多數，尤以汲古閣本所刻的改本數量位居首位，占 11 本，其餘皆爲富春堂、世德堂、容與堂、繼志齋等出版商所刻。明人二度改寫的劇本有《彩樓記》、《精忠記》、《八義記》、《金印合縱記》、《金貂記》、南曲「西廂」改本、通行本《琵琶記》和演出本《琵琶記》等，多出現於明後期。明人三度改寫的劇本全本有馮夢龍《精忠旗》、《周羽教子尋親記》等，也大多出現於明後期。可見明人在明前中期較喜歡依據前朝南戲的題材內容而創作改本，明後期的劇作家在前中期的基礎上多進行二度和三度改寫。

三、折子戲的刊刻和收錄

本文根據王秋桂主編《善本戲曲叢刊》，李福清、李平編《海外孤本晚明戲劇選集三種》和朱崇志《中國古代戲曲選本輯要》等，對收錄宋元南戲「明改本」的戲曲選集進行梳理，共有 35 種戲曲選集，列舉如下：

1.《雍熙樂府》，無名氏編，嘉靖四十五年安肅刊本。其南曲套數多曲詞，少賓白。《四部叢刊續編》，上海書店 1934 年版收錄。

2.《盛世新聲》，戴賢輯，有正德十二年戴賢刻本、嘉靖間刻本、萬曆二十四年刻本，亦有 1955 年文學古籍刊行社影印本。

3.《詞林摘豔》，初刊於嘉靖四年。有嘉靖四年劉楫和張序撰寫的兩篇序文，每集前有張祿所寫的《小引》和目錄，著重介紹本集的宮調。書後有嘉靖四年康衢道人吳子明所書《詞林摘豔後跋》。本書是爲了補《盛世新聲》之不足。

4.《風月錦囊》，又稱《全家錦囊》，汝水徐文昭編，江右詹子和校，嘉靖三十二年書林詹氏進賢堂刊本。《善本戲曲叢刊》第四輯影印。《風月錦囊》收錄「四大南戲」、《琵琶記》等「明改本」的折子戲。

5.《詞林一枝》，古臨黃文華選輯，萬曆元年書林葉志元刊本，收青陽腔戲曲。《善本戲曲叢刊》第一輯影印。

6.《八能奏錦》，汝川黃文華精選，萬曆元年書林蔡正河刊本，收崑腔戲曲。《善本戲曲叢刊》第一輯影印。

7.《群音類選》，虎林胡文煥校選，萬曆二十一至二十四年胡氏文會堂刊本。按官腔、諸腔、北腔、清腔分類，錄崑腔、弋陽腔、青陽腔、太平腔、四平腔、雜劇和傳奇中的北曲、散曲。中華書局 1980 年整理影印，《善本戲曲叢刊》第四輯影印。

8.《歌林拾翠》，萬曆二十七年金陵書林鄭元美奎壁齋刊，天啓五年金陵寶聖樓挖改本，收南戲、傳奇。《善本戲曲叢刊》第二輯影印。

9.《樂府玉樹英》，汝川黃文華選輯並作序，萬曆二十七年書林余紹崖刊本，收南戲、傳奇。收入（俄）李福清、李平編《海外孤本晚明戲劇選集三種》，上海古籍出版社 1993 年 6 月版。

10.《樂府菁華》，豫章劉君錫輯，萬曆二十八年書林三槐堂王會雲刊本，收南戲、傳奇。《善本戲曲叢刊》第一輯影印。

11.《樂府紅珊》，秦淮墨客選輯，萬曆三十年唐振吾刊本，收南戲、傳奇。分爲慶壽、伉儷、誕育、訓誨、激勵、分別、思憶、捷報、訪詢、遊賞、宴會、邂逅、風情、忠孝節義、陰德、榮會十六類。《善本戲曲叢刊》第二輯影印。

12.《滿天春》，無名氏選輯，萬曆三十二年福建書林李碧峰、陳我含刊本，收閩南戲。收入（荷）龍彼得輯《明刊閩南戲曲絃管選本三種》，中國戲劇出版社 1955 年 10 月。

13.《玉谷新簧》，吉州景居士選輯，萬曆三十八年書林廷禮刊本，收滾調戲曲。《善本戲曲叢刊》第一輯影印。

14.《摘錦奇音》，徽歙龔正我選輯，萬曆三十九年敦睦堂張三懷刊本，收滾調戲曲。《善本戲曲叢刊》第一輯影印。

15.《大明天下春》，佚名選輯，萬曆間刻本，收南戲、傳奇。收入李福清、李平編《海外孤本晚明戲劇選集三種》，上海古籍出版社 1993 年 6 月版。

16.《大明春》，程萬里等編選，萬曆間福建書林金魁刊本，收海鹽腔、青陽腔戲曲。《善本戲曲叢刊》第一輯影印。

17.《徽池雅調》，福建書林熊稔寰匯輯，萬曆間潭水燕石居主人刊本，收徽池調戲曲。今存原刻本及中國書店三十年代影印本，與《堯天樂》合印，題爲《秋夜月》。《善本戲曲叢刊》第一輯影印。

18.《堯天樂》，豫章殷啓聖匯輯，萬曆間福建書林熊稔寰刊本，收南北新調戲曲。今存原刻本及中國書店三十年代影印本。《善本戲曲叢刊》第一輯影印。

19.《樂府萬象新》，安成阮祥宇編，萬曆間書林劉齡甫刊本，收南戲、傳奇。收入（俄）李福清、李平編《海外孤本晚明戲劇選集三種》，上海古籍出版社 1993 年 6 月版。

20.《時調青昆》，江湖黃儒卿匯選，書林四知館刊本，收青陽腔和崑腔戲曲。《善本戲曲叢刊》第一輯影印。

21.《選古今南北劇》，徐渭輯，萬曆間清遠齋刊本。主要收錄南曲、散曲。

22.《月露音》，武林李郁爾等編選，萬曆四十四年刊本，收傳奇套數。僅錄曲辭。《善本戲曲叢刊》第二輯影印。

23.《吳歈萃雅》，茂苑梯月主人選輯，萬曆四十四年刊本，收明人散曲戲曲套數。前有長洲周之標題辭二，梯月主人小引及凡例，又引魏良輔《曲律》十八條。傳奇套數僅錄曲詞，細細點板，刪去賓白。《善本戲曲叢刊》第二輯影印。

24.《珊珊集》，來虹閣主人輯，長洲周之標增訂。前有周之標小引，稱原有虎林刻《珊珊集》一種，此為增訂本。傳奇套數僅錄曲詞和點板，無賓白。版式同《吳歈萃雅》。《善本戲曲叢刊》第二輯影印。

25.《樂府南音》，洞庭蕭士選輯，萬曆間刊本，收明人散曲戲曲。分日月兩集。日集收傳奇南北套曲，曲詞加點板，刪賓白。月集錄散套。《善本戲曲叢刊》第四輯影印。

26.《昆弋雅調》，江湖知音者匯選，明書林廣平堂刊本，收傳奇。分為風花雪月四集。

27.《南音三籟》，凌濛初輯，明刊本，收元明戲曲散曲。今見明刊本為康熙七年袁園客重刊本。前有即空觀主人（凌濛初號）敘、凡例及其《譚曲雜箚》。又有康熙六年李玉序、次年袁于令序及袁園客題詞。批註分為天地人三籟。收南戲、傳奇。加點板，刪賓白，有評注。《善本戲曲叢刊》第四輯影印。

28.《賽徵歌集》，萬曆刊巾箱本，收傳奇。前有序。曲詞加點板，保留賓白。《善本戲曲叢刊》第四輯影印。

29.《詞林逸響》，吳趨許宇校點，天啓三年刊本，收明人散曲戲曲套數。前有勾吳愚谷老人序、凡例和「崑腔原始」。傳奇套數僅錄曲詞，加點板，刪賓白。分風花雪月四集。《善本戲曲叢刊》第二輯影印。

　　30.《怡春錦》，沖和居士選，崇禎刊本，收明人散曲戲曲。前有空觀子序。
分禮樂射御書數六集，書集錄散套，其他各集收傳奇，包括數集弋陽腔。傳
奇曲詞加點板，保留賓白。《善本戲曲叢刊》第二輯影印。

　　31.《樂府歌舞臺》，金陵書林鄭元美刊本，收青陽腔和崑山腔戲曲。分風
花雪月四集，正文缺花雪月三集全部及風集後部。《善本戲曲叢刊》第四輯影印。

　　32.《萬曲合選》，又名《萬家合錦》，南陽鄭氏奎壁齋刊本，杜穎陶藏，
收南戲、傳奇。

　　33.《玄雪譜》，鋤蘭忍人選輯，媚花香史批評，明末刊本，收傳奇。前有
聲隱道人序、笑癡子題詞及凡例。曲詞用符號區分次第優劣，並加眉批。《善
本戲曲叢刊》第四輯影印。

　　34.《醉怡情》，明代青溪菰蘆釣叟輯，清初古吳致和堂刊本，收崑腔演唱
的元明傳奇雜劇。《善本戲曲叢刊》第四輯影印。

　　35.《萬錦嬌麗》，清代白雲居士編選，明末清初刊本。前有假託玉茗堂主
人湯顯祖的題詞。曲詞加點板，保留賓白。《善本戲曲叢刊》第二輯影印。

　　由此可見，明前期的戲曲選集《雍熙樂府》、《詞林摘豔》和《盛世新聲》，
較少收錄宋元南戲「明改本」的折子戲。

　　明中期的戲曲選集《風月錦囊》收錄的宋元南戲「明改本」折子戲，多
摘取全本主要齣目的套曲。吳敢認為「《風月錦囊》的出現，是戲曲散出選本
的質的變化。雖然仍然是戲曲與散曲混合選集，但戲曲已經遠多於散曲，從
附庸而為大國。南戲超過雜劇，則說明嘉靖末年舞臺上的戲曲聲腔已經樹起
了南戲的旗幟。」〔註12〕南曲從此紅遍大江南北。

　　明後期，眾多的戲曲選集收錄宋元南戲「明改本」的折子戲。其中，刊
刻於萬曆間的宋元南戲「明改本」折子戲的戲曲選集有 20 部，按聲腔分為如
下幾類：

　　第一是青陽腔的折子戲，見戲曲選集《詞林一枝》、《摘錦奇音》、《八能
奏錦》、《樂府菁華》、《大明春》、《堯天樂》、《徽池雅調》、《玉谷新簧》、《大
明天下春》、《樂府萬象新》等。

　　第二是弋陽腔的折子戲，見戲曲選集《玉谷新簧》、《摘錦奇音》、《怡春
錦》、《崑弋雅調》、《群音類選》等。

〔註12〕　吳敢《說戲曲散出選本》，《藝術百家》，2005（5）。

　　這說明萬曆期間，青陽腔和弋陽腔是非常流行的戲曲聲腔，如選本題名標榜的「海內時尚」、「南北官腔」。部分戲曲選集還樂於標榜新的音樂形式「滾調」，如《詞林一枝》、《八能奏錦》、《玉谷新簧》、《大明天下春》、《樂府菁華》、《玉樹英》等。

　　第三是崑山腔的折子戲，見戲曲選集《群音類選》、《時調青昆》、《樂府歌舞臺》、《醉怡情》、《吳歈萃雅》、《月露音》、《珊珊集》、《南音三籟》等。

　　戲曲選集《八能奏錦》題為「昆池新調」，說明是崑山、青陽（池州）這兩種聲腔的混合體。萬曆年間，戲曲選集《群音類選》中的崑曲已經明確注明為「官腔」，收錄較多折子戲。之後，戲曲選集收錄的崑腔折子戲越來越多，保留曲牌曲辭，標注點板，刪去賓白科諢，供人閱讀或清唱之用，如戲曲選集《南音三籟》就是如此。萬曆年間，戲曲選集收錄的宋元南戲「明改本」折子戲趨於文雅化，說明劇曲與清曲並存，舞臺演唱與雅集吟歌成為明人割捨不掉的情懷。

　　其實，萬曆年間，明代戲曲舞臺上的北曲已經式微，由南曲統領劇壇。此時的宋元南戲「明改本」折子戲，處於從宋元南戲嚮明傳奇過渡的階段，並且最終完成了這一環節。本階段的「明改本」折子戲，僅少數為南戲，如戲曲選集《滿天春》、《賽徵歌集》、《萬錦嬌麗》的收錄，其餘多為南戲、傳奇並選，如戲曲選集《詞林一枝》、《大明天下春》、《徽池雅調》等，可見它們的受歡迎程度高，也說明「明改本」折子戲的改編者對聲腔「改調歌之」。

　　宋元南戲「明改本」折子戲的改編，首先是變全本為折子戲，易長為短，大幅度刪削次要的情節和戲份。究其原因，是為了配合戲班演出時有限的時間，節省戲班和觀眾的精力。正如清代戲曲家李漁在《閒情偶寄·詞曲部》的《詞采第二》中所指出，「曲文最長，每折必須數曲，每部必須數十折，非八斗長才，不能始終如一。微疵偶見者有之，瑕瑜並陳者有之，尚有踴躍於前，懈馳於後，不得已而為狗尾貂續者亦有之。演者觀者既存此曲，只得取其所長，恕其所短，首尾並錄。無一部而刪去數折，止存數折，一出而抹去數曲，止存數曲之理。此戲曲不能盡佳，有為數折可取而挈帶全篇，一曲可取而挈帶全折，使瓦缶與金石齊鳴者，職是故也。」〔註13〕

〔註13〕 （清）李漁《閒情偶寄·詞曲部》，《中國古典戲曲論著集成》第七集，中國戲劇出版社 1959 年 7 月 1 版，1982 年 11 月 2 印，第 21 頁。

　　另外，從這些戲曲選集的序跋中，還可以看出明人戲曲觀念的轉變。明人張祿編戲曲選集《詞林摘豔》就是爲了讓人們「於風前月下，佐以絲竹。唱詠之餘，或有所考，一覽無餘，」〔註14〕他指出「仙呂，凡諸傳奇，首必有之……今梨園中有彈唱，有末唱；而仙呂末唱爲雅。至於絃索之間，有所謂單彈仙呂者，爲尤雅。知者深之。」〔註15〕他指出北曲的演唱方式已不適合時代潮流，故南曲興起。他說「今之樂，猶古之樂，殆體制不同耳。」〔註16〕可見他對南北曲的態度比較通達，預料到南曲將動搖或取代北曲的地位，也並未褒貶其中一方。至晚明，越來越多的文人能以發展的眼光看待南曲興、北曲衰的趨勢，如明末天啓間閔光瑜《〈邯鄲夢〉小引》指出：「昔人有言，詩變爲詞，詞變爲曲。曲之意，詩之遺也。則若曲者，正當與三百篇等觀，未可以雕蟲小視也。」〔註17〕又如，明末崇禎間敬一子在《〈鴛鴦絛記〉敍》中指出：「詞曲非小道也，溯所由來，庚歌五子，實爲鼻祖，漸變而之三百、之騷辯……於是又變而之宋之塡詞、元之劇曲至於今。蓋誠有於上下數千年間，同一人物，同一性情，同一音聲，而其變也，調變而體不變，體變而意未始變也。而世有詈詞曲爲風雅罪人，聞曼聲而掩耳，望俳場而卻步者，吁！可悲已。」〔註18〕他們認爲，戲曲和詩歌的地位應是平等的，人們應該正視戲曲的發展。這也反映了明人戲曲觀念的進步。

第三節　改編意識

一、以婚姻愛情爲題材的劇作中的性別意識

　　明人大量改編宋元南戲，與明中後期的文學環境有關。當時，出版業繁榮，通俗文學流行，接受者既有知識分子，也有市民階層。戲曲、小說和說唱在題材內容上相互影響，推動明代改編者對原著人物的世俗化塑造。

〔註14〕蔡毅《中國古典戲曲序跋彙編》，齊魯書社 1989 年 10 月 1 版 1 印，第 2690 頁。

〔註15〕蔡毅《中國古典戲曲序跋彙編》，第 2692 頁。

〔註16〕蔡毅《中國古典戲曲序跋彙編》，第 2690 頁。句中「雅」字參校明人張祿《詞林摘豔》影印明嘉靖刊本，文學古籍刊行社 1955 年 10 月北京 1 版，1955 年 12 月上海 1 印，第 459 頁。

〔註17〕蔡毅《中國古典戲曲序跋彙編》，齊魯書社 1989 年 10 月 1 版 1 印，第 1264 頁。

〔註18〕吳毓華《中國古代戲曲序跋集》序，中國戲劇出版社 1990 年 8 月 1 版 1 印，第 8 頁。

首先，宋元南戲「明改本」的改編者多致力於改編以婚姻愛情為題材的劇作，宣揚女性的美德，揭露不良現象。

主要描寫男女戀情的劇本，如明代南曲「西廂記」改本，多突出女主角崔鶯鶯的形象。明代大刀闊斧地改編「西廂」故事的作者有崔時佩、李日華、陸采、徐奮鵬、黃粹吾等。元稹的唐傳奇《會真記》把鶯鶯視為「尤物」。金人董解元《西廂記諸宮調》和元人王實甫的元雜劇《西廂記》為鶯鶯的結局翻案，轉而強調鶯鶯在戀愛中的美好。明人「西廂」改本在繼承金元「西廂」的基礎上，通過增補、潤色和改寫，突出鶯鶯勇敢追求幸福的美好情操，並且成為明人改本的主流。也有個別改編者讓鶯鶯變為妒婦，如黃粹吾《續西廂升仙記》把崔鶯鶯的形象改為惡毒善妒，實際上仍未跳出強調女性「三從四德」的藩籬，同時也為敘述鶯鶯遍覽歷史上毒婦的下場而悔過自新和「勸人為善」的主題服務。又如明代早期的世德堂本《拜月亭記》寫大家閨秀王瑞蘭私自與世隆成親，卻被貴族家長拆散，誓不改嫁，守候世隆功成名就。明後期的汲古閣本《幽閨記》改編此劇，仍強調瑞蘭對愛人的執著和真情。明人改寫瑞蘭形象的共同點，是把她對待世隆的態度從被動改為主動，突出她對待感情的「真」。

主要描寫女性婚姻生活的劇本，如明代改寫《白兔記》的成化本、富春堂本和汲古閣本，繼承和改編宋元南戲《劉智遠》的故事為《白兔記》，多寫李三娘在丈夫離家以後，拒不改嫁，寧願汲水挨磨；三娘產子以後，託人送子，守候丈夫；最終知遠看望三娘，三娘幾番試探以確認丈夫的真假。明人改寫三娘形象時，其共同點，在於削弱「前文本」中三娘大膽潑辣的性格，轉而強調其隱忍的性格。如明改本多描寫三娘為惡毒哥嫂虐待、對離家十幾年的丈夫逆來順受，而且明後期的改本比明前期更強調三娘的順從，如明後期汲古閣本《白兔記》的三娘沒有要求丈夫交出官印作為他迎娶自己的憑證，明後期富春堂本《白兔記》的三娘也沒有作此要求，三娘的形象比明前期成化本的三娘形象更有奴性。

其實，「賢妻」以元明之際《琵琶記》中的趙五娘最典型。明代數量豐富的《琵琶記》改本多突出女主角趙五娘的形象，描寫五娘在丈夫離家之後如何孝敬公婆，如她把食物留給公婆而自己吃糟糠，她代公婆嘗湯藥，她剪去長髮，她以手刨墳、埋葬公婆，她懷抱琵琶、賣唱乞討、千里尋夫，她入府為僕，最終與丈夫重逢。明人改編此劇的目的，多通過描寫五娘如何對待公

婆以突出其「孝」，五娘守夫、尋夫的「貞」，五娘與相府千金牛氏相敬如賓的「賢」。明人在改編趙五娘形象時，讓她從純樸質直的女子變爲城府頗深的女性，如明代早期的陸抄本《琵琶記》之「兩賢相遘」情節，寫趙五娘詢問牛氏府中可有蔡伯喈此人，牛氏試探她說府中無此人，五娘的反應直接而急切。而在明後期的汲古閣本《琵琶記》中，五娘對牛氏的詢問採取迂迴的態度，比前者更有城府。〔註19〕

　　類似的明人改本還有描寫岳飛故事的《東窗記》、《精忠記》和《精忠旗》。它們改編自宋元南戲《東窗事犯》和元雜劇《東窗事犯》。改編者多在這些改本的上半部分，突出描寫岳夫人爲「妻」的賢良淑德和爲「母」對岳雲的愛護。改編者多在劇本的下半部分，即岳飛父子就義以後，突出描繪岳夫人憤而自盡的「貞烈」形象。又如「明改本」《白袍記》寫柳氏望夫成龍，在朝廷招兵買馬之際，告知丈夫薛仁貴；仁貴帶兵多年，柳氏在家默默守候他立功歸來。又如，「明改本」《白袍記》和《金貂記》作者對柳氏形象的改編，其目的都在於塑造柳氏作爲妻子的「賢內助」形象。明代描寫蘇秦故事的兩部改本《金印記》和《金印合縱記》，多突出周氏忍受譏誚、甘於清貧的形象，尤其明代折子戲選收的蘇秦戲多改編周氏爲了資助丈夫而當釵、賣釵的情節，突出周氏的「賢」，因而廣受歡迎。還有「明改本」《八義記》，繼承自宋元南戲《趙氏孤兒》和元雜劇《趙氏孤兒》，描寫趙家被抄家，莊姬產下孤兒以後被軟禁十八年，終於與丈夫、兒子重逢。「明改本」《八義記》在《趙氏孤兒》的基礎上，保留描寫莊姬與趙朔夫妻恩愛的情節和莊姬被囚時思憶親人的情節，刪去她聽說假孤兒被害、程嬰背叛趙家而悲痛欲絕的情節，突出了她的「忠貞」形象和母親對孩子的「慈愛」。

　　可見，明人改編者多描寫戀愛期間的女子的「勇」和「悅」，對於婚姻中的女子則強調其「賢」、「貞」和「烈」。從宋元南戲「明改本」對這些女性形象的改編，可見明人有意強調婦女之「德」。改編者強調劇中女性的「賢妻」形象，渲染女性的堅忍忠貞，以此作爲「婦德」的標杆。從宋元南戲「明改本」《琵琶記》、《白兔記》、《精忠記》的趙五娘、李三娘、岳夫人等女性人物形象的改寫中，都可見劇作家讚賞她們的忠貞剛烈的改編意識。〔註20〕這種

〔註19〕　參見黃仕忠《琵琶記研究》，廣東高等教育出版社 1996 年 10 月 1 版，1998　　　　年 9 月 2 印，第 295～296 頁。

〔註20〕　（新）孫玫、熊賢關《解讀〈琵琶記〉和〈白兔記〉中「妻」的呈現》，《藝　　　　術百家》2004（5）。

改編的方式受到明代官方制度的深刻影響。明太祖朱元璋就曾頒佈獎勵貞節的政令，鼓勵婦女守貞節烈。在明代官方政策的指導下，民間廣泛設立貞節牌坊；民眾響應官方的號召，湧現大量的烈女節婦，形成廣泛的社會風潮。〔註21〕明代社會倡導婦女「三從四德」，作爲妻子要「從一而終」和「賢良淑德」，作爲母親要對子女「仁厚慈愛」的文化意識可見一斑。

其次，在宋元南戲「明改本」的這類劇作中，打下了「明改本」、改編者和社會的父權意識的烙印。這些改本也體現了劇作家藉此宣揚教化的意圖。改編者「由於劇作家身份之轉換，由書會才人轉爲士大夫階層，創作戲曲遂由糊口維生成爲服務政治措施的方式之一，復以戲劇表演乃肩負教化人民之重責大任。」〔註22〕

從宋元南戲「明改本」對男主角形象的改編，可見這些改本的敘述主體「向內轉」，對男主角的心理描寫更細膩。在明代以前，「前文本」史書、小說、說唱等文藝形式，多注重描寫男主角的外在行爲，描繪他們如何建功立業的過程，突出其發跡變泰的傳奇色彩和神異色彩。明代以後，劇本描繪赴科舉考試的士子們離別、赴試、思鄉等情節，成爲「明改本」的共同題材。「明改本」《琵琶記》、《破窯記》、《拜月亭記》、《彩樓記》、《幽閨記》、《金印記》、《三元記》、李日華《南西廂記》、陸采《南西廂記》等也有這類描寫士子參加科舉的情節。改編者通過增刪改易這些情節，多突出男性主要人物的正面性格，樹立文人士大夫的良好形象。如改編者對於書生類男主角，主要描寫他們以一介寒儒的身份，如何與佳人相遇結合，在這個過程中強調他們通過科舉考試和其他途徑博取功名的過程，多通過增補戲劇化的情節，把男主角塑造爲理想的士大夫形象，並且突出其才華橫溢的特徵。對於身爲英雄的主角，改編者多寫他們從平民成長爲英雄或者建功立業的過程，把他們的感情故事和婚姻生活作爲劇情的一部分。改編者多關注男主角對待感情的態度，增刪改易描寫男主角的情節，突出其正直、眞摯、專一、執著等，進行深入刻畫，突出他們對愛人的愛情、對父母子女的親情、對國家的愛國之情等「眞

〔註21〕對於這三部明代改本的作者之定位，參見陳多《畸形發展的明代傳奇——三種明刊〈白兔記〉的比較研究》，原載《戲劇藝術》2001（4），收入著作《劇史思辨》，中國戲劇出版社2006年7月1版1印，第182～192頁。

〔註22〕（臺）劉琬茜《明人改本戲文〈白兔記〉中李三娘貞節形象強化原因之探究》，摘選於作者的學位論文《〈白兔記〉版本三種之探討》，臺北藝術大學2008年，第66～73頁。

情」。如改編者分別在「拜月亭」和「破窰記」故事中增補了男主角「接絲鞭」的情節，塑造了他們能勇敢爭取感情，對婚姻大事毫不退縮，對心上人堅定執著的美德。明代南曲系統的「西廂」改本對張生形象進行改寫，多保持張生的正面形象，讚美張生對鶯鶯的真「情」。

　　宋元南戲「明改本」的改編者，多在南戲的基礎上，增加許多情節，描寫男主角對功名、事業的態度，多增加男主角對家庭、功名的感慨和歎息，寫出男主角的「七情六欲」。如明代戲曲選集中的折子戲，多選收男主角和女主角「遊賞」、男主角「途歎」、男主角「思憶」等情節。可見這些明人改編本在寫作時，多從關注現實指向關注人物內心。同時，他們對這些男性形象的改寫和重塑，也讓這些劇中的男性人物比「前文本」，如史傳中形象單薄的帝王將相和小說話本中的魯莽英雄更有人情味、文人味。在大多數「明改本」刊刻和流行的時代，王陽明「心學」和李贄「童心說」廣爲傳播，明人多受到這些時代思想的滲透和影響。他們倡導文學作品的人性化、個性化，強調「真情」，抒發真情實感。故有的「明改本」，也融合了文人的視角和民間的視角兩種態度，讓男主角的形象在矛盾中統一，其個性更爲豐富，其形象更爲立體。

　　明人改編者以男性視角敘事，強調或削弱男性人物的弱點。如部分宋元南戲「明改本」把男主角的形象從君子改爲市民。改編者或在男主角的戲份中增添許多品味低下的語言，把他們對待感情的態度從一心一意變爲用情不專，還寫出他們性格中薄情寡義的缺點。如宋元南戲「明改本」之中劉知遠的地位、戲份和「前文本」有很大落差，呈下降趨勢，不及李三娘有感染力。原因有兩點：一是描寫「白兔」故事的「前文本」，在史書、說唱和小說之中，都以男性視角敘事，決定了劉知遠的強勢形象。如說唱《劉知遠諸宮調》第十二章敘述夫妻重逢、揚眉吐氣、闔家團圓，共十二頁，其中有七頁的篇幅敘述劉知遠和哥嫂打架、三娘被擄、劉軍迎戰敵軍、三娘獲救的故事，占劇情的一半有餘。二是「明改本」《白兔記》敘述者的男性視角決定了劉知遠形象的缺陷。改編者多注重情節結構的增刪和「戲」的表演，擴充劇情，卻忽視了劉知遠離鄉別井、另攀高枝的情節缺陷。這是劉知遠形象的瑕疵所在。無論改編者如何改變情節結構和人物形象，都無法彌補劉知遠的道德缺失，戲曲人物的道德缺陷難以用改編粉飾。所以劉知遠的情在「明改本」的折子戲中不如李三娘的多，說明他不如三娘受歡迎。此外，改編者也會通過增

改神魔鬼怪的情節，減弱男主角的人性弱點。如改寫岳飛故事的兩部明代改編本《東窗記》和《精忠記》，多保留了「前文本」南戲和雜劇中一些宿命色彩較濃的情節，並加以改編。如這兩部改本改編了岳夫人做惡夢並請人占卜和消災的情節，以及道月和尚提醒岳飛要注意災禍，儘量削弱岳飛形象中「愚忠」的不足。

二、以歷史爲題材的劇作的改編意識

宋元南戲「明改本」的改編者多致力於歷史題材劇作的改編。這些劇本雖然以歷史事實爲基礎，但明人在對其進行潤色、改編、改寫中均進行了不同程度的藝術虛構，有「一實九虛」、「虛實參半」和「七虛三實」三種寫作方式。明代改編者從「前文本」中吸取素材改寫歷史題材，虛構觀眾喜聞樂見的故事情節，迎合大眾的審美趣味，促進了這些劇本的傳播。

如現存「明改本」《破窰記》和《彩樓記》從史籍中吸取呂蒙正的姓名、品德、家世背景和他中進士的事蹟，其餘人物和絕大部分情節皆爲改編者的藝術虛構。《宋史‧呂文穆傳》記載蒙正的父母不和，蒙正和母親被逐出家門，蒙正登科以後贍養雙親，並且化解其矛盾，突出其「孝」的特點。兩部明改本著重演述蒙正從寒儒發跡變泰爲達官的過程，注重虛構蒙正的婚姻愛情故事，有意突出其感情專一的優點。「明改本」《白兔記》繼承了南戲舊本《劉智遠》的故事情節，並且從史籍中吸取主角人物的姓名，如劉知遠、李三娘、劉承祐、史弘肇等人，吸收劉知遠發跡變泰的事蹟和李三娘賢惠貞順的品德，其餘人物和情節多爲改編者的藝術虛構。「明改本」《白兔記》取材和改編於《五代史》。史傳記載史弘肇爲後漢的開國大將和知遠的得力助手；「明改本」把史弘肇改爲富有喜劇性的角色。史傳記載李三娘的哥哥李洪信是後漢的開國功臣；「明改本」把李洪信改爲專門欺壓弟妹的惡人。這樣的改寫可謂「一實九虛」。

又如，宋元南戲「明改本」《東窗記》取材於《宋史》。〔註23〕劇本共 40 齣，除第 1 齣家門大意外，取材史實並加以發揮的情節有 19 齣，完全虛構的情節有 20 齣。改編者取材於民間傳說，虛構和增加一些神魔戲，如岳夫人做噩夢、道月和尚提醒岳飛，又如地藏王化身爲僧人點化秦檜、天庭追封岳飛

〔註23〕 本文使用明代《東窗記》的版本爲《古本戲曲叢刊初集》收錄的明代富春堂本，這也是此劇完整流傳的唯一版本，《古本戲曲叢刊初集》，文學古籍刊行社 1954 年 2 月。

父子爲雷公、閻王命小鬼勾走秦檜夫婦的魂魄、地獄審判秦檜夫婦等情節。這部劇本取材於史料的情節和虛構的情節篇幅相當，這樣的改寫可以稱爲「虛實參半」。其餘兩部描寫岳飛故事的「明改本」《精忠記》和《精忠旗》亦然。「明改本」《精忠旗》在元代南戲舊本《東窗事犯》、元雜劇《東窗事犯》、前人改本《東窗記》、《精忠記》和史料的基礎上，進行取材和改編。明人馮夢龍改編的《精忠旗》傳奇刊刻於崇禎間，遵循「以史爲鑒」的改編主旨。《精忠旗》取材於史料並且進行改編。劇本共 37 齣，採納史實進行改編的情節有 16 齣，完全虛構的情節有 10 齣。〔註24〕這部改本進一步描寫岳夫人、女兒銀瓶、岳雲張憲、施全等人的故事，突出其「忠義」形象；增加正直的「主戰派」大臣和善良的人們維護岳飛的事蹟；依據史料新增王貴等「主和派」人物及其惡行，塑造奸黨群像。這樣的改寫可謂「虛實參半」。

再如，宋元南戲「明改本」富春堂本《重校金印記》取材於史書《史記》和《戰國策》並加以改編和創造。全劇共 42 齣，取材於史料的劇情僅 8 齣，其餘皆爲虛構。史料注重描寫蘇秦及其家人的關係，作者以此爲基礎進行改編，描繪蘇秦發跡前後與親人關係的變化。改編者在史傳基礎上通過虛構情節描寫蘇秦之妻周氏對丈夫的眞摯情意。這樣的改寫可謂「三實七虛」。

明代後期，朝廷在政治上的忠奸鬥爭矛盾加劇，國家也處於內憂外患之中。在此期間，湧現了一批取材於史書中的忠臣英雄故事的明人改本，旨在歌頌英雄人物，批判姦邪小人。明人改編者在劇中貫穿「以史爲鑒」的意識，根據眞人眞事進行虛構和改編。宋元南戲「明改本」以歷史爲題材的劇本，敘事性普遍增強，注重情節的曲折化，具有神話和傳奇色彩。

劇作家改編南戲舊本爲「明改本」中的歷史題材劇作，一方面是爲了迎合接受者的需要。這些改本中的主角人物從貧寒到富貴的過程能吸引大眾注意，引起人們的共鳴，迎合普通百姓的價值寄託。這些明人改本中的呂蒙正、蘇秦、薛仁貴等人物的形象被塑造成理想的忠臣良將的化身，也是這些改本經久不衰的生命力之所在。另一方面，改編者也是爲了表達他們對史實的理解和接受。劇作家無論依照幾分史實，虛構幾分故事，都是爲了澆築士大夫胸中塊壘。從明中葉開始，文化權力的下移，促使「文人對以貴族文化爲典

〔註24〕雖然《精忠旗》劇中稱「折」，但「明改本」中的「齣」和「折」不分。根據此劇大多數齣目使用南曲套數，偶而使用南北合套和北曲套數的情況，此劇符合明傳奇體制的標準，各「折」應稱爲「齣」。

範的藝術傳統產生了一種強烈的逆反心理，希求掙脫傳統規範的束縛，因而表現出對傳奇情節新奇怪異的自覺審美追求。」〔註25〕如改編呂蒙正故事的《彩樓記》、改編劉知遠故事的《白兔記》、改編薛仁貴故事的《白袍記》，都以虛構曲折新奇的情節取勝。明代的接受者能從劇中主角呂蒙正、劉知遠、岳飛、薛仁貴、蘇秦等歷史人物的「悲歡離合」中看到作家和自己的影子，體現文人士大夫「被壓抑心靈的呼喚與吶喊。」〔註26〕

宋元南戲「明改本」這類劇作中史實和虛構的關係值得進一步思考。首先，這類「明改本」劇作的改寫體現了劇作家的史學意識。這些劇作大多不會純粹按史直錄，也不會為歷史而寫作。改編岳飛故事的《精忠記》、《精忠旗》如此，改編蘇秦故事的幾部《金印記》亦然。改編者雖然遵從史實，也會靈活吸收其他素材以虛構情節，讓改本的故事情節「虛實相間」。其次，這些文學化的「明改本」超越了歷史。「明改本」中的人物故事雖然不同程度地取材於歷史，但是經過改編者的加工和改造，其人物故事多能超越歷史真實。作為文學研究者，我們可以用文學的眼光去評價這些劇本，但不能把故事當成歷史去看待。歷史真實大多是殘酷無情的，而取材於此的「明改本」以其獨特的溫和細膩之感，滋潤了觀眾的心田。第三，「明改本」取材於歷史和虛構的限度在何處？黑格爾《美學》說「不應剝奪藝術家徘徊於虛構與真實之間的權利。」〔註27〕中國古典劇論要求自由創造，主張「劇戲之道，出之貴實，而用之貴虛。」〔註28〕主張「凡為小說及雜劇戲文，須是虛實相半，」〔註29〕這種對藝術虛構的充分肯定，既是「詩言志」、「詩緣情」的詩歌抒情傳統在新時代的變奏，也是對「實錄其事」的史傳敘事傳統的突破，更適應了風雲多變的時代要求。陸煒指出，這個虛構的限度問題，實質是觀眾問題，即藝術家的虛構能否為觀眾接受的問題。〔註30〕無論這些「明改本」的改編方式

〔註25〕 郭英德《傳奇戲曲的興起與文化權力的下移》，《中國社會科學》1997（2）。

〔註26〕 徐吉軍《岳飛研究的新突破》，《浙江社會科學》1991（6）。文章指出古人對岳飛的崇拜體現了「某些士大夫被壓抑心靈的呼喚與吶喊」。

〔註27〕 （德）黑格爾《美學》第1卷，朱光潛譯，人民文學出版社1958年12月1版1印，第344頁。

〔註28〕 （明）王驥德《曲律》，《中國古典戲曲論著集成》第四集，中國戲劇出版社1959年7月1版，1982年11月2印，第154頁。

〔註29〕 （明）謝肇淛《五雜俎》，《中國文學參考資料叢書》，中華書局上海編輯所1959年3月1版1印，第447頁。

〔註30〕 陸煒《虛構的限度》，《文藝理論研究》1999（6）。

幾虛幾實，多能秉承史傳的精神，在人物形象的塑造上取得「傳神」的藝術
效果。

三、以教化爲題材的劇作的改編意識

　　宋元南戲「明改本」的改編者多致力於教化題材的改編。如《琵琶記》、
《三元記》、《殺狗記》、《黃孝子尋親記》和《周羽教子尋親記》等。

　　改編者多把傳統的倫理道德觀念貫穿於劇本之中，多以和睦融洽的家庭
倫理關係作爲劇本的主旨。「南戲之祖」的《琵琶記》改編自《趙貞女蔡二郎》。
改編者把男主角蔡伯喈的形象由負心書生改爲全忠全孝的人物，把他拋棄家
庭另攀高枝的行爲處理爲迫不得已的行爲，把他的結局由馬踏雷劈改爲團圓
封贈。高明寫作此劇是爲了宣揚儒家傳統道德，糾正「惡化」的風俗、「調和
社會矛盾」。〔註31〕他在《琵琶記》的開場詞中批評一般的戲劇「少甚佳人才
子，也有神仙幽怪，瑣碎不堪觀。」「正是不關風化體，縱好也徒然。」〔註32〕
可見作者把戲曲作爲教化工具的改編意圖。

　　以《琵琶記》爲代表的這類明人改本，以事關「風化」作爲取材的宗旨，
反映了明代文人宣傳倫理教化的觀念。這種觀念鮮明地體現在明人的改編實
踐之中。如「四大南戲」之首的《荆釵記》汲古閣本，在第一齣就聲明這部
劇作是爲了讚揚「義夫」王十朋和「節婦」錢玉蓮而作，讚賞這對夫婦之間
的眞情、忠誠和信任。劇中女主角錢玉蓮不爲孫汝權的財富所誘惑，不顧家
人反對，堅持嫁給貧寒的王十朋；她婚後守節，誓死不改嫁，寧願投江自盡。
這些情節爲明代戲曲選集收錄於「議親」和「投江」折子戲之中，可見這些
表現女性守節的情節受到編選者的喜愛，明人重視「義夫節婦」的觀念可見
一斑。另外，她的「義」還有更深層的涵義。正如前輩章培恒所指出，《荆釵
記》「把『義夫』與『節婦』作爲對應的概念，意味著妻子的『節』需要丈夫
的『義』作爲報償，這已不是正統禮法所具有的內容。它不僅在某種程度上
維護了女性的權利，還隱隱滲透了市民社會中以利益的平等交換爲『義』的
潛意識。」〔註33〕「明改本」《荆釵記》進一步加強了「義」和「節」的精神。

〔註31〕章培恒、駱玉明《中國文學史》（下），復旦大學出版社 2005 年 8 月 1 版 1 印，
　　　　第 121 頁。
〔註32〕（明）《繡刻琵琶記定本》，明末毛晉汲古閣《六十種曲》第 1 冊，中華書局
　　　　1958 年 5 月 1 版，1982 年 8 月 2 印，第 1 頁。
〔註33〕章培恒、駱玉明《中國文學史》（下），第 126 頁。

又如，三部「明改本」《白兔記》把話本中潑辣大膽的李三娘改爲逆來順受、吃苦耐勞的形象，明人戲曲選集也多收錄描寫李三娘吃苦受罪的折子戲，如三娘挨磨汲水、磨房生子等，強調三娘的韌性，可見明人重視「賢妻」。明人把全本《三元記》改編爲《四德記》，戲曲選集多選收《四德記》中描寫馮商拾金不昧、納妾還妾的折子戲，突出馮商的品德高尚，可見明人重視「德」。明人戲曲選集收錄的「尋親記」折子戲，多收錄長輩教訓子女的「教子」情節，《荊釵記》折子戲也有義父教育玉蓮不可與陌生男子親近的《嚴訓》，可見明人重視「子孝」。明人戲曲選集《風月錦囊》改編「四大南戲」之末的《殺狗記》爲折子戲，可見明人提倡「兄友弟恭」、「妻賢夫禍少」〔註34〕的思想。這些劇本反映的教化思想，多以儒家思想爲基礎。

這些劇本的思想與明中葉以來流行的陽明心學有密切的聯繫。明代哲學家王陽明生活在明中葉。他對社會的黑暗現實感到痛心，強烈的社會責任感驅使他拯救世人：「僕誠賴天之靈，偶有見於良知之學，以爲必由此而後天下可得而治。是以每念斯民之陷溺，則爲之戚然痛心，忘其身之不肖，而思以此救之，亦不自知其量者；」〔註35〕他提出「良知說」以喚醒人們的良知，改變社會現狀：「良知者，孟子所謂『是非之心，人皆有之』者也。是非之心，不待慮而知，不待學而成，是故謂之良知。」〔註36〕王陽明的「良知」即是非善惡之心，孝悌惻隱之心，眞誠惻怛之心，忠君愛國之心。實際上是一種封建倫理道德觀念。它是先天賦予、不假外求、人人具備的主觀存在。「良知只是一個天理自然明覺處，只是一個眞誠惻怛，便是他本體。故致此良知之眞誠惻怛以事親便是孝，致此良知之眞誠惻怛以從兄便是弟，致此良知之眞誠惻怛以事君便是忠。只是一個良知，一個眞誠惻怛。」〔註37〕「致良知」是加強自身道德修養，自覺地履行這些道德規範。明代的部分改編者受到陽明心學的影響，有意借人物之口曝光「假醜惡」，借人物上下場詩評價是非曲折，達到「勸善」的目的，尤其突出主角的「良知」，教育人們明辨是非，加強自身修養。

〔註34〕 參見章培恒、駱玉明《中國文學史》（下），第128頁。

〔註35〕 （明）王陽明《傳習錄》，吳光等編校《王陽明全集》，上海古籍出版社1992年12月1版，1995年4月2印，第90頁。

〔註36〕 （明）王陽明《大學問》，《王陽明全集》，第100頁。

〔註37〕 （明）王陽明《傳習錄》，《王陽明全集》，第55頁。

　　明人重視仕途和功名的觀念也體現在這些改本之中。「明改本」《琵琶記》、《荊釵記》、《拜月亭》、《金印記》、《破窯記》、《三元記》和《南西廂記》等，無論是描寫愛情婚姻的波折還是塑造忠臣孝子的形象，多以書生通過科舉考試發跡的線索一以貫之。「明改本」的全本和折子戲，也多見描寫士子即將上京的「送別」，如《琵琶記》、《南西廂記》；寫士子在行路途中的「途歎」、「赴試」，如《金印記》、《琵琶記》；寫書生如何考中狀元的「考場」、「高中」，如《拜月亭》、《南西廂記》；寫書生高中以後的狀元「遊街」，如《琵琶記》、《破窯記》；寫新科狀元給家人傳遞消息的「報捷」，如《三元記》、《荊釵記》；寫狀元衣錦還鄉的「榮歸」，如《金印記》、《破窯記》，等等。這些改本體現了文人士大夫希望通過科舉一展政治抱負的「事功」思想。

四、宋元南戲「明改本」何以會通「前文本」

　　本文第一章曾論述「明改本」取材於什麼文學作品以及如何取材。那麼，宋元南戲「明改本」何以把前代文學作品融於一體？

　　首先，「明改本」為何會廣泛吸收小說、說唱、雜劇、戲文、雜技等藝術形式及其內容？「明改本」包羅萬象，善於融會貫通各種文體及其精髓，成為前代戲曲和文學的集大成者，對戲曲史的價值和意義何在？前輩學人多從戲曲藝術的「綜合性」來談這個問題。筆者認為，這是戲曲文體發展到一定程度時，其形式自覺地融合的必然結果，也是改編者價值立場和話語訴求的體現。宋元南戲「明改本」通過內容和形式上的變革，適應了明代觀眾的審美需求和表演市場的要求，完成了從宋元南戲到明傳奇的過渡。

　　其次，前人也尚未關注明人改本吸收了各體文學以後的功能和效果。筆者認為，明人改本吸收各體文學並且進行改編以後，多對劇本的藝術價值有益無害，提高了戲劇性、喜劇性和敘事性，提升了抒情手法和塑造人物的技能。它們吸收的前代雜劇、院本，令人發笑；吸收的說唱、雜伎和民歌令人耳目一新；吸收的詩詞、小說和史傳素材也令人易於接受。明人改本通過對各種文體形式的兼收並蓄，充實和擴展了自身的文體形式，提高了自身的表演性，使之具有高度的實用性，或舞臺演出，或清唱賞玩，兩者皆可。

　　明人改本對形式的變革也是使它「陌生化」的過程。「文學陌生化，是把生活中熟悉的變得陌生，把文化和思想中熟悉的變得陌生，把以前文學藝術中

出現過的人們熟悉的變得陌生。」〔註38〕因此，新的明人改本，是明人接受了前朝舊本以後，保留前朝舊本的主要內容，對其形式進行加工、改造以後的外在呈現。通過這個「陌生化」的過程，改編者使人們感受到舊本的形式煥然一新，成爲一種現象學的還原。這種現象學的還原又引起了接受者的期待視野。改編者通過改編劇本形式來表現新的內容。明人改本通過改編舊有的體制和結構，也有效地表現了劇本的內容。比如，從明初到明末，明人改本的體制經歷了由長到短、從全本到折子戲、從北曲到南曲的過程。以折子戲的變化爲例，明前中期只有《雍熙樂府》等三家曲選收錄「明改本」的套曲，至明後期尤其是萬曆年間，諸種戲曲選集紛紛收錄「明改本」的折子戲，盛況空前。在此期間，「明改本」折子戲很繁榮，文人編選的戲曲選集也多看重折子戲的曲辭而非情節，說明此時觀眾欣賞的重點是演員的唱做和曲詞本身，強調抒情性。〔註39〕雖然它們所抒之情是戲曲「劇中人」、「演員」和「角色行當」的情感，並非如唐詩宋詞等著重抒發作者自己的情感，但是也隱含了作者的褒貶之意，成爲他們表達主體精神的文學藝術樣式，也體現了明人審美意識和價值立場的演進。

　　文學作品的生產，不僅供作者自娛，也給讀者提供消費和娛樂。作爲戲曲史的一個發展階段，明人改本的產生也是如此。明人對前朝舊本的「陌生化」除了供作者自娛自樂，也要順應北曲衰落、南曲勃興的大環境。劇本需要改編，而且必須令人易於接受，方能讓藝人、戲班生存下去。明代的觀眾、讀者對「明改本」的接受，也是一種再創作。接受者通過接受活動與想像力對作品進行改造，這種改造是創造性的。在接受的過程中，他們喚醒了審美潛能，而且爲此增添了新的能量。明人改編劇本所取得的審美價值和舞臺效果，激發了讀者、觀眾的共鳴，讓他們在閱讀和欣賞改本的過程中對劇本進行再創造。明人改編者各有其獨特的理想和訴求。他們作爲言說的主體在「視界」上的交融，對改本的發展做出了貢獻。這些明改本體現了改編者、演述者與讀者、聽眾、觀眾之間的審美互動。其中，改編者和演述者是交流的「主體」。主體以各種方式言說故事，其「視界」通過諸文本的交流而融爲一體。〔註40〕

〔註38〕張首映《西方二十世紀文論史》，北京大學出版社 1999 年 11 月 1 版，2005年 8 月 7 印，第 133 頁。

〔註39〕參見章培恒、駱玉明《中國文學史》（上）論述南戲、傳奇和折子戲的抒情性功能，，復旦大學出版社 2005 年 8 月 1 版 1 印，第 12 頁。

〔註40〕從明代諸改本考察倫理文化，參見趙毅衡《禮教下延之後：中國文化批判諸問題》，上海文藝出版社 2001 年 1 月 1 版 1 印，第 22～44 頁。

　　明代折子戲的湧現，也爲「明改本」的傳播做出了重要貢獻。明代戲曲選集收錄了大量的明改本折子戲。然到了清中葉，經過時間的洗禮和市場、社會、觀眾的篩選以後，這些折子戲之中的一部分仍在舞臺上流行。其道理與馮夢龍改編湯顯祖《牡丹亭》爲《風流夢》的道理一致。馮夢龍改本《風流夢》出現以後，其中的一些精彩折子戲成爲清代的流行曲目，極大地推動了《牡丹亭》的傳播。「明改本」的折子戲也爲這些宋元南戲劇目持續而廣泛的流傳做出了重要貢獻。

　　陳師建森先生指出，戲曲的本質是遊戲和娛樂。明人根據宋元南戲改寫劇本，其直接原因便是明人對於遊戲和娛樂的渴望。在大多數的明人改本中，作者通過增補潤色、重塑、翻案等手法，完成對劇中人物形象的進一步塑造，也體現了作者對這些人物的接受。其中，劇作家通過音樂曲牌的增減、賓白科諢的改易，對人物心理的描寫更爲細膩，對人物性格的雕琢更爲仔細，豐富了人物的個性。那些明確指出爲舞臺演出而改編的明人改本自不待言，即使供明人清唱和案頭閱讀的改本，也能爲讀者呈現多彩、立體的人物畫卷。這些豐富多彩的人物群像，有賴於明中後期「人」的意識的發展。在明人的個性複雜化、多元化、自主意識廣泛提高的情況下，劇作家才可以對現實生活中的各種人物及其個性有所感悟，進行加工實踐，使之進入改編本之中，成爲劇中人的個性。同時，劇作家的個性和氣質也千差萬別，對同一部宋元南戲的接受和理解程度也因人而異，這些折射著人性審美意識的選擇體現在改本中，便形成了風格多樣的宋元南戲「明改本」。

第四節　改編視野

　　現存的宋元南戲「明改本」都經過明人的增補潤色，既有明人改編的痕跡，也帶有明代社會的烙印。

　　學者劉曉明指出，評價戲曲的高下有兩種尺度：文人的尺度和民間表演的尺度。兩者存在著差異，也存在共同點。其差異在於：「民間表演技藝強調觀眾，強調戲劇性，強調伎藝方法，強調具有變通功能的套路與可傳承性；文人強調格律，強調文采，強調道德整合。」〔註41〕吳處厚《青箱雜記》云「又今世樂藝，亦有兩種格調；若朝廟供應，則忌麓野嘲哢；至於村社歌舞，

〔註41〕劉曉明《雜劇形成史》，中華書局 2007 年 10 月第 1 版第 1 次印刷，第 34 頁。

則又喜焉，」〔註42〕民間表演伎藝是因為表演而存在的，沒有觀眾就沒有民間表演伎藝。能吸引觀眾的表演腳本，就是符合民間審美價值觀念的表演。其實，這種戲曲形式早在唐代已經出現，「雕蟲小技正可聞召，代博弈，不宜屢也」「悅耳目，移情靈，不可以御。」〔註43〕人們看戲，欣賞的就是戲曲的熱鬧和精彩之處。宋元南戲「明改本」體現了明人的兩種立場：民間的和文人的。

一、藝人的價值立場

黑格爾說過「存在的就是合理的」。宋元南戲「明改本」有其存在的理由，體現了藝人的價值立場。宋元南戲「明改本」具有「本色」自然的民間文化特色，反映了明代平民的審美觀。「本色」指明代戲曲真實地反映生活的本來面目，符合戲劇藝術自身發展的規律，在審美觀念上以真切、質樸、自然為標準，呈現出自然純真的風格特徵。臧晉叔道：「填詞者必須人習其方言，事肖其本色，境無旁溢，語無外假，此則關目緊湊之難。」〔註44〕藝人製造的科諢，根據演出的需要靈活安排，體現了演出中引人矚目的喜劇趣味，有的時候比之案頭文學更能博得掌聲與喝彩。

宋元南戲「明改本」採納民間故事模式增刪情節、塑造人物，以民間視角改寫故事。

首先，以民間視角改編的宋元南戲「明改本」，靈活吸取小說、說唱等民間文藝形式，將男女主角等人物市民化、世俗化，體現人物的七情六欲、喜怒哀樂，通過鬼神因果等情節的改編宣揚正義力量和俠義精神，增加插科打諢的「戲樂」成分。如「明改本」「黃西廂」將女主角鶯鶯改為妒婦。「明改本」還將紅娘改為浪蕩的婢女。如全本「陸西廂」、「徐西廂」對紅娘的描述，以及戲曲選集《玉谷新簧》、《醉怡情》、《怡春錦》所收「紅娘遞柬」折子戲，突出紅娘和張生、琴童等男性之間的關係。「明改本」《西廂》還對惠明「金剛怒目」式的俠義形象進行細緻的刻畫。可見「明改本」與其他文學之間的互動關係。

〔註42〕 （宋）吳處厚《青箱雜記》卷五，《宋元筆記小說大觀》，上海古籍出版社2001年12月第1版，第1658頁。

〔註43〕 （宋）歐陽修等《新唐書》第200卷、列傳第28《張玄素列傳》，中華書局1975年2月1版，1997年3月1印，第11205頁。

〔註44〕 （明）臧晉叔《〈元曲選〉序二》，王學奇主編《元曲選校注》第1冊上卷，河北教育出版社1994年6月1版1印，第11頁。

　　宋元南戲「明改本」體現了「野性」的藝人視野。其中「野性難馴」的
李三娘、劉知遠、蔣世隆、崔鶯鶯、紅娘、張生等人物，比維護禮教、宣揚
仁義道德的人物，更能製造出其不意的戲劇效果。如改編「白兔記」故事的
明富春堂本，在三娘產子的情節處，增加土地神仙來相助的細節，以此說明
咬臍郎命中注定要成為帝王，增加民俗色彩；在劇中，遵照民間故事的模式
而改編的情節，以類似的民俗化情節，讓平民觀眾易於接受；「前文本」津津
樂道的一些神異情節都被刪削，如「火光」和「蛇穿七竅」，讓戲曲雅化。有
的「明改本」「白兔記」還體現了宗教意識，如成化本和汲古閣本的末齣，敘
述哥嫂的下場，描繪主角念在血緣關係上放過哥哥，卻讓嫂嫂被燒死，體現
了因果輪迴思想。劇尾的「善惡到頭終有報，只爭來早與來遲。」〔註45〕亦
可作如是觀。

　　其次，宋元南戲「明改本」改編者善於吸收民間文學的素養。本文在此
結合丁乃通《中國民間故事類型索引》（簡稱「丁書」）分析「明改本」《白兔
記》新增的情節。第一，明代的三部「明改本」《白兔記》都寫劉知遠混跡神
廟之中，恰逢李家祭神，趁機偷吃供桌上的肥雞。這段情節成為折子戲「鬧
雞」並廣受歡迎，符合丁書「偷竊狗、馬、被單或戒指」的情節模式。第二，
汲古閣本《白兔記》第16齣《強逼》，敘述嫂子給三娘的水桶底部是尖的，
讓三娘挑水時無法歇息，符合丁書「仁慈少婦和魔鞭」模式。第三，三部改
本都有劉知遠發跡以後回鄉探望三娘，故意裝扮為窮人；在磨房相會時，劉
知遠要三娘開門，三娘經過幾番試探才放心地開門。劉知遠以之考驗三娘是
否真心和貞節，符合丁書「丈夫考驗貞節」模式。〔註46〕「明改本」新增的
這些情節雖然稍微誇張，但是很「有戲」，說明改編者善於吸收民間文學的營
養以弔住觀眾胃口。

　　第三，在民間視角的審視下，宋元南戲「明改本」多通過插科打諢、類
比結構等方式，增強喜劇性效果，增加戲曲的「有戲」之處，體現明代平民
的審美趣味。例如在搬演薛仁貴故事的改本《白袍記》裏丑角張士貴的插科
打諢和「針線兒」科諢，《琵琶記》中丑角的墜馬、婆子的打秋韆、里正和社

〔註45〕　（明）《繡刻白兔記定本》，明末毛晉汲古閣《六十種曲》第十一冊，中華書
　　　　　局1958年5月1版，1982年8月2印，第89～90頁。
〔註46〕　（美）丁乃通《中國民間故事類型索引》，華中師範大學出版社2008年4月
　　　　　第1版，「偷竊狗、馬、被單或戒指」模式見260頁，「仁慈少婦和魔鞭」模
　　　　　式見105頁，「丈夫考驗貞節」模式見187頁。

長的「自我揭短」，《拜月亭記》和《幽閨記》中嘍囉搶奪寶物，《白兔記》開端處史弘肇的妻子煮麵，《八義記》張維講說平話，南曲「西廂」和《幽閨記》中的「雙鬥醫」情節等，都適合搬演，也是戲曲中出彩的地方，讓臺下觀眾不至於覺得枯燥乏味。在題材內容上，民間改編者善於吸取各種文藝的養分，吸收民歌爲題材，如「明改本」《白兔記》成化本開場吸收民歌「囉哩嗹」，「明改本」《精忠記》吸收船歌，明世德堂本《幽閨記》、明刊《牧羊記》等南戲改本吸收回族民歌「回回曲」；吸收「藥名戲」、「說曲牌名」、「說馬」和雜耍等雜伎爲內容；吸收傀儡戲、打鼓、雜伎爲題材內容，體現了教坊藝人從宮廷來到民間的痕跡，加速了戲曲的傳播。

　　宋元南戲「明改本」民間改編者，多爲戲班藝人、書會才人等，他們知道要適應激烈的競爭才能生存。因此，他們重塑的人物形象，無論是君子還是賊首，無論是忠臣還是奸賊，無論是王公貴族還是平民百姓，都無一例外地被劇作家改編爲新的人物形象。這些人物的新形象又是大眾喜聞樂見和能引起觀眾的共鳴的。改編者從前代民間傳說中吸收新題材，吸收民間故事模式和民間傳說的內容，改編大結局處自然界或主角對壞人的最終懲罰，常見的懲罰形式有雷劈、見鬼、勾魂、自盡等，揭示壞人「不得善終」的主旨。如從落魄到富貴的呂蒙正、劉知遠、李三娘、周氏、蘇秦、蔡伯喈、趙五娘、薛仁貴、柳氏、張生、崔鶯鶯，以及一些友人、僧道、僕人、丫鬟、婆子、義士等人物，更貼近民間創作的實際，更能體現戲曲的活力與張力，更受到民間演出的歡迎。

　　宋元南戲「明改本」體現出明代文學的「狂歡化」。巴赫金曾提出「日常的思想觀念」這一術語，「它在某些方面較之定型了的、『正宗的』思想觀念更敏感、更富情感、更神經質和更活躍。」〔註47〕這反映了審美意識形態生成於日常生活的規律。影響作家思維的首先是「日常的思想觀念」，是作家親眼所見親身經歷的生活眞實。正如這些「日常的思想觀念」所強調的民間思想一樣，在「明改本」劇中人物身上，體現了不被傳統觀念認可的民間話語和形態。「明改本」在長期藝術積累過程中形成的演出腳本，注重對日常的、民間的、生動的活動進行研究，和文人的案頭化改本存在很大的差距，體現了民間的狂歡精神。「狂歡化，是一種特有的文學思維方式或世界觀。……它

〔註47〕（俄）巴赫金、沃洛希諾夫《弗洛伊德主義批判》，張傑、樊錦鑫譯，中國文聯出版公司1987年9月1版1印，第107頁。

深深地植根於民間詼諧文化的沃土中，具有深刻的哲學認識論和人類文化學的基礎。」「它是藝術地把握生活的強大手段。它不是一個封閉的自足體，而是一種生機勃勃、具有無限創造力的開放體系。」〔註48〕民間改編者的言說，是對官方的顛覆與瓦解，將一切高貴的、理想的東西降低，成為民間文化的靈魂和核心。他們主張平等對話，無論是官方的思想意識，還是民間的思想意識，都能平等共存，並相互影響交流。「插科打諢——這是狂歡式的世界感受中的又一個特殊範疇，它同親昵接觸這一範疇是有機地聯繫著的。怪僻的範疇，使人的本質在潛在方面，得以通過具體感性的形式揭示並表現出來。」〔註49〕體現在改本中的粗鄙、野性，都屬於「狂歡式」的範疇。

二、文人的審美品位

宋元南戲「明改本」體現了文人士大夫的價值立場和審美趣味。

學界對南戲與傳奇歷史斷限的問題眾說紛紜，其中一種觀點認為「南戲是民間藝術而傳奇是文人之作，文人染指的《琵琶記》、《荊釵記》、《白兔記》、《拜月亭》和《殺狗記》等五部劇作是南戲轉型質變為傳奇的分界點。」〔註50〕筆者贊同此說，亦認為文人參與改編宋元南戲，對於南戲轉變為傳奇的歷史進程有重要意義。從成化年間開始，越來越多的文人涉足劇壇。明初至明中葉文人喜好的戲曲種類，既有北曲，也有南曲。明中後期，南曲越來越受到人們的歡迎，「文人審美趣味潮湧般地注入戲文的肌體，促使戲文開始了徹底文人化的過程，傳奇便應運而生了。」〔註51〕

以文人視角改編的「明改本」，多崇尚高雅趣味，強調傳統的倫理觀念，重視詞采的格律、工整和華麗，多刪除色情暴力的內容，減少過於粗俗的插科打諢。

以宋元南戲「明改本」改編與劇中主角關係親厚的僕人、義士形象為例。「明改本」中的這類僕人形象，在劇中的功能就是代替主人做一些難以做到

〔註48〕 夏忠憲《〈紅樓夢〉與狂歡化、民間詼諧文化》，《紅樓夢學刊》1999 年第 3
　　　　期。

〔註49〕 （俄）巴赫金《陀思妥耶夫斯基詩學問題》，錢中文主編《巴赫金全集》第 5
　　　　卷，白春仁、顧亞鈴譯，河北教育出版社 1998 年 6 月 1 版 1 印，第 162 頁。

〔註50〕 傅璇琮、蔣寅總主編《中國古代文學通論》之郭英德主編《明代卷》，遼寧人
　　　　民出版社 2005 年 5 月 1 版 1 印，第 109 頁，編者在注釋中指出張敬、徐朔方
　　　　和朱承樸、曾慶全的著作均持這個觀點。

〔註51〕 郭英德《明清傳奇史》，江蘇古籍出版社 1999 年 8 月 1 版 1 印，第 40 頁。

的事。「明改本」多在原著的基礎上，突出這些僕人對主人的「忠義」，增加和改編「僕人代主」情節，即這些僕人在關鍵時刻能犧牲自我，保護主人。又如明代「拜月亭」故事取材於話本小說加以改編，刪去世隆形象中無賴、流氓、色情的成分，改編為君子形象，產生了較好的效果。還有一些明代改寫「西廂」故事的劇本，把主角的行為從不合禮法改為符合禮法，宣揚儒家的「忠義節情」，如黃粹吾《續西廂升仙記》和《拯西廂》，通過改寫紅娘形象為升仙得道者、禮法維護者，讓原本活潑伶俐的紅娘變為唯唯諾諾的人物，有助於劇情的發展。明代後期毛晉輯刻的汲古閣《六十種曲》收錄的宋元南戲「明改本」，如《八義記》、《精忠記》、《白兔記》、《琵琶記》、《三元記》等，格律多按傳奇、崑曲體制編排，曲文多優美、有文采，其故事情節的增刪，也多關注士大夫的倫理道德和社會綱常，善於從詩詞文賦中吸收新題材。如採用唐詩作為內容，轉換敘事視角以描寫人物。如「明改本」汲古閣本《琵琶記》多增加人物的詩詞，劇中無論是秀才書生、大家閨秀，還是院子媒人、平民百姓，都能隨口吟誦詩詞，以詞居多。其中的《杏園春宴》把原本為蔡伯喈等人所唱的曲文改為下人念誦的下場詩，以旁觀者視角描繪狀元郎的春風得意。也寫出了狀元郎的謙虛，比陸抄本《琵琶記》中寫蔡伯喈自賣自誇的處理要好得多。這些改本還吸收宋詞作為題材，體現劇作家所在地，也為提示劇情服務；改編者還吸取詩詞對劇情進行「干預」，通過表演者對劇情或者劇中人物的當下評論，「干預」、控制劇場演出的進程，引導觀眾的審美取向。

其他改本也多重點塑造男主角及其友朋的文人士大夫形象。如宋元南戲「明改本」《錦西廂》把張生形象從文弱書生改造為文武雙全的形象。又如改編岳飛故事的《精忠旗》和《精忠記》把岳飛的形象從武將增補潤色為熟讀兵書和春秋史傳的「文武全才」之人。又如「明改本」《白兔記》全本戲改編最多的是李三娘和劉知遠夫妻的對手戲、描述三娘受苦的戲，如「遊賞」、「分別」、「挨磨」、「汲水」等。明代戲曲選集中的折子戲也多選收這些齣目，並且進行改編，廣受歡迎。改編者聚焦於這些戲份，突出塑造李三娘是集傳統美德於一身的「賢妻」，讚賞李三娘的「美」和「德」。因為這些「賢妻」的美德，與士大夫理想化的傳統女性形象吻合。明代《白兔記》富春堂本的人物措辭和曲辭，也比明代早期的成化本《白兔記》優美得多。如劉知遠在史書、「說唱」和「小說」裏原為只懂得耍槍弄棍的武夫，明末的汲古閣本《白

兔記》增入劉知遠吟詩賞酒的情節，令其形象雅化。如這部劇本的第 8 齣《遊春》充滿文人氣息，此齣多被明代折子戲選集收錄。其中第 29 齣、第 32 齣和第 33 齣的「唱四季」曲文也和遊賞情節相關。還有，富春堂本第 22 折詳細描繪劉知遠如何運用兵法來佈陣，以示劉知遠深得戰術要領。「明改本」劉知遠形象從莽漢變為文武兼備之人，可見改編者對劇本進行的文人化處理。

　　文人對宋元南戲「明改本」的改編有利也有弊。大多數的文人劇作家，希望通過戲曲改編本指導伶人的演出，淨化演出中的不良現象，也使戲曲人物遵從儒家的道德觀念，符合上層社會雅文化的審美標準。然而，這些案頭化的改編之作，多不為明代和後世的其它通俗文學形式收錄，說明它們的改編不是很受歡迎。如謝天祐「明改本」富春堂本《白兔記》的大結局，敘述三娘不計較哥嫂的虐待，反為哥嫂求情，以體現三娘的寬容大量。在這裡，謝天祐以文人視野對三娘形象進行「拔高」，脫離了現實軌道，容易產生反效果。又如改編「西廂」故事的眾多宋元南戲「明改本」，雖然改編的花樣甚多，然多數不見民間折子戲、曲藝作品收錄，唯有最得原著精髓的「李西廂」流傳最廣泛。又如徐元改編「趙氏孤兒」為《八義記》，但明代戲曲選集較少收錄《八義記》的折子戲。又如馮夢龍改編的《精忠旗》，雖然關目情節、人物形象的改易都比「前文本」《精忠記》、《東窗記》更貼近史實，但明代戲曲選集的編選者對這部劇作的反響並不熱烈。但是馮夢龍對岳飛故事的改編作出的貢獻仍值得肯定，因為清代的文人作者在此基礎上進一步改編岳飛故事，取長補短，寫出了《牛頭山》等經典劇目，並在「花部」中廣為流傳。

　　由於文人改作宋元南戲「明改本」的初衷不盡相同，便產生了不同的故事形態。有的文人改編者喜歡增加民俗化的故事情節和野性的科諢，如李日華、徐奮鵬等人認為有葷段子的劇本才是好劇本。「明改本」李日華《南西廂記》寫紅娘迫使張生叫她為「娘」的情節流傳甚廣。褒者「今麗曲之最勝者，以王實甫《西廂》壓卷，日華翻之為南，時論頗弗取，不知其翻變之巧，頓能洗盡北習，調協自然，筆墨中之爐冶，非人官所易及也。」〔註52〕貶者「千金狐腋，剪作鴻毛，一片精金，點成頑鐵。」〔註53〕也有的文人部分肯定其成就「功之首而罪之魁矣」「所謂功之首者，非得此人，則俗優競演，雅調無

〔註52〕　（明）張琦《衡曲麈譚》作家偶評，《中國古典戲曲論著集成》第四集，中國
　　　　戲劇出版社 1959 年 7 月 1 版，1982 年 11 月 2 印，第 269 頁。
〔註53〕　（清）李漁《閒情偶寄》詞曲部音律第三，《中國古典戲劇論著集成》第七集，
　　　　中國戲劇出版社 1959 年 12 月 1 版，1982 年 11 月 2 印，第 34 頁。

聞，作者苦心，雖傳實沒。」〔註54〕承認它對「西廂」的傳播和演出功不可沒。改編者陸采與其兄陸煥和陸粲交遊。陸粲是明中葉較早蓄養家樂班子的縉紳之一。陸采曾在家中教習伶人演出傳奇《明珠記》，陸采寫作《南西廂記》的主要動機也是爲了指導演出。李、陸以表演的視角對待作品，自覺地把文本與演出掛鉤。雖然他們的改本多受批評，但它們對文學的發展作出的貢獻也值得肯定。

　　宋元南戲「明改本」體現了作者的改編實踐和改編理論的矛盾。改編者的另一層身份往往與劇作家的身份矛盾。他們既改編、創作、評點、刊刻戲曲，又寫作詩文、校點《四書》《五經》，甚至以經學家的身份傳道授業解惑，當這幾重身份在同一位文人身上共存時，矛盾便集中到一起了。如馮夢龍、陸貽典、陸采、徐奮鵬、李贄、屠隆、王世貞等人，既是劇作家、批評者，又是思想領袖、學者、經學家、藏書家、文學家。他們對宋元南戲的高度熱忱，對於晚明糾正部分戲曲作品脫離舞臺的傾向，對於促進戲曲舞臺的繁榮，起了極大的促進作用。

　　宋元南戲「明改本」不僅是「案頭之本」，也逐步在民間改編者和文人改編者的加工創造之下變爲「場上之本」。這種現象和明後期的「沈湯之爭」有關。「沈湯之爭」源於評價湯顯祖的《牡丹亭》。吳江派的臧晉叔等人對《牡丹亭》等劇進行刪改，引起了臨川派的不滿。以沈璟爲核心的吳江派和以湯顯祖爲核心的臨川派之間，對於戲曲的藝術特性和作曲規矩持不同的看法。以沈璟爲代表的吳江派認爲音律和語言俚俗是衡量明傳奇的準繩，重視「畫工」（即人工）和場上演出的實用性。以湯顯祖爲代表的臨川派注重明傳奇的詞采和意趣。沈璟等人強調戲曲的音律和「本色語」，受其影響的部分作家仿傚或照搬村言俚語，以爲這樣就能模仿元雜劇。明人李調元曾批評當時的一些劇作家既講究音律，又以俚俗爲本色，令雅俗界限不清晰。宋元南戲「明改本」的改編者多與湯顯祖或者沈璟有交集，其戲曲觀念互相影響，也受到「沈湯之爭」的影響，體現爲戲曲創作和戲曲理論之間的矛盾。

　　以馮夢龍的思想和實踐爲例。馮夢龍出生於明萬曆二年（1574年），卒於清順治三年（1646年），他的思想深受哲學家李贄和王陽明的影響。馮夢龍在其《情史》、《太平廣記鈔》等著作中大量引述了李贄的言論，且多作肯定評價。李贄認爲文學作品應是作家眞情實感的表露，其《童心說》推崇《西廂

〔註54〕　（清）李漁《閒情偶寄》詞曲部音律第三，第33～34頁。

記》爲「天下之至文」。馮夢龍也認爲文學是作家性情的表露：「文之善達性情者無如詩，三百篇之可以興人者，唯其發於中情，自然而然故也。」〔註55〕馮夢龍所說的「性情」主要是指情感，他的作品和評點中也常用「中情」、「至情」、「眞情」等詞語。馮夢龍還受到王陽明及其儒家「心學」的影響，提倡以戲曲小說醒世救人，他把李贄和王陽明的思想結合起來，又受到湯顯祖「至情」思想的影響，大力提倡「情」，乃至提議建立「情教」。馮夢龍根據《東窗記》、《精忠記》和史書等前文本改寫的《精忠旗》也突出親人之間的情，和親情的「眞」，如岳飛上戰場前和妻女的離別之情，岳雲探母、岳雲遵父命嚴格要求自己、赴監獄探父、銀瓶爲父親繡戰袍、岳老夫人託孤等事，以表岳家人之間濃濃的親情。

　　古人多有標榜小說作品爲「補史」「證史」的文學傳統。這是由於古代小說作者多遵循自從司馬遷《史記》以來的「史述」文學傳統。以歷史爲題材的戲曲作品也是如此。馮夢龍明確指出他以尊重史實的態度改編《精忠旗》。據董康《曲海總目提要》記載，《精忠旗》「演岳飛事。杭州李梅實草創，蘇州馮夢龍改定。夢龍雲：『舊有《精忠記》，俚而失實，識者恨之。從正史本傳，參以《湯陰廟記》事實，編成新劇，名曰《精忠旗》。精忠旗者，高宗所賜也。涅背誓師，岳侯慷慨大節所在。他如張憲之殉主，岳雲、銀瓶之殉父，蘄王諸君之殉友，施全、隗順之殉義，生死或殊，其激於精忠則一耳。編中長舌私情，及森羅殿勘問事，微有妝點。然夫婦同席，及東窗事發等事，史傳與別紀俱有可據，非杜撰不根者比。方之舊本，不徑庭乎！』」〔註56〕馮夢龍又根據史實進行藝術化的加工，增添次要人物及其戲份，如增加岳銀瓶自盡、獄卒隗順偷埋岳飛遺體、岳飛和妻女之間的互動、何立遇見閻王審秦檜等故事，豐富了劇本的內容，充實了次要人物的性格，讓次要人物的戲也很出彩。這部改本在總體上增強了史實色彩，豐富了人物性格，減弱了迷信色彩，藝術效果較好。馮夢龍若能更爲靈活地吸收前代改本和民間傳說中「瘋僧戲秦」的情節，全劇情節將更曲折，舞臺效果將更精彩。

〔註55〕（明）馮夢龍《太霞新奏》序，轉引自高洪鈞《馮夢龍集箋注》，天津古籍出版社 2006 年 5 月 1 版 1 印，第 177 頁。

〔註56〕董康《曲海總目提要》（上）卷九，載俞爲民、孫蓉蓉《歷代曲話彙編》清代編，黃山書社 2009 年 4 月 1 版 1 印，第 341 頁。

但是，馮夢龍的思想也存在矛盾。正如恩格斯評價歌德時所說，文學家的思想具有多重性：「歌德有的時候是非常偉大的，有時是渺小的；他有時候是反抗的、嘲笑的、蔑視世界的天才，有時候是謹小慎微的、事事知足的、胸襟狹隘的小市民。」〔註57〕馮夢龍亦然。他一方面嘲笑孔子，貶斥六經；另一方面卻兢兢業業治經，著有《麟經指月》、《春秋衡庫》等經學著作，稱讚孔聖人「刪述六經、表章五教，上接文武周公之脈，下開百千萬世之緒，此乃帝王以後第一代講學之祖。」〔註58〕他一方面肯定卓文君的私奔，另一方面卻在《壽寧待志》中為節婦立傳。

這種自相矛盾的現象也體現在馮夢龍的戲曲改編理論和改編實踐之中。馮夢龍熱衷於經學和改寫戲曲的矛盾之原因，一是馮夢龍很有才華，興趣廣泛，對經史子集皆有涉獵，既研究經學，也整理「三言」等小說，搜集《桂枝兒》等民歌，又改編《牡丹亭》等劇本。這些事情有機地統一在馮夢龍的身上。二是文人風氣使然，當時的文人大多也具有廣泛的興趣，一邊尊崇儒家思想，一邊編寫具有民間風情的劇本。這種現象是中晚明「禮崩樂壞」的文化生態環境造成的。「禮失而求諸野」，文人在仕途上的失落和對朝廷的失望，使之把滿腔熱情轉嫁於文學尤其是「明改本」的改編、創作和傳播上，推動了「明改本」的繁榮。

三、「雅」和「俗」的交融與衝突

民間和文人的趣味可以共存於同一個宋元南戲「明改本」劇本。文人改編的「明改本」也吸收小說、說唱、民歌、雜伎等文學素材為用。明代文人改編的劇本在向平民百姓灌輸綱常倫理的同時，往往也接受並表達了一些平民的習俗和感情，關注著他們的生活和命運。藝人改編本在展示平民生活和世俗情調的同時，也向文人傳奇改本看齊，表現出對綱常倫理內在的認同感和自覺的實踐精神，並且不斷得到充實。士大夫文化和平民文化循環滲透，互有關係。

例如，「明改本」中的文人改編者，對待插科打諢的態度和藝人存在共同之處。他們認為「插科打諢，須作得極巧，又下得恰好；如善說笑話者，不動

〔註57〕 （德）恩格斯《詩歌和散文中的德國社會主義》，許覺民、張大明《中國現代文論》下卷，安徽教育出版社 2010 年 9 月 1 版 1 印，第 842 頁。

〔註58〕 （明）馮夢龍《皇明大儒王陽明先生出身靖亂錄》，收錄於魏同賢主編《馮夢龍全集》三教偶拈，上海古籍出版社 1993 年 6 月 1 版 1 印，第 1 頁。

聲色而令人絕倒，方妙。大略曲冷不鬧場處，得淨、丑間插一科，可博人哄堂，亦是劇戲眼目。若略涉安排勉強，使人肌上生粟，不如安靜過去。」〔註59〕因此，「明改本」改編者大多並未把原著中的科諢完全刪去，而是進行適度的保留和改編，靈活地運用這種必不可少、往往「令人絕倒」的表演形式。

又如，明人馮夢龍《精忠旗》「依照史實來改編故事」，改寫岳飛故事，符合文人士大夫的「雅」趣。戲曲一旦成為文學作品，經過劇作家之手，便會出現虛實相生的情況。純粹以歷史為題材的劇作只會讓讀者和觀眾感到枯燥無味，不受歡迎。「明改本」作者多不會純粹按史直錄，講述岳飛故事的《精忠記》、《精忠旗》如此，講述薛仁貴故事的《白袍記》、《金貂記》，講述蘇秦故事的《金印記》亦然。可見即使文人士大夫強調戲曲改編遵從史實，但也靈活吸收民間傳說以虛構情節，做到「虛實相間」。

宋元南戲「明改本」是明代文學的重要組成部分，體現了文人立場和民間趣味的矛盾和聯繫。依照常理，改編者自身的審美趣味往往滲透在劇本中。然而在具體操作時，明代文人在序跋中體現的思想，往往和他們的寫作實踐存在較大差異，理論與實踐相悖的例子比比皆是。他們在序跋中批評藝人演出的弊病，同時也在劇本中時詳細描繪人物之間的曖昧關係，或增加大量滑稽可笑甚至頗為俚俗的科諢。比如，文人認可了紅娘作為挑逗者、猥褻者和逾越者的形象，認可了民間趣味，使作品具有鮮明的民俗文化色彩。以文人視野改編的明改本，即使辭藻華麗，但若是不符合實際演出需要，也只能被束之高閣。正如文學作品需要改編才能成為影視作品一樣，明代戲曲要想獲得觀眾的認可、獲得理想的舞臺效果，也需要經過改編。藝人改編劇本以後，通過跌宕起伏、戲劇性衝突強烈的劇情，和聽覺上、視覺上能予人造成強烈衝擊的音響和舞臺效果，能使演員與觀眾在舞臺表演藝術的審美體驗中獲得深深的共鳴。同時，藝人要在激烈的市場競爭中生存，必須考慮觀眾的口味，根據演出經驗和預期演出效果改編劇本，根據實際情況隨機增加「包袱」和「逗哏」。經過藝人改編後的宋元南戲「明改本」與文人視角下的改本存在差異。為此，即使一些「明改本」科諢俚俗，屢受文人詬病，舞臺上仍然照演不誤，而且影響了清代的戲曲。由這種有趣的現象，可見藝人有的時後並不完全遵循文人的指點，而是「評者自評，而演者自演耳。」

〔註59〕　王驥德《曲律》，陳多、葉長海注釋，湖南人民出版社 1983 年 9 月 1 版 1 印，第 165 頁。

結　語

　　宋元南戲「明改本」具有獨特的價值和意義。

　　宋元南戲原本主要在宋元時期的民間流行於世，產生於民間的「溫州雜劇」、「村坊小曲」，與主流的北曲元雜劇並存。元末明初，宋元南戲的體制、形式和內容經過長期的發展和文人的改編，逐漸成長爲一種引人注目的戲曲形態。它也曾被壓制、被冷藏。然而，經過一段時期的沈寂，它重獲新生，完成了以南曲取代北曲、從南戲蛻變爲傳奇的轉折。余秋雨《戲劇理論史稿》指出：「特別是原來作爲弱者的南戲，更是努力從雜劇中吸取養分，滋補自己，並進而發展自己原有的特色，由此獲得強健。這中間有一批南方文人起了很好的媒介作用。」「（文人）常常不存門戶之見，南腔北調，熔於一爐，南戲更日臻豐滿成熟。」「於是南戲終於以一種引人注目的面貌出現於元末劇壇。它吸取了雜劇的許多長處，又有不少比雜劇更爲進步、更有容量的特點，使它具備了足以取代雜劇地位的內在條件。」〔註1〕

　　宋元南戲「明改本」便誕生在這樣的戲曲環境之中。「明改本」的完整本多在明代刊印，經過明人的增潤或者改編。孫崇濤在對宋元南戲嚮明傳奇發展的過程進行詳細梳理之後，認爲：「這些戲曲作品均出現於眞實嚴格意義的『明傳奇』正式形成之前，……並非宋元戲文的舊傳衣鉢，它們或是根據宋元戲文舊本改訂，或依宋元戲文題材重創，或取長期流行民間的戲曲改編，或按戲文舊體制改納新題材。」〔註2〕宋元南戲「明改本」是文人傳奇規範體制建立之前的形態，南戲文人化的過程，就是一個不斷改編的歷史，現存宋

〔註1〕余秋雨《戲劇理論史稿》，上海文藝出版社1983年5月1版1印，第62頁。
〔註2〕孫崇濤《明人改本戲文通論》，《文學遺產》1998（5）。

元南戲明刊本的書名全題大多有「新編」、「新刊」、「重訂」等字樣，劇本體制、關目、排場等方面都比較嚴整，與元刊本蕪雜散漫的面貌不一樣。正是從明代文人改編南戲戲文的舊作中，傳奇體制得以蛻變確立。〔註3〕因此，「明改本」是連繫宋元南戲與明傳奇的藝術紐帶。

改編是戲曲發展史上的一種特殊而有趣的現象。然而，學界在評價戲曲改編本的改編效果時曾有不同的看法。20 世紀以來，當學者們意識到我們目前看到的宋元南戲和元雜劇都經過了明人的修改編撰以後，便產生「以古爲尚」的觀念，這激勵著一代代學者在重要的戲曲文獻的搜集上取得成果，但是也導致一些研究者產生「以非古爲賤」的觀念，〔註4〕宋元南戲「明改本」便曾經遭受這樣不公正的對待。徐朔方就這種現象指出：「有一種論調，彷彿一經文人改編或加工，戲文的思想性和藝術性必然下降，不宜於舞臺演出，這是一種偏見。」其實，按照正常的邏輯，「編劇藝人也是文人，只是由於他們社會地位低微，他們編劇主要爲演出服務，而不在於表達自己的思想感情，如同一般作家之於他們的作品。然而真正不表達作者思想感情的作品是沒有的，編劇藝人同一般文人之間並不存在絕對的區別。」〔註5〕因此，本文在衡量「明改本」的改編水平時，無論改編者的視野是民間的還是文人的，無論劇本創作時代的先後，都能根據具體情況進行分析評價。

改編作爲一種創作方式，不斷豐富戲曲的內涵，完善戲曲的藝術形式。改編作爲一種批評方式，又反映了作者的思想意圖、價值立場和話語訴求，與社會環境、文化氛圍和倫理思潮息息相關。本文從文化生態學的視角考察改本，將宋元南戲「明改本」置於明代文化生態環境、戲曲生產和消費的鏈條之中，考察作家意圖、舞臺表演與觀眾的關係，考察改本的「相關性」，呈現改本在內容和形式上的演變，總結其演變規律，揭示明人的審美趣味和價值立場。第一章論述「明改本」的取材，指出其中大部分劇目是在宋元戲文舊本的基礎上，吸收院本雜劇、小說說唱、民歌雜伎、詩詞文賦等其他文藝

〔註 3〕 本句論述參見郭英德《明清文人傳奇研究》，北京師範大學出版社 1992 年 5
月 1 版 1 印，第 4～8 頁。

〔註 4〕 本句參見李修生、康保成、黃仕忠等《中國古代戲劇研究論辯》，百花洲文藝
出版社 2007 年 4 月 1 版 1 印，第 114 頁。

〔註 5〕 徐朔方《從早期傳本論證南戲的創作和成書》，原刊於《社會科學戰線》1988
（2），見《徐朔方集》第 1 卷，浙江古籍出版社 1993 年 12 月 1 版 1 印，第
215～216 頁。

作品而成。第二、三章論述「明改本」故事情節的改編、對人物的增補潤色和重塑。第四章論述「明改本」對史籍的改編、改寫。第五章論述「明改本」在音樂上的改編，指出其體制從舊曲變爲新曲的過程。第六章論述這些改本對表演形態的改編，以及如何在劇場交流語境中「存在」。第七章分期研究「明改本」折子戲的改編情況和規律。第八章探究「明改本」在文化生態環境中「何以如此改」。

本文得出如下結論：

宋元南戲「明改本」廣泛吸收了前代文學作品的精華，擴大了題材內容，融匯了各種新形式，爲明清傳奇的創作提供了豐富經驗。「明改本」善於採納民間傳說、小說說唱等文學題材，新增民歌雜伎等民間文藝題材和形式。「明改本」以歷史爲題材的劇作，改編方式主要有「一實九虛」、「虛實參半」和「七虛三實」。

宋元南戲「明改本」多保留舊本的情節和人物形象並進行改易。「明改本」的情節多比原著曲折，部分改本增添了具有神話色彩和傳奇性質的情節。改編者多尊重原著對主角人物形象的塑造，崇尚自然樸素的「眞性情」和「忠信孝義」的美德，追求「雅」趣和「理」趣，建構「情景交融」的審美境界；通過增添刪削次要情節和人物戲份，削弱低俗趣味，體現積極樂觀的精神。

宋元南戲「明改本」根據音樂形式的需要，增刪南北合套。「明改本」增加重複疊唱、增減曲牌和曲子、拆分合併曲子和文辭，重塑潤色人物性格。改編者還以集曲表現人物心理和劇情環境，體現「以曲爲文」的趣味。

宋元南戲「明改本」善於吸取「前文本」小說、說唱、雜劇、南戲的表演形式進行改編，注重劇場主體的交流互動，通過增添情節、賓白、舞臺提示和插科打諢，引導觀眾的審美取向，使之與戲曲「演述者」一起「戲樂」。

宋元南戲「明改本」通過書坊刊刻和劇場演劇推動其傳播。明代戲曲選集中的折子戲改編方式多樣，多改變具有喜劇性和戲劇性較強的情節，顯示了人們從重視「曲」到重視「劇」的發展歷程。

宋元南戲「明改本」採取民間的和文人的視角進行改編。以民間視角改編的改本，靈活吸取民間文藝形式，宣揚行俠仗義的精神，善於吸引觀眾的注意力。以文人視角改編的改本，崇尚高雅趣味，辭采華麗，強調教化，按照「子孝妻賢」、「重情義」和「事功」的理想重塑人物形象。文人還希望通過改編實踐來指導戲曲舞臺實際。

　　宋元南戲「明改本」還影響了清代的戲曲。「明改本」的題材、情節、人物、表演體制、音樂形式等，為清代傳奇、雜劇、折子戲和「花部」、「雅部」等戲曲吸收。人們把「明改本」改編為「清改本」，即可供案頭清唱、閱讀，又可以在清近的戲曲舞臺上演出。「明改本」的主要情節、主角人物和一些精彩片段，通過一代又一代人的改編，薪火相傳，生生不息。

參考文獻

一、原典、古籍、點校本（以版本時間爲序）

1. （明）徐奮鵬《詞壇清玩槃薖碩人增改定本西廂記》，明萬曆刻本。

2. 編委會《古本戲曲叢刊初集》，文學古籍刊行社，1954 年 2 月 1 版 1 印。

3. 《新編五代史平話》，古典文學出版社，1954 年 10 月 1 版 1 印。

4. （明）張祿《詞林摘豔》影印明嘉靖刊本，文學古籍刊行社，1955 年 10 月北京 1 版，1955 年 12 月上海 1 印。

5. （明）《彩樓記》，黃裳校注，上海古典文學出版社，1956 年 11 月第 1 版，1957 年 11 月第 2 印。

6. 編委會《古本戲曲叢刊三集》，文學古籍刊行社，1957 年 2 月 1 版 1 印。

7. （元）無名氏《薛仁貴征遼事略》，趙萬里編，古典文學出版社，1957 年 12 月 1 版 1 印。

8. （明）毛晉《六十種曲》，中華書局，1958 年 5 月 1 版，1982 年 8 月 1 印。

9. （明）沈泰《盛明雜劇》，中國戲劇出版社，1958 年 6 月 1 版 1 印。

10. （明）謝肇淛《五雜俎》，《中國文學參考資料叢書》，中華書局上海編輯所，1959 年 3 月 1 版 1 印。

11. 中國戲曲研究院《中國古典戲曲論著集成》，中國戲劇出版社，1959 年 7 月 1 版，1982 年 11 月 2 印。

12. （金）凌景埏《董解元西廂記》，人民文學出版社，1962 年 1 月 1 版，1980 年 1 月 3 印。

13. 周企何、李文傑整理《川劇喜劇集》，中國戲劇出版社，1962 年 1 月 1 版 1 印。

14. （明）《明成化說唱詞話叢刊》，上海博物館匯輯，文物出版社影印，1973 年初版，1979 年 6 月 1 版 1 印。

15. （清）張廷玉等《明史》，中華書局，1974 年 4 月 1 版 1 印。

16. （宋）歐陽修等《新五代史》，中華書局，1974 年 12 月 1 版 1 印。

17. （宋）歐陽修、宋祁等《新唐書》，中華書局，1975 年 2 月 1 版，1997 年 3 月 1 印。

18. （後晉）劉昫等《舊唐書》，中華書局，1975 年 5 月 1 版，1997 年 3 月 1 印。

19. 錢南揚《永樂大典戲文三種校注》，中華書局 1979 年 10 月 1 版，2009 年 11 月 2 版，2009 年 11 月 2 印。

20. 錢南揚《元本琵琶記校注》，上海古籍出版社，1980 年 12 月 1 版 1 印。

21. （明）王驥德《曲律》，陳多、葉長海注釋，湖南人民出版社，1983 年 9 月 1 版 1 印。

22. 王秋桂《善本戲曲叢刊》一至四輯，臺灣學生書局，1984 年 8 月至 1987 年 11 月 1 版 1 印。

23. （元）脫脫等《宋史》，中華書局，1985 年 6 月 1 版，1997 年 6 月 1 印。

24. 編委會《古本戲曲叢刊五集》，上海古籍出版社，1986 年 5 月 1 版 1 印。

25. 傅惜華《〈西廂記〉說唱集》，上海古籍出版社，1986 年 8 月 1 版 1 印。

26. 王季思校注、張人和點校集評《集評校注〈西廂記〉》，上海古籍出版社，1987 年 4 月 1 版 1 印。

27. （明）朱權等《明宮詞》，北京古籍出版社，1987 年 5 月 1 版 1 印。

28. 張樹英、孫崇濤《連環記·金印記》，中華書局，1988 年 11 月 1 版 1 印。

29. 蔡毅編《中國古典戲曲序跋彙編》，齊魯書社，1989 年 10 月 1 版 1 印。

30. 胡孟祥、王中一主編《孫書筠京韻大鼓演唱集》，中國民間文藝出版社，1989 年 11 月 1 版 1 印。

31. 侯百朋編《〈琵琶記〉資料彙編》，書目文獻出版社，1989 年 12 月 1 版 1 印。

32. 王季思主編《全元戲曲》，人民文學出版社，1999 年 2 月 1 版 1 印。

33. 吳毓華編《中國古代戲曲序跋集》，中國戲劇出版社，1990 年 8 月 1 版 1 印。

34. 王季思主編、重訂增注，寧希元審訂、焦文彬、林鐵民注釋《中國十大古典悲劇集》，齊魯書社，1991 年 9 月 1 版 1 印。

35. 吳光等編校《王陽明全集》，上海古籍出版社，1992 年 12 月 1 版，1995 年 4 月 2 印。

36. 魏同賢主編《馮夢龍全集》，上海古籍出版社 1993 年 6 月 1 版 1 印。

37. （俄）李福清《海外孤本晚明戲劇選集三種》，上海古籍出版社，1993 年 6 月 1 版。

38. 廖珣英校注《劉知遠諸宮調校注》，中華書局，1993 年 11 月 1 版 1 印。

39. 王學奇主編《元曲選校注》，河北教育出版社，1994 年 6 月 1 版 1 印。

40. （明）《新編劉知遠還鄉白兔記》，《續修四庫全書》集部曲類 1745 冊，上海古籍出版社 2002 年 4 月 1 版 1 印。

41. 首都圖書館《明清抄本孤本戲曲叢刊》，線裝書局，1996 年 1 月 1 版 1 印。

42. 胡雲翼選注《宋詞選》，上海古籍出版社 1997 年 11 月 1 版，2002 年 3 月 4 印。

43. （明）湯顯祖《湯顯祖全集》，徐朔方箋校，北京古籍出版社，1999 年 1 月 1 版 1 印。

44. 孫崇濤、黃仕忠《〈風月錦囊〉箋校》，中華書局，2000 年 8 月 1 版 1 印。

45. （明）李日華《明珠記·南西廂記》，張樹英校點，中華書局，2000 年 11 月 1 版 1 印。

46. 《宋元筆記小說大觀》，上海古籍出版社，2001 年 12 月 1 版 1 印。

47. （宋）沈義父《四庫家藏·樂府指選》集部之《詞微》，陳曉芬整理、方智範審閱，山東畫報出版社，2004 年 1 月 1 版 1 印。

48. （宋）陸游著、錢仲聯校注《劍南詩稿校注》，上海古籍出版社，2005 年 4 月 1 版 1 印。

49. 高洪鈞《馮夢龍集箋注》，天津古籍出版社，2006 年 5 月 1 版 1 印。

50. 吳晟《明人筆記中的戲曲史料》，江西人民出版社，2007 年 5 月 1 版 1 印。

51. 《中國史料筆記叢刊》，中華書局，2008 年 6 月 1 版 1 印。

52. （清）蘅塘退士編、陳婉俊補注《唐詩三百首》，線裝書局，2009 年 2 月 1 版 1 印。

53. 卜鍵箋校《李開先全集》修訂本，上海世紀出版股份有限公司、上海古籍出版社，2014 年 2 月 1 版 1 印。

二、專著、編著（以版本時間為序）

1. 董每戡《〈琵琶記〉簡說》，作家出版社，1957 年 6 月 1 版 1 印。

2. 趙景深《元明南戲考略》，作家出版社，1958 年 3 月 1 版 1 印。

3. （德）黑格爾《美學》，朱光潛譯，人民文學出版社，1958 年 12 月 1 版 1 印。

4. 徐扶明《元代雜劇藝術》，上海文藝出版社，1981 年 1 月 1 版 1 印。

5. 錢南揚《戲文概論》，上海古籍出版社，1981 年 3 月 1 版 1 印。

6. 蔣星煜《明刊本〈西廂記〉研究》，中國戲劇出版社，1982 年 7 月 1 版 1 印。

7. 董每戡《説劇》，人民文學出版社，1983 年 1 月 1 版 1 印。

8. 譚正璧《曲海蠡測》，浙江人民出版社，1983 年 1 月 1 版 1 印。

9. 余秋雨《戲劇理論史稿》，上海文藝出版社，1983 年 5 月 1 版 1 印。

10. 趙景深《中國戲曲初考》，中州書畫出版社，1983 年 8 月 1 版 1 印。

11. 張敬《明清傳奇導論》，臺北華正書局，1986 年 10 月 1 版 1 印。

12. 劉念茲《南戲新證》，中華書局，1986 年 11 月 1 版 1 印。

13. 趙景深、張增元《方志著錄元明清曲家傳略》，中華書局，1987 年 2 月 1 版 1 印。

14. （俄）巴赫金、沃洛希諾夫《弗洛伊德主義批判》，張傑、樊錦鑫譯，中國文聯出版公司，1987 年 9 月 1 版 1 印。

15. 蔣星煜《西廂記考證》，上海古籍出版社，1988 年 8 月 1 版 1 印。

16. 郭英德《明清文人傳奇研究》，北京師範大學出版社，1992 年 5 月 1 版 1 印。

17. （日）田仲一成《中國的宗族與戲劇》，上海古籍出版社，1992 年 8 月 1 版 1 印。

18. 譚帆、陸煒《中國古典戲劇理論史》，中國社會科學出版社，1993 年 4 月 1 版 1 印。

19. 饒宗頤《梵學集》，上海古籍出版社，1993 年 7 月 1 版 1 印。

20. 徐朔方《徐朔方集》，浙江古籍出版社，1993 年 12 月 1 版 1 印。

21. 俞爲民《宋元南戲考論》，臺北商務印書館，1994 年 9 月 1 版 1 印。

22. 郭英德、陶慶梅編著《中國古代戲劇》，北京科學技術出版社，1995 年 1 月 1 版 1 印。

23. 張人和《〈西廂記〉論證》，東北師範大學出版社，1995 年 8 月 1 版 1 印。

24. 魯迅《中國小説史略》，載《魯迅全集》，人民文學出版社，1981 年 1 版，1995 年 2 印。

25. 儲一貫修訂《拾錦錄》，臺灣百晟文化出版有限公司，1996 年 7 月 1 版 1 印。

26. 黃仕忠《〈琵琶記〉研究》，廣東高等教育出版社，1996 年 10 月 1 版，1998 年 9 月 2 印。

27. 程國賦《唐代小説嬗變研究》，廣東人民出版社，1997 年 7 月 1 版 1 印。

28. 蔣星煜《〈西廂記〉的文獻學研究》，上海古籍出版社，1997 年 11 月 1 版 1 印。

29. 李昌集《中國古代曲學史》，華東師範大學出版社，1997 年 12 月 1 版 1 印。

30. 胡雪岡《溫州南戲考述》，作家出版社，1998 年 2 月 1 版 1 印。

31. 蔣星煜《西廂記考證》，上海古籍出版社，1998 年 8 月 1 版 1 印。

32. 袁行霈主編《中國文學史》，高等教育出版社，1999 年 8 月 1 版，2005 年 7 月 2 版 1 印。

33. 王國維《宋元戲曲史》，上海世紀出版股份有限公司、上海古籍出版社，1998 年 12 月 1 版，2006 年 4 月 3 印。

34. 林宗毅《〈西廂記〉二論》，文史哲出版社，1998 年 12 月 1 版 1 印。

35. （俄）巴赫金《陀思妥耶夫斯基詩學問題》，錢中文主編《巴赫金全集》，白春仁、顧亞鈴譯，河北教育出版社，1998 年 6 月 1 版 1 印。

36. 趙景深《讀曲隨筆》，上海文藝出版社，1999 年 1 月 1 版 1 印。

37. （德）H‧G 伽達默爾《美的現實性：作爲遊戲、象徵、節日的藝術》，張志揚等譯，三聯書店，1999 年 5 月 1 版 1 印。

38. 郭英德《明清傳奇史》，江蘇古籍出版社，1999 年 8 月 1 版 1 印。

39. 張首映《西方二十世紀文論史》，北京大學出版社，北京大學出版社 1999 年 11 月 1 版，2005 年 8 月 7 印。

40. 黃仕忠《婚變、道德與文學：負心婚變母題研究》，人民文學出版社，2000 年 7 月 1 版 1 印。

41. 孫崇濤《風月錦囊考釋》，中華書局，2000 年 7 月 1 版 1 印。

42. 孫崇濤、黃仕忠《風月錦囊箋校》，中華書局，2000 年 8 月 1 版 1 印。

43. 鄭振鐸《中國文學研究》上冊，人民文學出版社 2000 年 1 月 1 版 1 印。

44. （日）田仲一成《明清的戲曲：江南宗族社會的表象》，雲貴彬、王文勳譯，北京廣播學院出版社，2004 年 1 月 1 版 1 印。

45. 趙毅衡《禮教下延之後：中國文化批判諸問題》，上海文藝出版社，2001 年 1 月 1 版 1 印。

46. 戚世雋《明代雜劇研究》，廣東高等教育出版社，2001 年 1 月 1 版 1 印。

47. 郭英德《明清傳奇史》，江蘇古籍出版社，2001 年 5 月 1 版 2 印。

48. 孫崇濤《南戲論叢》，中華書局，2001 年 6 月 1 版 1 印。

49. 吳梅《吳梅全集》，河北教育出版社，2002 年 7 月 1 版 1 印。

50. （日）田仲一成《中國戲劇史》，雲貴彬、於允譯，北京廣播學院出版社，2002 年 9 月 1 版，2003 年 10 月 2 印。

51. （法）蒂費納‧薩莫瓦約《互文性研究》，邵煒譯，天津人民出版社，2003 年 1 月 1 版 1 印。

52. 《黃天驥自選集》，廣東高等教育出版社，2003 年 10 月 1 版 1 印。

53. 胡經之、王岳川、李衍柱《西方文藝理論名著教程》，北京大學出版社，2003 年 6 月 2 版，2010 年 3 月 11 印。

54. 陳建森《戲曲與娛樂》，上海人民出版社，2003 年 7 月 1 版 1 印。

55. （韓）金英淑《〈琵琶記〉版本流變研究》，中華書局，2003 年 6 月 1 版 1 印。

56. 周貽白《中國戲劇史長編》，上海書店出版社，2004 年 3 月 1 版 1 印。

57. 楊蔭瀏《中國古代音樂史稿》，人民音樂出版社，2004 年 3 月 1 版 1 印。

58. 俞爲民《宋元南戲考論續編》，中華書局，2004 年 3 月 1 版 1 印。

59. 郭英德《明清傳奇戲曲文體研究》，商務印書館，2004 年 7 月 1 版 1 印。

60. 朱崇志《中國古代戲曲選本研究》，上海古籍出版社，2004 年 12 月 1 版 1 印。

61. 李劍國、何長江《古稗斗筲錄：李劍國自選集》，南開大學出版社，2004 年 10 月 1 版 1 印。

62. 趙春寧《〈西廂記〉傳播研究》，廈門大學出版社，2005 年 3 月 1 版 1 印。

63. 傅璇琮、蔣寅總主編《中國古代文學通論》明代卷、遼金元卷，遼寧人民出版社，2005 年 5 月 1 版 1 印。

64. 俞爲民《曲體研究》，中華書局，2005 年 6 月 1 版 1 印。

65. 章培恒、駱玉明《中國文學史》，復旦大學出版社，2005 年 8 月 1 版 1 印。

66. 王瑾《互文性》，廣西師範大學出版社，2005 年 9 月 1 版 1 印。

67. 陳多《劇史思辨》，中國戲劇出版社，2006 年 7 月 1 版 1 印。

68. 俞爲民、孫蓉蓉主編《歷代曲話彙編》清代編，黃山書社，2008 年 10 月 1 版 1 印。

69. 陸萼庭《崑劇演出史稿》，上海世紀出版股份有限公司、上海教育出版社，2006 年 1 月 1 版 1 印。

70. 黃季鴻《明清〈西廂記〉研究》，東北師範大學出版社，2006 年 4 月 1 版 1 印。

71. 羅宗強《明代後期士人心態研究》，南開大學出版社，2006 年 6 月 1 版 1 印。

72. 張庚、郭漢城《中國戲曲通史》，中國戲劇出版社，2006 年 9 月 1 版 1 印。

73. 李舜華《禮樂與明前中期演劇》，上海世紀出版股份有限公司、上海古籍出版社，2006 年 8 月 1 版 1 印。

74. （德）漢斯・格奧爾格・伽達默爾《詮釋學・眞理與方法・哲學詮釋學的基本特徵》，洪漢鼎譯，商務印書館，2007 年 4 月 1 版 1 印。

75. 李修生、康保成、黃仕忠等《中國古代戲劇研究論辯》，百花洲文藝出版社，2007 年 4 月 1 版 1 印。

76. 劉曉明《雜劇形成史》，中華書局，2007 年 10 月 1 版 1 印。

77. 丁淑梅《中國古代禁燬戲劇史論》，中國社會科學出版社，2008 年 4 月 1 版 1 印。

78. 孟森《明史講義》，上海世紀出版股份有限公司、上海古籍出版社，2008 年 5 月 1 版 1 印。

79. 伏滌修《〈西廂記〉接受史研究》，黃山書社，2009 年 6 月 1 版 1 印。

80. 黃天驥、康保成主編《中國古代戲劇形態研究》，河南人民出版社，2009 年 1 月 1 版 1 印。

81. 馬華祥《明代弋陽腔傳奇考》，中國社會科學出版社，2009 年 5 月 1 版 1 印。

82. 鄧長風《明清戲曲家考略全編》，上海世紀出版股份有限公司、上海古籍出版社，2009 年 6 月 1 版 1 印。

83. 韓兆琦《〈史記〉箋證》，江西人民出版社，2009 年 12 月 1 版 1 印。

84. （日）青木正兒《中國近世戲曲史》，中華書局，2010 年 1 月 1 版 1 印。

85. 齊如山《國劇藝術匯考》，遼寧教育出版社，2010 年 3 月 1 版 1 印。

86. 許覺民、張大明《中國現代文論》，安徽教育出版社，2010 年 9 月 1 版 1 印。

87. 李眞瑜《明代宮廷戲曲史》，紫禁城出版社，2010 年 9 月 1 版 1 印。

88. 黃仕忠《日本所藏中國戲曲文獻研究》，高等教育出版社，2011 年 4 月 1 版 1 印。

89. 陳建森《宋元戲曲本體論》，人民出版社，2012 年 9 月 1 版 1 印。

90. （日）田仲一成《古典南戲研究》，中國社會科學出版社，2012 年 11 月 1 版 1 印。

三、書目、集成、索引（以版本時間爲序）

1. 董康等校訂《曲海總目提要》，上海大東書局 1928 年鉛印本，人民文學出版社 1959 年 5 月重印。

2. （明）祁彪佳《遠山堂明曲品劇品校錄》，黃裳校錄，上海古典文學出版社，1957 年 10 月 1 版 1 印。

3. 北嬰編著《曲海總目提要補編》，人民文學出版社，1959 年 5 月 1 版 1 印。

4. 傅惜華《明代傳奇全目》，人民文學出版社，1959 年 12 月 1 版 1 印。

5. 王利器輯錄《元明清三代禁燬小說戲曲史料》，上海古籍出版社，1981 年 2 月 1 版 1 印。

6. 莊一拂編著《古典戲曲存目匯考》，上海古籍出版社，1982 年 12 月 1 版 1 印。

7. 孫楷第著、戴鴻森校《戲曲小說書錄解題》，人民文學出版社，1990 年 10 月 1 版 1 印。

8. 郭英德編著《明清傳奇綜錄》，河北教育出版社，1997 年 7 月 1 版 1 印。

9. 李修生主編《古本戲曲劇目提要》，文化藝術出版社，1997 年 12 月 1 版 1 印。

10. 齊森華、陳多、葉長海《中國曲學大辭典》，浙江教育出版社，1997 年 12 月 1 版 1 印。

11. 編委會《中國民間故事集成・江蘇卷》，中國 ISBN 中心，1998 年 12 月 1 版 1 印。

12. 陳旭耀著《現存明刊〈西廂記〉綜錄》，上海世紀出版股份有限公司、上海古籍出版社，2007 年 9 月 1 版 1 印。

13. （美）丁乃通編著《中國民間故事類型索引》，華中師範大學出版社出版，2008 年 4 月 1 版 1 印。

14. 錢南揚《宋元戲文輯佚》，中華書局，2009 年 11 月 1 版 1 印。

15. 王文章主編《傅惜華藏古典戲曲珍本叢刊提要》，學苑出版社，2010 年 4 月 1 版 1 印。

四、論文（以出版時間爲序）

（一）期刊、集刊論文和報紙文章

1. 胡忌《金元戲劇的新資料──〈針兒線〉和〈清閑眞道本〉》，《光明日報》「文學遺產」版第 102 期，1956 年 4 月 26 日。

2. 孫崇濤《〈金印記〉的演化》，《文學遺產》1984（3）。

3. 徐順平《論早期南戲的舞臺表演藝術》，《戲劇藝術》1984（4）。

4. 孫崇濤《明代戲文的曲調體制──成化本〈白兔記〉藝術形態探索之一》，《音樂研究》1984（3）。

5. 俞爲民《南戲〈拜月亭〉作者和版本考述》，《文獻》1986（1）。

6. 孫崇濤《中國南戲研究之檢討》，《戲劇藝術》1987（3）。

7. （美）白之《一個戲劇題材的演化──〈白兔記〉諸異本比較》，《文藝研究》1987（4）。

8. 徐朔方《從早期傳本論證南戲的創作和成書》，《社會科學戰線》1988（2）。

9. 張人和《關於〈圍棋闖局〉的作者》，《東北師大學報》1988（2）。

10. 鄭尚憲《南戲改本新論》，《中山大學學報》1990（1）。

11. 康保成《從〈東窗事犯〉到〈東窗記〉〈精忠記〉》，《藝術百家》1990（1）。

12. 金寧芬《南戲研究的回顧與思考》，《社會科學戰線》1990（2）。

13. 蔣星煜《南戲〈崔鶯鶯西廂記〉的初步探索》,《藝術百家》1991（2）。

14. 蔣星煜《紅娘的膨化、越位、回歸和變奏》,《河北學刊》1991（3）。

15. 翁敏華《〈白兔記〉縱橫表裏談》,《藝術百家》1991（4）。

16. 丁錫根《〈五代史平話〉成書考述》,《復旦學報》1991（5）。

17. 徐吉軍《岳飛研究的新突破》,《浙江社會科學》1991（6）。

18. 王季思、康保成《南戲〈牧羊記〉二題》,《藝術百家》1993（1）。

19. 景李虎《元代南戲〈趙氏孤兒記〉的重要價值及版本源流》,《中山大學學報》1993（2）。

20. 李祥林《藥名詩·藥名詞·藥名戲文》,《文史雜誌》1993（5）。

21. 徐朔方《奎章閣藏本〈五倫全備記〉對中國戲曲史研究的啟發》,沈善洪《韓國研究》,杭州大學出版社,1994年4月。

22. （韓）吳秀卿《〈拜月亭〉在雜劇、南戲中的演變》,《河北學刊》1995（4）。

23. 李劍國、何長江《〈龍會蘭池錄〉產生時代考》,《南開學報》1995（5）。

24. 孫崇濤《中國南戲研究之再檢討》,《戲劇藝術》1996（4）。

25. 徐順平《南戲研究的回顧與展望》,《溫州師範學院學報》1996（4）。

26. 陳多《〈白兔記〉和由它引起的一些思考》,《藝術百家》1997（2）。

27. 郭英德《傳奇戲曲的興起與文化權力的下移》,《中國社會科學》1997（2）。

28. 俞為民《明代南京書坊刊刻戲曲考述》,《藝術百家》1997（4）。

29. 孫崇濤《明人改本戲文通論》,《文學遺產》1998（5）。

30. 蔣星煜《田中謙二先生的嚴肅治學精神》,《文藝理論研究》1999（4）。

31. 夏忠憲《〈紅樓夢〉與狂歡化、民間諧謔文化》,《紅樓夢學刊》1999（3）。

32. 吳敢《〈全元戲曲·趙氏孤兒記〉輯校商榷》,《徐州師範大學學報》1999（4）。

33. 陸煒《虛構的限度》,《文藝理論研究》1999（6）。

34. 蔣星煜《田中謙二及其對元雜劇研究的重大貢獻》,《齊魯學刊》2000（2）。

35. 康保成《梵曲「囉哩嗹」與中國戲曲的傳播》,《中山大學學報》2000（2）。

36. 李舜華《〈九宮正始〉與〈寒山堂曲譜〉的發現與研究》,《學術研究》2000（10）。

37. 孫崇濤《南戲〈西廂記〉考》,《文學遺產》2001（3）。

38. 陳多《畸形發展的明代傳奇——三種明刊〈白兔記〉的比較研究》,《戲劇藝術》2001（4）。

39. 康保成《古代戲劇形態研究的新突破》,《學術研究》2001（5）。

40. 李舜華《從祭祀到演劇、從鄉村到城鎮:田仲一成的中國演劇史研究》,《中華讀書報》第22版「國際文化」,2001年7月4日。

41. 江巨榮《宋金雜劇在南戲和明傳奇中的遺存》，胡忌主編《戲史辨》第 2 輯，中國戲劇出版社，2001 年 9 月。

42. 龍建國《〈劉知遠諸宮調〉應是北宋後期的作品》，《文學遺產》2003（3）。

43.（新）孫玫、熊賢關《解讀〈琵琶記〉和〈白兔記〉中「妻」的呈現》，《藝術百家》2004（5）。

44. 林宗毅《重評李日華〈南西廂記〉》，南華大學文學系《文學新鑰》第 2 期，2004 年 7 月。

45. 解玉峰《20 世紀中國戲劇研究重要文著索引》，《中華戲曲》第三十一輯，2004 年 12 月。

46. 蘇子裕《〈南西廂記〉作者崔時佩生平考》，《戲劇》2005（3）。

47. 朱恒夫《岳飛故事：史實的拘泥與民間性的失度》，《明清小說研究》2005（4）。

48. 吳敢《說戲曲散出選本》，《藝術百家》，2005（5）。

49. 齊慧源《古代劇作對〈世說新語〉素材的藝術再造》，《戲劇藝術》2006（1）。

50. 孫書磊《南戲研究的又一高峰：〈宋元南戲考論續編〉》，《四川戲劇》2006（2）。

51. 俞為民《〈西廂記〉的版本和流變》，《南大戲劇論叢》（二），中華書局 2006 年 8 月。

52. 劉平平《南戲考述》，《戲文》2006（2）。

53. 王勝男《試論南北〈西廂記〉的宮調曲牌》，《西南交通大學學報》2008（1）。

54. 劉曉明《中國古典戲劇形式的限制、突圍與理論意義》，《中國社會科學》2008（3）。

55. 伏滌修《岳飛題材戲曲的主題嬗變》，《藝術百家》2008（3）。

56. 伏滌修《論岳飛題材戲曲劇作的核心價值追求》，《中國戲曲學院學報》2008（3）。

57. 佚名《趣談中藥裏的「藥名戲」》，《中醫藥通報》2008（6）。

58. 陳志勇《論民間戲神信仰的源起與發展》，《文化遺產》2010（4）。

59. 徐文《〈趙氏孤兒〉故事變遷蘊含的集體心態》，《粵海風》2010（6）。

60. 趙山林《試論〈荊釵記〉的傳播接受》，《藝術百家》2011（1）。

61. 鮑開愷《南、北〈趙氏孤兒〉的改編關係》，《中國社會科學報》第 A08 版「藝術學」，2012 年 10 月 22 日。

62. 羅筱玉《〈新編五代史平話〉成書探源》，《文學遺產》2012（6）。

63. 張文德《宋元南戲本事新探》，《江蘇師範大學學報》2015（6）。

64. 歐陽江琳《宋元南戲城市演劇探論》，《江西社會科學》2016（9）。

（二）論文集和學位論文

（1）論文集

1. 臺灣大學中國文學系編《語文・情性・義理——中國文學的多層面探討國際學術會議論文集》，臺灣大學中國文學系出版，1996 年。
2. 華瑋、王璦玲主編《明清戲曲國際研討會論文集》，中央研究院中國文哲研究所籌備處，1998 年。
3. 溫州市文化局編《南戲國際學術研討會論文集》，中華書局，2001 年。

（2）學位論文

A. 博士學位論文

1. （韓）曹文姬《〈南曲九宮正始〉研究》，南京大學，2000 年。
2. 李琳《宋元明清岳飛故事研究》，北京師範大學，2002 年。
3. 張守連《〈明成化刊本說唱詞話〉研究》，復旦大學，2003 年。
4. 黃大宏《唐代小說重寫研究》，陝西師範大學，2003 年。
5. 楊寶春《〈琵琶記〉的場上演變研究》，上海戲劇學院，2006 年。
6. 毛小曼《〈琵琶記〉戲劇範式研究》，華東師範大學，2007 年。
7. 劉志宏《明清傳奇敘事藝術研究》，蘇州大學，2007 年。
8. 涂育珍《〈墨憨齋定本傳奇〉研究》，華東師範大學，2009 年。
9. 吳瓊《明末清初的文學嬗變》，上海師範大學，2012 年。
10. 靳小蓉《傳統戲曲的經典化與再生產——以〈趙氏孤兒〉爲中心》，武漢大學 2014 年。

B・碩士學位論文

1. 張玲瑜《古典劇作在當代舞臺上搬演的處境——以〈拜月亭〉與〈白兔記〉之全本校編爲例》，臺灣師範大學，2002 年。
2. 孫崇濤《成化本〈白兔記〉藝術形態探索》，中國藝術研究院，1982 年。
3. 鄧駿捷《岳飛故事演變研究》，中山大學，1999 年。
4. 李雙芹《論宋元南戲諧謔品格的文化內涵和審美意蘊》，武漢大學，2003 年。
5. 徐衛和《岳飛文學形象的多種形態及其文化內涵探析》，江西師範大學，2004 年。
6. 吳榮華《明清〈西廂記〉音樂的初步研究——以李日華本爲中心》，福建師範大學，2006 年。
7. 劉琬茜《〈白兔記〉版本三種之探討》，臺北藝術大學，2008 年。
8. 王志清《宋元南戲與元雜劇婚變戲之差異》，上海財經大學，2008 年。

9. 王振東《試論岳飛形象的演變》，山東大學，2008 年。

10. 朱瑞《〈西廂記〉續書研究》，華東師範大學，2009 年。

11. 陳鯉群《明清〈西廂記〉改編本研究》，福建師範大學，2009 年。

12. 向延勝《〈琵琶記〉接受研究》，西北師範大學，2009 年。

13. 伍永晉《明清〈西廂記〉續書研究》，江西師範大學，2010 年。

14. 王慶年《岳飛戲的敘事藝術研究》，福建師範大學，2010 年。

15. 馬玲《宋元南戲演出形態研究》，中南大學，2011 年。

16. 史薇《宋元南戲中的書生形象研究》，浙江工業大學，2012 年。

17. 朱思如《〈拜月亭〉傳播研究》，山西師範大學，2012 年。

18. 吳琨《論〈荊釵記〉及其傳播》，蘇州大學，2012 年。

19. 侯蘇《南戲〈牧羊記〉研究》，江蘇師範大學，2013 年。

20. 侯雪莉《崑曲〈琵琶記〉折子戲研究》，上海大學，2013 年。

21. 邊聖博《南北〈拜月亭〉跨文化比較研究》，內蒙古民族大學，2013 年。

22. 劉洋《歷代蘇武戲考論》，河南大學，2013 年。

23. 屈森《〈琵琶記〉曲體研究》，山西師範大學，2014 年。

24. 姚燕燕《〈趙氏孤兒〉故事戲流變研究》，西北師範大學，2014 年。

25. 張美玲《蘇武戲研究》，西北師範大學，2015 年。

26. 汪玉磊《明清〈精忠記續作研究》，東華理工大學，2015 年。

27. 劉瑩瑩《「四大南戲」與宋元社會生活習俗》，上海師範大學，2015 年。

28. 都劉平《宋元南戲與北雜劇同名劇目關係研究》，河北師範大學，2015 年。

29. 馮王璽《〈琵琶記〉折子戲中的導演意識》，河南大學 2016 年。

30. 任佳希《川劇〈琵琶記〉改編研究》，溫州大學，2017 年。

附錄 1：宋元南戲「明改本」全本敘錄

說明：現存宋元南戲全本的明人改本，包括十五類劇目的 81 個版本。全本可以分為古本、通行本和演出本等類型。其中日藏文獻版本參見黃仕忠《日本所藏中國戲曲文獻研究》，高等教育出版社 2011 年版。

一、《拜月亭》

敘蔣世隆、王瑞蘭愛情故事。南戲原本已佚。元代改作者施惠，字君美，杭州書會才人，見《錄鬼簿》記載。施惠的劇本為參考舊劇以後的再創造。別名《幽閨記》、《拜月記》。《永樂大典·戲文》、《南詞敘錄·宋元舊篇》、《曲品》、《寒山堂曲譜》、《傳奇匯考標目》、《古本戲曲劇目提要》等著錄。錢南揚《宋元戲文輯佚》輯殘曲。有學者認為該南戲是根據元雜劇關漢卿《閨怨佳人拜月亭》改寫，有學者認為該本與雜劇無關，有爭議。今人點校本有中大整理本《拜月亭》中華書局 1959 年版，俞為民點校《宋元四大戲文讀本》江蘇古籍 1988 年版，王季思《全元戲曲》1999 年校注本。茲列舉全本八本。

1. 古本：《新刊重訂出相附釋標注拜月亭記》，元施惠撰，長樂鄭氏藏世德堂刊本，收錄於《古本戲曲叢刊初集》，文學古籍刊行社 1954 年。簡稱世德堂本。

2. 通行本：《李卓吾先生批評幽閨記》元人施惠撰，長樂鄭氏藏容與堂刊本，《古本戲曲叢刊初集》，簡稱容與堂本。汲古閣原本《幽閨記》。《六十種曲》本《幽閨記》。《六合同春》陳繼儒評點本。《幽閨怨佳人拜月亭記》凌延喜朱墨刻本。《重校拜月亭記》文林閣本。《拜月亭記》德壽堂刻本。還有日藏《李卓吾先生批評幽閨記》，明萬曆間武林《容與堂六種曲》本，宮內廳書陵部藏書。

二、《白兔記》

敘劉智遠、李三娘婚姻故事。南戲原本《劉智遠》已佚。元代作品。作者或爲永嘉書會才人劉唐卿，有爭議。《南詞敘錄·宋元舊篇》、《曲品》、《曲海總目提要》、《古本戲曲劇目提要》等著錄。《宋元戲文輯佚》輯殘曲。《全元戲曲·劇目說明》以爲它最早出於宋人之手，至元代定型。故事淵源可參考史書《五代史》、金元《五代漢史評話》、金代《劉志遠諸宮調》等。今有《全元戲曲》校注本和中大校勘本《白兔記》中華書局 1959 年版等。茲列舉全本三本。

1. 古本：《新編劉知遠還鄉白兔記》明成化年間永順堂刊本，今有《明成化說唱詞話叢刊十六種附白兔記傳奇》文物出版社 1973 年版。這是根據原本而作的縮編本和演出本，簡稱成化本，《續修四庫全書》集部曲類據此收錄，上海古籍出版社 1995 年版。《繡刻白兔記定本》汲古閣本，見《古本戲曲叢刊》或《六十種曲》，雖經改動，基本存原貌，較流行。按《全元戲曲·劇目說明》指出成化本和汲古閣本應有同一個祖本。

2. 通行本（明人改動較多）：《新刻出像音注增補劉智遠白兔記》明萬曆富春堂本，《古本戲曲叢刊初集》，簡稱富春堂本。莊一拂《古典戲曲存目匯考》指出其爲一個獨立系統，贊同。

三、《荊釵記》

敘王十朋、錢玉蓮愛情故事。元人南戲原本已佚。作者柯丹邱，爲蘇州敬先書會的書會才人。徐渭《南詞敘錄·宋元舊篇》、呂天成《曲品》、張大復《寒山堂曲譜》、李修生《古本戲曲劇目提要》等著錄。錢南揚《宋元戲文輯佚》輯殘曲。據王季思主編《全元戲曲》的《劇目說明》，此劇初次編訂當在宋代，其後經不斷的改編、加工，屬於集體累積型作品，柯丹邱是主要寫定者之一。今有《全元戲曲》校注本等。茲列舉全本 11 本。

1. 古本：《新刻原本王狀元荊釵記》明嘉靖姑蘇葉氏刻本，簡稱元本，題明人朱權撰，爲現存最早的完整傳本，但多有訛誤、脫文。《新刊重訂出相附釋標注節義荊釵記》明金陵世德堂刻本。《新刊王狀元荊釵記》明茂林葉氏刻本。《重校荊釵記》繼志齋本。這個系統的劇本，結局爲舟中相會。

2. 通行本：《李卓吾先生批評古本荊釵記》萬曆間容與堂刊本。《屠赤水先生批評古本荊釵記》萬曆刻本。《新刻出像音注節義荊釵記》明萬曆金陵富

春堂本。《繡刻荊釵記定本》，《六十種曲》汲古閣本。這個系統的劇本結局爲觀中相會。還有日藏稀見明刊《荊釵記》三種，分別爲內閣文庫藏《新刻王狀元荊釵記》，明萬曆茂林葉氏重校本；京都大學藏《新刊重訂出相附釋標注節義荊釵記》，明萬曆十三年世德堂本影鈔，田中謙二解說，日本京都同朋舍1981 年版；東京都立日比谷圖書館之市村文庫藏《李卓吾先生批評古本荊釵記》，明萬曆虎林容與堂刊本。

四、《殺狗記》

敍楊氏女殺狗勸夫事，宋代原本已佚。《南詞敍錄・宋元舊篇》題「殺狗勸夫」，《永樂大典戲文目錄》題「楊德賢殺狗勸夫」，還有《曲品》、《曲海總目提要》、《古本戲曲劇目提要》、《舊編南九宮譜》等著錄。作者徐仲由或不詳，有爭議。徐仲由爲元末明初人，字仲由，浙江人，洪武間被徵召，至藩省辭歸。有學者指出該本改編元雜劇而成，有爭議。錢南揚《宋元戲文輯佚》輯殘曲，以爲此劇最早出宋人之手，經明人改編而定型，作者徐仲由爲此劇的改編寫定者之一。此劇經多次改動，《寒山堂曲譜》亦指出其被「三改」。今有《全元戲曲》校注本和中華書局 1959 年版中大校勘本。有全本兩本。《殺狗記定本》爲明人徐仲由撰，馮夢龍訂定，有《六十種曲》本和《古本戲曲叢刊初集》本。

五、《（南）西廂記》

敍張生、崔鶯鶯愛情故事。南戲李景雲原本《崔鶯鶯西廂記》已佚。李景雲生活於元明之間。《南詞敍錄・宋元舊篇》、《古本戲曲劇目提要》等著錄。《宋元戲文輯佚》輯殘曲。

本劇屢經改動，明清改本眾多，以明人崔時佩、李日華改本流傳最廣、影響最大，明代戲曲選集所收《南西廂記》折子戲多由此改編而來。研究參考蔣星煜《明刊本〈西廂記〉研究》中國戲劇出版社 1982 年版，《〈西廂記〉考證》上海古籍出版社 1988 年版和《〈西廂記〉的文獻學研究》上海古籍出版社 1997 年版。還有趙春寧《〈西廂記〉傳播研究》廈門大學出版社 2005 年版，陳旭耀《現存明刊〈西廂記〉綜錄》上海古籍出版社 2007年版，伏滌修《〈西廂記〉接受史研究》黃山書社 2009 年版。茲列舉全本五本。

1. 崔時佩、李日華《南調西廂記》明富春堂本，《古本戲曲叢刊初集》。有明末汲古閣《六十種曲》本和《六幻西廂》本，是通行本，與李日華改本有差異。

2. 徐奮鵬《詞壇清玩槃薖碩人增改定本西廂記》，明萬曆刻本。

3. 陸采《陸天池西廂記》明周居易本，《古本戲曲叢刊初集》。

4. 周公魯《錦西廂》明崇禎間刻本，《古本戲曲叢刊五集》，上海古籍出版社 1986 年版。

5. 黃粹吾《續西廂升仙記》明來儀山房刻本，《古本戲曲叢刊初集》。

六、《琵琶記》

敘趙貞女、蔡二郎婚姻故事。兩個南戲原本皆佚。第一原本《趙貞女蔡二郎》已佚，《南詞敘錄・宋元舊篇》著錄；第二原本《蔡伯喈》已佚，《南詞敘錄・宋元舊篇》題《蔡伯喈琵琶記》，《永樂大典・戲文》題《忠孝蔡伯喈琵琶記》。別稱《蔡伯喈》、《蔡伯皆》、《琵琶記》。元末明初，高明根據南戲原本改作《琵琶記》。《曲品》、《曲海總目》、《古典戲曲存目匯考》、《古本戲曲劇目提要》等著錄。《宋元戲文輯佚》輯殘曲。

本劇屢經改動，明清版本眾多。根據研究專著：黃仕忠《〈琵琶記〉研究》廣東教育出版社 1996 年版，金英淑《〈琵琶記〉版本流變研究》中華書局 2003 年版，以及俞為民《宋元南戲考論續編》之《南戲〈琵琶記〉考論》的統計，其明清全本共有 42 本，僅明刊本就有 30 本；明清《琵琶記》折子戲有 34 本，僅明刊本就有 25 本；明清曲譜收錄《琵琶記》佚曲有 6 種，僅明刊本就有 3 種。今人校注以錢南揚校注本為主，《元本〈琵琶記〉校注》上海古籍出版社 1980 年版，是以陸抄本為底本。另有《全元戲曲》校注本等。茲列舉全本二十五本。

1. 古本：陸貽典抄校本《新刊元本蔡伯喈琵琶記》，明弘治間刻、嘉靖 27 年刊，見《古本戲曲叢刊初集》，簡稱陸抄本，是研究和校注《琵琶記》的圤本。《新刊巾箱蔡伯喈琵琶記》，明嘉靖蘇州坊刻本，簡稱巾箱本。明刊凌濛初翻刻本《琵琶記》，簡稱凌刻本。

2. 通行本：《李卓吾先生批評琵琶》明容與堂刊本，見《古本戲曲叢刊初集》。《重訂元本評林點板琵琶記》萬曆元年熊成冶種德堂刻本。《校梓注釋圈證蔡伯喈大全》萬曆五年金陵唐對溪富春堂刻本。《元本出相點板琵琶記》萬

曆二十五年汪光華玩虎軒刻本。《重校琵琶記》萬曆二十六年陳大來繼志齋刻
本。《蔡中郎忠孝傳》明萬曆刻本。《湯海若先生批評琵琶記》明萬曆劉次泉
刻本。《新刻重訂出像附釋標注琵琶記》明金陵唐晟刻本。《重校琵琶記》明
集義堂刻本。《三訂琵琶記》明會泉余氏刻本。《袁了凡釋義琵琶記》明汪廷
訥刻本。《鼎鐫陳眉公先生批評琵琶記》明蕭騰鴻師儉堂刻《六合同春》本。
《元本出相南琵琶記》明刻本。《琵琶記》明毛氏汲古閣刻《六十種曲》本。
《新刻魏仲雪先生批評琵琶記》明末清初刻本。明萬曆間尊生館刊本《琵琶
記》，臺北故宮博物館藏本。還有日藏稀見版本，包括繼志齋本《琵琶記》，
日本內閣文庫藏本；《硃訂琵琶記》，日本內閣文庫藏本；《袁了凡先生釋義琵
琶記》，京都大學藏本；《重校琵琶記》，日本名古屋蓬左文庫藏本。

　　3. 演出本。潮州戲文《蔡伯喈》手抄本，今收入《明本潮州戲文五種》，
廣東人民出版社 1985 年版。明人徐奮鵬刊本《詞壇清玩》之《伯皆定本》。

七、《東窗記》

　　敘宋代武將岳飛及其家人皆精忠報國卻被秦檜等姦臣陷害至死的故事。
元代南戲原本佚，作者或為無名氏，有爭議。

　　南戲版本有元代南戲舊本《東窗事犯》和明初南戲《東窗記》之分。《永
樂大典目錄・戲文》稱《秦太師東窗事犯》；《南詞敘錄・宋元舊篇》稱《秦
檜東窗事犯》，又在「本朝」列《岳飛破虜東窗記》，後者當改編前者。《全元
戲曲・劇目說明》指出明刊本《東窗記》加入大量忠孝節義的內容，可見明
人修改痕跡，又保留元代南戲的一些特點，體制受雜劇影響，是新傳奇尚未
定型的標誌，由此推斷明刊本產生於明初。

　　傳奇版本有《精忠記》和《精忠旗》，可參見《古本戲曲劇目提要》著錄。
《精忠記》題名明人姚茂良撰，按《曲品》、《遠山堂曲品》著錄《精忠記》
時，不題撰人，作者是否為姚茂良，存疑。史書《宋史》、洪邁《夷堅志》可
供參考題材來源。同題材作品有元人孔文卿雜劇《東窗事犯》以及小說《說
岳全傳》、《岳武穆盡忠報國傳》、《大宋中興通俗演義》、《續東窗事犯》等。
明代折子戲選收岳飛故事者不多，清近改編本較多，如清代《綴白裘》收《精
忠記》秦腔本和《掃秦》折子戲，《綴白裘》第六集《刺字》、《交印》、《草地》、
《敗金》摘自清代傳奇改本《倒精忠》。學界對岳飛故事的源流頗有研究。茲
列舉全本六本。

1. 南戲：《新刻出像音注岳飛破虜東窗記》富春堂刊本，《古本戲曲叢刊初集》，簡稱富春堂本。另有世德堂本，兩本差異不大。

2. 明傳奇改本：一是《精忠記》，明人姚茂良撰，長樂鄭氏藏汲古閣刊本，見《六十種曲》，《古本戲曲叢刊初集》據此收錄。今有中大校勘本《精忠記》，1959 年中華書局版；《全元戲曲》校注本；陳紹華《六十種曲》評注本，2001 年吉林人民出版社版。二是《精忠旗》，明末馮夢龍改本，明崇禎間刊印，有《古本戲曲叢刊二集》本；今有俞為民點校本《馮夢龍全集》收錄本，江蘇古籍出版社 1993 年版。明代折子戲收錄較少此劇，清代《刀會》等出為崑曲選段。

八、《破窯記》

敘呂蒙正愛情、婚姻故事。原本已佚。時間：元。作者：無名氏。《永樂大典·戲文》、《南詞敘錄·宋元舊篇》、《宦門子弟錯立身》、《古本戲曲劇目提要》等著錄，鈕少雅《南曲九宮正始》題「呂蒙正」或「瓦窯記」。《宋元戲文輯佚》殘曲。主角呂蒙正，在歷史上確有其人，北宋河南洛陽人，太平興國進士，三入為相。同題材作品有王實甫同名元雜劇，與此劇創作時間不知先後，有爭議。可參考史書《宋史》和宋人筆記《歸田錄》、《六一詩話》、《莊嶽委談》、《避暑錄話》、《堯山堂外紀》等。茲列舉明代全本四本。

1. 南戲《破窯記》：《李九我先生批評破窯記》長樂鄭氏藏明刊本，《古本戲曲叢刊初集》，簡稱李評本。《新刻出像音注呂蒙正破窯記》北京圖書館藏明刊本《繡刻演劇》，簡稱富春堂本。兩本差異較大。莊一拂《匯考》、李修生《提要》、齊森華《中國曲學大辭典》等，均把李評本和富本混淆，有誤。《全元戲曲·劇目說明》指出富本比李本更接近原貌而且年代更早。還有《破窯記》明抄本，收錄於《古本戲曲叢刊二集》。

2. 明傳奇《彩樓記》：《彩樓記》明人無名氏改本，為《古本戲曲叢刊二集》收錄。還有今人黃裳校注本《彩樓記》，上海古典文學出版社 1956 年版。清代有蒙古車王府曲本第六十函的同名作品《彩樓記》。《京劇叢刊》合訂本第十集有京劇改本。

九、《金印記》

敘蘇秦發跡變泰故事。南戲原本《蘇秦衣錦還鄉》、《蘇秦傳》、《凍蘇秦》已佚。時間：宋元。作者：無名氏。《南詞敘錄·宋元舊篇》著錄，《曲品·

舊傳奇》列爲神品，《南詞新譜》、《古本戲曲劇目提要》著錄。《宋元戲文輯佚》存殘曲。錢南揚《戲文概論》指出明本《金印記》是南戲《凍蘇秦》的改本。別名《蘇秦》、《凍蘇秦》、《洛陽蘇秦衣錦還鄉》等。關於現存《金印記》作者，明刊本和清人《古人傳奇總目》記爲蘇復之撰，但證據不足，仍作無名氏撰。明改本《金印合縱記》乃是合蘇秦張儀事爲一體。明改本經多次改寫，現存者有《蘇秦》、《重校金印記》、《金印合縱記》（又名《黑貂裘》）等。題材源流參考史書《戰國策》和《史記‧蘇秦列傳》。茲列舉明代全本四本。

1. 古本：《重校金印記》明人蘇復之撰、羅懋登釋義，萬曆間長樂鄭氏藏刊本，《古本戲曲叢刊初集》收錄。《怡雲閣金印記》，明讀書房刊本，美國哈佛大學燕京圖書館藏中文善本彙刊第三十六冊藏本。今有孫崇濤點校本《金印記》，中華書局 1988 年版。

2. 明傳奇改本：一是明末《金印合縱記》，又名《黑貂裘》、《合縱記》，浙江錢塘人高一葦訂正，《遠山堂曲品》著錄，《山水鄰傳奇》，明崇禎刊本和暖紅室彙刻傳奇本選收。二是《重校蘇季子金印記》，明萬曆繼志齋刻本，《西諦藏書目》著錄，北京圖書館藏。清代還有蒙古車王府曲本第六十三函的同名作品《金印記》，以及《崑曲大全》四集改編本。

十、《牧羊記》

敘漢代蘇武牧羊故事。元代南戲原本已佚。據《寒山堂曲譜》，該劇作者爲馬致遠，有爭議。別稱《蘇武持節北海牧羊記》、《蘇武》。《南詞敘錄‧宋元舊篇》記錄，《曲品》列爲妙品，《遠山堂曲品》列爲能品，《寒山堂曲譜》和《古本戲曲劇目提要》記錄。史書《漢書》可資參考故事來源。明代有全本一本，爲《牧羊記》明刻本，大與傅氏藏清鈔本，《古本戲曲叢刊初集》收錄，今有《全元戲曲》校注本。按《全元戲曲‧劇目說明》指出該抄本經明人刪改，但也保留了早期南戲的基本面貌。戲文內有證據表明它是崑腔興起後的產物。清代還有《崑曲大全》初集改編本。

十一、《趙氏孤兒記》

敘趙氏孤兒大報仇故事。南戲原本已佚。明刊本《趙氏孤兒記》的寫定時間當爲元代後期，作者無名氏。其明改本《八義記》的作者或爲徐元，有

爭議。著錄情況：《南詞敘錄・宋元舊篇》，《宦門子弟錯立身》，《永樂大典・戲文》題名「趙氏孤兒報冤記」，《曲品》列為妙品，《遠山堂曲品》列為能品。《曲海總目提要》和《古本戲曲劇目提要》對《趙氏孤兒記》和《八義記》也有記載。明刊本和元人紀君祥雜劇《趙氏孤兒》的關係並不密切。可資參考的史書有《左傳》、《國語》、《史記・晉世家》和《史記・趙世家》。茲列舉全本五本。

1. 南戲《趙氏孤兒記》：《新刊重訂出像附釋標注音釋趙氏孤兒記》，北京圖書館藏世德堂刊本，見《古本戲曲叢刊初集》，簡稱世德堂本。《新刻出像音注趙氏孤兒記》明萬曆金陵唐氏富春堂，簡稱富春堂本。今有《全元戲曲》校注本。

2. 明傳奇改本：《八義記》徐元撰，汲古閣刪改本，見《六十種曲》和《古本戲曲叢刊二集》。還有日藏富春堂刻本《新刻出像音注趙氏孤兒記》，京都大學文學部藏，附吉川幸次郎《解說》，京都同朋舍 1979 年版。

十二、《白袍記》

敘唐代開國大將薛仁貴故事。元代南戲原本已佚。別稱《薛仁貴》。作者無名氏。著錄讀記的文獻有《南詞敘錄・宋元舊篇》、《遠山堂曲品》、《古本戲曲劇目提要》（《提要》）。按錢南揚《戲文概論》認為此戲文出自元人之手。《提要》認為此記乃明人作品。有爭議。《宋元戲文輯佚》輯殘曲。可參見史書《舊唐書》和《新唐書》，小說《說唐全傳》，評書《薛仁貴征東》、《薛丁山征西》。茲列舉全本兩本。

1. 南戲：《新刻出像音注薛仁貴跨海征東白袍記》明富春堂本，《古本戲曲叢刊初集》據此影印。今有林侑蒔主編《全明傳奇》校注本《白袍記》，臺北天一出版社 1983 年版。

2. 明傳奇改本：《金貂記》無名氏改作，現存明萬曆富春堂本，《古本戲曲叢刊初集》（缺第三至第九齣）收錄，《遠山堂曲品》收錄。又稱《征遼記》，內容敷演薛仁貴、薛丁山、程咬金、尉遲恭故事，在薛仁貴故事的基礎上加入尉遲恭故事。該本前面附有楊梓雜劇《不伏老》四折全文，並在劇末第四十齣【十二時】曲中有「此奇重編補訂」的字句，表明它可能是根據雜劇《不伏老》和有關薛仁貴的傳說合併改編而成。

十三、《馮商三元記》

敘馮商還妾事。宋元南戲原本已佚。作者無名氏。《南詞敘錄·宋元舊篇》、《曲品·舊傳奇》、《古本戲曲劇目提要》等文獻有著錄、評價。《三元記》作者沈齡，又稱爲沈受先、沈壽卿。《曲品》題沈壽卿撰。沈齡字壽卿，又字元壽，生卒年不詳，約明弘治前後在世，嘉定人。《宋元戲文輯佚》殘曲。有今人校注本《全元戲曲》本。按《寶文堂書目》別稱《馮商還妾三元記》。馮商，其子爲馮京，研究時需區別《三元記》、《馮京三元記》、《馮商三元記》和《商輅三元記》。敘述馮商故事的《三元記》在明初有重名作品。又明傳奇敘述「斷機教子」故事的《商輅三元記》又名《斷機記》，折子戲簡稱《三元記》或《斷機記》，此記與馮商故事易混淆。又如《全家錦囊·三元登科記》是《商輅三元記》的摘選本，並非馮商故事。現存明代全本兩本。

1. 通行本：《三元記》寫馮商故事，有《六十種曲》汲古閣本，《古本戲曲叢刊初集》據此收錄。另《古本戲曲叢刊初集》收錄《商輅三元記》富春堂本，易混淆。

2. 明傳奇改本：《四德記》，明無名氏撰。除敘述還妾一事以外，增加拒淫、還金、歸槽三事，改動較大。《四德記》原本已佚，存折子戲改本。清代還有蒙古車王府曲本第六十五函同名作品《三元記》。

十四、《黃孝子尋親記》

敘黃覺千里尋母事。時間爲元末明初。南戲原本已佚。作者無名氏。別稱《黃孝子傳奇》、《節孝記》。著錄情況：《南詞敘錄·宋元舊篇》，《九宮正始·黃孝子》注「明傳奇」，《曲海總目提要》題《節孝記》，《寒山堂曲譜》題《黃孝子千里尋母記》，鈕少雅《九宮正始》題《黃孝子》。《宋元戲文輯佚》輯殘曲。《古本戲曲劇目提要》認爲現存《黃孝子尋親記》爲明人改本，贊同之。按《全元戲曲·劇目說明》提示，此劇有反元傾向，非元代盛世之作，故推斷寫作時間爲元末明初。今有《全元戲曲》校注本。今存明代全本一本，即《黃孝子傳奇》長樂鄭氏藏鈔本，元闕名撰，《古本戲曲叢刊初集》收錄。

十五、《（周羽）教子尋親記》

敘周羽教子尋親故事。元代南戲《教子尋親》已佚，存明改本。作者不詳。著錄情況：《南詞敘錄·宋元舊篇》、《古本戲曲劇目提要》、《曲海總目提

要》、《曲品》標「教子」，稱其「古本盡佳，今已兩改。」《遠山堂曲品》作《尋親記》，列能品。《宋元戲文輯佚》輯殘曲。今人校注本有《全元戲曲》本。茲列舉全本兩本。

1. 古本：《新鐫圖像音注周羽教子尋親記》，王錂重訂本，明富春堂本，《古本戲曲叢刊初集》，簡稱富本。

2. 通行本：《尋親記》，汲古閣本《六十種曲》本。按：富春堂本和汲古閣本相差不大，當為元代南戲的二改本或三改本。

按：這部劇本屢經改動，古時版本較多，然而多不存。《寒山堂曲譜》云「今本已五改：梁伯龍、范受益、王錂、吳中情奴、沈予一」。然此劇流傳下來的完整版本卻不多。《明改本》多保存元代南戲舊貌，以範受益著、王錂重訂的《尋親記》影響較大。據此記改編的折子戲一般題為《教子記》，然而與敘述黃覺尋母事的《尋親記》有區別，應注意其內容的差異。

附錄 2：宋元南戲「明改本」《拜月亭》和雜劇、小說的關係

　　本表根據「拜月亭」故事整理。其中「明改本」世德堂本《拜月亭記》簡稱「世本」，汲古閣本《幽閨記》簡稱「汲本」；元雜劇關漢卿《閨怨佳人拜月亭》簡稱「雜劇」；明代話本小說《龍會蘭池錄》簡稱「小說」。元雜劇和「明改本」統稱為「戲曲」。

劇情	情節內容	對應頁碼和齣目
開端：1	蔣世隆和陀滿興福偶遇，有緣結為兄弟。	小說第 1 頁。汲本、世本皆為第 6 和第 7 齣。雜劇無。
2	尚書奉命出使外國，和瑞蘭及夫人離別。	小說第 2 頁。汲本第 10 齣，世本第 10 齣。雜劇楔子。
3	戰亂期間，瑞蘭和母親逃難。	小說第 2 頁。汲本、世本皆第 13 齣。雜劇第一折。
4	與此同時，世隆和妹妹瑞蓮逃難。	小說第 3 頁。汲本、世本皆第 14 齣。雜劇第一折。
發展：5	瑞蘭和母親、世隆和妹妹各自被亂軍衝散。	小說第 4 頁。汲本第 16 齣，世本第 16、17 齣。雜劇第一折。
6	因尋找失散的親人，世隆和瑞蘭相遇並結伴同行，二人詩詞酬和。	小說第 5 頁。汲本第 17 齣，世本第 19 齣。雜劇第一折。
7	瑞蓮和瑞蘭的母親相遇並結伴同行。	小說第 4 頁。汲本第 18、21 齣，世本第 18、20 齣。雜劇無。
8	世隆和瑞蘭遇強盜，發現強盜原為世隆的兄弟興福。誤會消除，二人繼續趕路。	小說第 5 頁。汲本第 19、20 齣，世本第 21、22 齣，雜劇第一折。

9	二人行至山林，世隆向瑞蘭求歡，遭瑞蘭婉拒。二人以詩詞問答。	小說第 5～7 頁。汲本等戲曲不見此內容。
高潮：10	世隆和瑞蘭相戀，私定終身，結為夫妻。拜月亭下，二人發誓兩情不渝。	小說第 7～17 頁。世本戲文、汲本傳奇無拜月內容。汲本第 22 齣，世本第 25 齣。雜劇不見此內容。
11	世隆病重，瑞蘭悉心照顧。夫妻感情加深。	小說第 17～20 頁。汲本第 25 齣，世本第 28 齣。雜劇第二折。
12	瑞蘭和尚書重逢，但是尚書不認世隆為婿，強行帶走瑞蘭，棒打鴛鴦。	小說第 20～23 頁。汲本第 25 齣，世本第 28 齣，雜劇第二折。
13	世隆獨自在旅店，思念瑞蘭，感歎。	小說第 23 頁。汲本第 27、28 齣，世本第 30 齣。雜劇無。
14	瑞蘭和父母團聚，得知夫人已認瑞蓮為義女，瑞蘭和瑞蓮結義金蘭。	小說第 24 頁。汲本第 30 齣，世本第 33 齣。雜劇無。
15	瑞蘭思夫，燒香、拜月。她與瑞蓮交談，偶然得知她是世隆的妹妹，親上加親。	小說第 24、27、28 頁。汲本第 32 齣，世本第 35 齣。雜劇第三折。
16	父母慫恿瑞蘭改嫁，謊稱世隆已逝，蘭、蓮慟哭。世隆見瑞蘭所撰祭文，深受感動。	小說第 28～30 頁。世本等戲曲不見此內容。
17	科舉開考，世隆和興福赴京趕考。	小說第 31 頁。汲本第 28 齣，世本第 31、32 齣。雜劇無。
18	世隆在京城，繪圖題為《龍會蘭池》。瑞蘭見圖，得知世隆到來，二人私下重逢。戲文、傳奇僅敘世隆來京應試，無重逢事。	小說第 32～34 頁。汲本第 31 齣，世本第 34 齣。雜劇無。
結局：19	世隆中文科狀元，達成迎娶瑞蘭的必要條件。戲曲增敘興福中武科狀元。	小說第 34 頁。汲本第 33 齣，世本第 36 齣。雜劇無。
20	瑞蘭告知父母，丈夫世隆高中新科狀元，父母允婚，仇萬頃主婚。戲文、傳奇敷演詳細，敘述瑞蘭家為姊妹選新科狀元，官媒送絲鞭，隆蘭不受，感情經受考驗後誤會冰釋，隆蘭成婚，福蓮成婚，皆大歡喜。雜劇比戲文、傳奇簡短，僅有尚書宴會、夫妻重逢、聖旨封號三段情節。	小說第 34 頁。汲本第 38～40 齣，世本第 35～43 齣。雜劇第四折。

後　記

　　在攻讀博士的日子裏，陳師建森先生對學問的執著追求和求眞態度，往往令學生慚愧。陳先生通過各種方式指導我思考和學習，以嚴厲的批評居多。入門伊始，先生指引學生研讀西方文論，拓展了我的學術視野。在學位論文的寫作過程中，從選題到文獻，從比勘到定稿，先生逐句審閱，數易其稿。先生不僅讓我的研究水平得到提高，也讓我在與同門的互動之中學習進步，常懷感恩之心。師門聚會時，先生的率眞個性盡顯，詩酒唱和，頗見唐宋名士風範。師母優雅賢淑，其話語如春風化雨，往往令學生心悅誠服。

　　讀博的歲月，也是自己各方面進一步成長的過程。本人才疏學淺，然深知學無止境，唯有堅持不懈。猶記得開題時陳先生的教誨；也記得日日夜夜比勘劇本的苦樂；更記得撰寫論文的繁瑣之處。其中的酸甜苦辣，不足道也。

　　在生活上，我有幸與可愛的同學朋友結識，其中有知心解意的師姐，學問淵博的同學，活潑可愛的師妹和歡樂滿滿的舍友。他們或開朗豁達，或隨和謙遜，或精明能幹，或溫柔嫻雅，都具有學者氣質和獨特個性。偶有閑暇時分，友朋之間的交談，不僅有思維的閃光，也讓彼此的心態更爲積極。

　　在此感謝華南師範大學古代文學的左鵬軍教授、馬茂軍教授、戴偉華教授和王國健教授等，您們給本文提出了可貴的建議。您們爲人做學問的境界和諄諄教誨，我將銘記於心。感謝父母的養育之恩。感謝同門的學習氛圍和人情味。感謝曾大力支持我攻讀博士學位的師長和友人們，祝你們幸福安康。

羅冠華